老アントニオのお話

サパティスタと叛乱する先住民族の伝承

マルコス副司令＝著

小林致広＝編訳

現代企画室

老アントニオのお話

サパティスタと叛乱する先住民族の伝承

本書の成立ちについて

一、本書の編集方法については、巻末の「訳者あとがき」に記した。各文章が最初に掲載されたメヒコの日刊紙“La Jornada”に基づいて訳出したが、部分的には、以下のテクストを参照した。

Relatos de El Viejo Antonio, Subcomandante insurgente Marcos, Centro de Información y análisis de Chiapas, 1998 y 2002, México.

二、サパティスタは、自らが公表した文書に関わる著作権を主張していない。しかし日本語版の翻訳者と出版社は、意義深い文書を生産している原著者の「労働」は、当然のことながら、経済的にも「報い」られるべきであると考えていることを明らかにしておきたい。

【現代企画室編集部】

老アントニオのお話

サパティスタと叛乱する先住民族の伝承

目次

第2部 七色の虹 107

装丁――有賀 強

闘争は円のようなものである。闘争はどこからでも始められるし、決して終わらない。

市民社会への書簡―一九九六年五月十八日

はじめに　老アントニオ

われわれの最長老は語っている。この大地の最初の人間は、ツル、つまり強大な権力者がこの地に到来するのを目の当たりにした。連中は、われわれに恐怖を植えつけ、われわれの花を萎れさせた。自分の花だけを目立たせるため、権力者は、われわれの花を傷つけ、その蜜を飲みほした。

われわれの最古老は語っている。権力者の生命は萎れている。権力者の花の心は死んでいる。権力者はすべてのものを引きつけ、壊してしまった。権力者は、他者の花を傷つけ、その蜜を飲みほした。

われわれのいちばん最初の人間は語っている。この土地、大地に咲いた最初の花は鮮やかな色にみちていた。死なないためだった。小さい花だったが、抵抗した。大地である心を通じて、自らの心の奥底に種を保管した。その種はほかの世界が誕生するためのものだった。ほかの世界とは、いちばん最初の世界ではない。権力者が萎びさせた世界ではない。それとは違う別の世界である。新しい世界である。よい世界である。

尊厳、それが最初の花の名前である。すべて人の心と出会うため、花の種はずいぶん歩かねばならない。そうすれば、あらゆる色が存在する偉大な大地から、皆が明日と呼んでいる世界が芽生えるだろう。

「大地の色の行進」出発挨拶——二〇〇一年二月二十四日

1 アントニオは夢見ている

アントニオは夢見ている。土地は耕す人のものである。流した汗は公正かつ偽りなく報われる。無知を治す学校、死を追い払う薬がある。家に明かりが灯り、食卓に食物がある。土地は自由である。統治や自主管理は人間の分別にもとづきおこなわれる。自分だけでなく周りの世界と調和する。この夢を実現するため戦うべきである。生命のため、生命を賭けねばならない。彼はこんな夢を見ていた。

アントニオは目覚めた。何をすべきか？　彼にはわかっている。座り込んで炉の火をおこす妻の姿が目に入る。息子の泣声が聞こえる。東空に顔を覗かせた太陽を見ながら、彼はマチェーテの刃を磨ぐ。

一陣の風が巻き起こり、すべてが彼を目覚めさせる。アントニオは立ち上がり、人に会いに出かける。誰かが言ったことがある。彼が望むことは、多くの人が望むことである。さあ、仲間を探しにいくのだ。

副王は夢見ている。彼が支配する大地は、すべてを覚醒させる一陣の恐ろしい風でかき乱されている。彼が盗んだものが没収される。彼の邸宅は壊され、支配していた王国は崩壊する。この悪夢のせいで、彼は眠れない。副王は封建領主たちのもとに赴いた。すると、彼らも同じ夢を見たと告げた。副王は落ち着かない。医者に相談に出かけた。その悪夢はインディオの魔術のせいで、連中の血を流さないかぎり、呪いは除去できないという見解で一致した。インディオを殺害、収監し、監獄と兵舎をさらに増築せよと、副王は命令した。だが、悪夢は続き、副王は眠れなかった。

「チアパス—暴風と予言、二つの風の渦巻く南東部」——一九九四年一月二十七日

2 拍手で迎えられた

一九八五年、われわれは初めてひとつの集落を占拠することになった。トウモロコシ畑と焼畑の後の二次林、ちっぽけなバナナ畑とひとつのコーヒー園に囲まれた数軒ほどの小屋には、誇り高くエヒードの名称が記されていた。それは老アントニオのエヒードだった。

一九九四年、老アントニオは死に抱擁された。その九年前、彼はわれわれを自分のエヒードに招待した。われわれはその集落、エヒードを占拠する計画を練っていた。コーヒー園のなかで少しばかり道に迷ったが、われわれは老アントニオの小さな集落の占拠に成功した。

だが、われわれは三枚目を演じることになった。なぜなら、われわれが到着したとき、人びとはすでに集落の中央に集まっていたのである。老アントニオは、密林の都市工学用語で集落の中心部といえる場所にいた。老アントニオは、教会と小学校、バスケットボール場のある場所でじっと待っていた。

「山から同志たちが到着した」と老アントニオが紹介すると、人びとは拍手を始めた。

私は考え込んだ。「なんてこった。今年は調子が悪そうだ。何も言っていないのに拍手されるなんて」

人びとの拍手が終わると、老アントニオは私に言った。

「われわれのあなたへの挨拶は終わった。さて、あなたは自分の言葉を発してよろしい」

民族民主会議開会式——一九九四年八月十八日

3　ドニャ・ファニータ

ここまで書き終えたとき、私の所にやってきたのは……ドニャ・ファニータ。老アントニオが亡くなった後、ドニャ・ファニータは、コーヒーを準備するのと同じようにゆっくりと自らの生命の炎を削っていた。身体はまだ丈夫だったが、彼女は自分の死を予告していた。

私は彼女の目を避けながら言った。

「婆ちゃん、ばかなこと言わないで」

彼女は私を叱りつけるように言った。

「いいかい、おまえ。私たちは生きるために死ぬのだ。だから、誰も私が死ぬことを邪魔だてできない。おまえのような若輩者にはむりだ」

老アントニオのつれあい、ドニャ・ファニータは、一生涯、当然ながら、死に際しても、反乱する精神をもちつづける女性である。

「国際女性の日、闘争十二年目の十二名の女性」――一九九六年三月八日

4　人と空腹

これまで忍耐と希望をもつて何百年も抵抗したように、ここメヒコ南東部の山中では、ツェルタル、

チョル、ツォツィル、トホラバル、ソケ、マムの数千もの家族が抵抗している。皆さんは自分の力で忍耐と希望のふたつを強め救いとなるように努力されている。ここでは時間と生命とが競争している。

「これからは飢餓の時間だ。そして飢餓の時間になると、時間は人を殺そうとする。唯一、希望だけが、時間によって傷つけられた人間を癒す」

このように老アントニオが言ったのは、十年前の六月のある夜明け前、トウモロコシ畑でやっとトウモロコシの芽が出ているのを見たときである。

「小屋にも畑にもトウモロコシはない。飢餓の時間だ。待たねばならないときだ。さあ、畑がトウモロコシの緑で彩られる様子を想像してみよう。さあ、雨が乾いて硬くなったものを和らかくする様子を想像してみよう。トウモロコシや雨はわれわれに待つことを教える。抵抗するのだ。死んではならない。そのようにわれわれに警告する。トウモロコシが小屋に届き、真の男や女たちの食卓に届く時間は、もうすぐくる。彼らに染みついている硬い土地の苦痛を雨が洗い流す時間はもうすぐくる。だが、まさにその時間が来るまでに、多くのものが死んでいく。飢餓や苦悩がその時間に勝っているからだ」

老アントニオは子どもの一人の亡骸を埋葬したばかりだった。女の子の墓を指し示す十字架をツルでくくりつけて建てた後、老アントニオは「ダメだった」とつぶやいた。その女の子は、彼とファニータが、生きてくれよと願いながら生んだ子どもだった。

「飢餓《アンブレ》と人間《オンブレ》、人間と飢餓。対立するものがこう呼ばれるようになった。いちばん最初の神々、世界を誕生させた神々が、死と生命をこう呼んだ。飢餓は死と呼ばれ、生命は人間と呼ばれた。何か……理由があるのだろう」

大地から数センチほど芽を出したトウモロコシを力なく眺め老アントニオはこう語った。私はパイプに火をつけた。老アントニオは山にむかって歩きだした。死を紛らわすために、根を探しに行くのでいっしょにきてくれと誘った。


この老アントニオの懐古談がこの集会の趣旨にふさわしくないことは承知している。だが、わずかばかりのトウモロコシ畑の真向かいにある山の上を視界を汚すように飛行する軍用ヘリコプター三機を見たとき、私はこの話を思い出した。そのヘリコプターは兵士を運ぶだけで、トウモロコシを運ばない。彼らは飢餓と戦争を約束し、平和や生命を不意討ちする。


「平和のため、飢餓を撲滅しよう！」と、キャンペーンは呼びかけたのではないか？

「そのとおり」と老アントニオは答えた（そのとき、彼はかなり前を歩いていた。私が山を登るときにころぶことは、メヒコ南東部の山中ですでに伝説となっていた）。いつものようにパイプをふかしながら、私を待っていた老アントニオは言った。

「それは、結局は同じ意味である。人間のために、そして死に反対！」

御存じのように、闘争と希望の再解釈に関しては、老アントニオにまさるものはいない。そう、本題からはずれていることは承知している。どうも、ありがとう。そして、われわれはここで皆さんを待っている。皆さんに言うべきことは以上である。それもわかっている。だが御存知のように、六月の夜明けには雨が降り、息苦しくなり、不眠不休となる……すると老アントニオが現われるのである。

「私の仲間のために一粒を！」キャンペーン一九九六年六月九日

5 雨のお話

密林と歴史の奥まったところにある村、太陽と時間を追いかける長い蛇のような川に沿って、いくつかの先住民の小屋が点在している。老アントニオは小屋に人を招き入れなかった。太陽の日差しや雨が激しくなると、彼は小屋の暗い入口に姿を隠し、扉の支柱のところで応対した。その人が重要であれば（彼の基準では、人物の重要性はその人の言葉が聞くに値するかどうかだった）、コルク樫の丸太の切れ端に座るように勧めた。老アントニオは、身体を半分だけ外に出した格好で、門番のように敷居に座っていた。

数年後の激しい雨の日、私は老アントニオがそんな行動をする理由を発見した。激しい雨や雹《あられ》のため、私は本能的に小屋に入ろうとした。老アントニオは手まねで押しとどめた。彼は家の中に姿を消すと、ナイロンの切れ端をもってきた。無言で、私のためにコルク樫の丸太にナイロンの切れ端を張った。やがて雨は過ぎ去り、天井や私の帽子から水滴が落ちた。私は彼がくれた布切れで武器を拭きはじめた。

「雨が降っているのに、家に通してあげられず申し訳ない」と、老アントニオは座ったまま詫びた。

「家の中はとても惨めだから……誰も招き入れたことはない……その人が惨めに感じるからな。人を招き入れるときは、楽しいことを提供しないと。好意を抱いている人には、そうするものだ」

こうつぶやくと、トウモロコシの葉で巻き煙草を作りだした。

「水といえども、人に痛みをもたらすことがある。だが、乾きはもっと痛い……それをおまえは知っているはずだ」


「カブトムシのためのＡＢＣ帖」──一九九六年冬

6　明日というパンの材料

われわれは自分たちの思い出で話をしている。われわれの過去から最良のものを取りもどし大切に扱おうとするドニャ・クリスティーナ［カルロス・パヤン夫人。先住民伝統文化保存に携わる。本書簡の直後、ガンで死去］、よりよい現在を構築し大切に扱おうとするドン・カルロス［ラ・ホルナーダ紙創設社主、元上院議員］の懸念を合体させたい。つまり、われわれが彼らの手助けで作り出す歴史のお話に、昨日の一片をつけ加え、今日を創りたい。こうしたお話を作って語るのに最適の人物は……なんといっても老アントニオだろう。


多くの人が明日と呼んでいるパンを調理する材料はきわめて数多くある。こんなふうに老アントニオは言った。今、かまどに薪の束をたてかけながら、その材料のひとつは苦悩だと、彼はつけ加えた。

大地を緑一色に染める七月の雨が降った後、キラキラと輝いている昼下がり、われわれは出かけた。家に残ったドニャ・ファニータは、この地でマルケソーテと呼ばれているトウモロコシと砂糖でつくるパンをこしらえた。出来上がったパンは、パンを焼く容器として使ったイワシ缶の空き缶の形をしている。

　老アントニオとドニャ・ファニータがいつつれあいになったのか、私は知らないし、尋ねたこともない。今日、密林のこの昼下がり、苦悩は希望の材料になることを老アントニオは話してくれた。ドニャ・ファニータは老アントニオのためにお話の材料になるパンを焼いている。

　数日前の夜から、ドニャ・ファニータの夢は病気のせいで苛まれていた。老アントニオは徹夜で看病しながら、お話と遊びで彼女の病気を癒そうとした。

　今日の夜明け前、老アントニオは壮大な見せ物を演出した。両手とかまどからこぼれる光を使って、密林にすんでいる数多くの動物の影絵をファニータのために作った。老アントニオの手や声とともに、小屋の壁面に描かれたのは、夜遊びをするテペスクィントレ［げっ歯類の小動物］、落ち着きのない「白い尾」の鹿、うなり声をあげるホエザル、見栄ぱりの雄キジやスキャンダラスな雌キジなどである。それを見ながら、ファニータは大笑いした。

「そんなもので、病気は治らなかったわ。だけど、とてもおかしかった。影絵でも楽しくなるなんて知らなかったわ」とドニャ・ファニータは私に説明してくれた。

　その昼下がり、ドニャ・ファニータは老アントニオのためにマルケソーテを作っていた。それは楽しかった影絵の夜に老アントニオが調合してくれたものの役立たなかった薬のことを感謝するためではなかった。彼のためでも、彼を満足させるためでもなかった……。

　いっしょに苦しむのなら、苦悩も癒しとなり、影も楽しいことを証言するためだった。そのために、ドニャ・ファニータは、自分の両手と老アントニオの集めた薪を使って、イワシ缶の古い空き缶で発酵したパンを作っている。癒しともなる苦悩、分かちあうパンを失わないために、われわれは熱いコーヒーを飲みながら、ドニャ・ファニータと老アントニオが分かちあう共通の苦しみの証言を糧とする。

お二人に話したことは何年も前のことであり、今おきていることでもある。今、暦のこちら側から、そして、この思い出から、われわれはお二人のもとに届くように抱擁を送りたい。それは、お二人をわれわれに近づけ、われわれといっしょに、ただひとつの可能な形をした過去と現在を清め、大切に扱い、築きあげるためである。指針としての尊厳、材料となる思い出を備えている過去と現在である。

パヤン夫妻宛て書簡——一九九七年七月十七日

7 紙とインクの橋

あなたにしたためているこの文章〔不当死刑判決を受け一九八三年から収監されているブラック・パンサーの活動家ムミア・アブ・ジャマールの誕生祝いの手紙〕が提起している内容について話すことはとても難しい。メヒコの政府や権力者にとって、先住民であること（あるいは先住民に似ていること）は、軽蔑、嫌悪、不信、憎悪のきっかけであると、説明できるかもしれない。メヒコの権力者どもの宮殿にはびこる人種差別主義は、何百万もの先住民族に対する殲滅戦争や民族抹殺という暴挙の極みにまで達している。その人種差別主義は、アメリカ合州国の権力者がいわゆる「有色人種」（アフリカ系アメリカ人、チカーノ、プエルトリコ人、アジア人、北米のインディオ、つまりあじけないお金と同じ色をしていないすべての人種）に対して展開する差別とよく似ていることに、あなたは気づかれていると推察する。

私たちも「有色人種」（アメリカ合州国で生活し戦っているメヒコの血をもつ私たちの仲間と同じ）である。私たちは「コーヒー色」である。それは大地の色で、私たちは、大地から歴史、力、知恵、希望を汲み取っている。しかし、戦うため、私たちは、自分たちのコーヒー色に別の色、つまり黒色を加える。私たちは自らを表現するため、黒い目出し帽を使っている。そうしないと、私たちの姿は見えず、声は聞き入れられないからである。黒色が体現するものについて私たちに説明してくれたマヤ先住民の古老の助言で、私たちは覆面の色を黒色にした。

この知恵のある先住民の名前は老アントニオである。彼は、一九九四年三月、サパティスタの反乱する大地で亡くなった。彼の両肺と呼吸を蝕んでいた結核の犠牲になった。老アントニオは、黒色が光となり、黒色から世界の天空を彩るすべての色が誕生したことを私たちに語ってくれた。ずいぶん昔（時間がまだ勘定されていなかった時代）、いちばん最初の神々が世界を誕生させる任務を引き受けたという話を私たちにしてくれた。

最初の神々が集まった会合において、世界が生命と動きをもつために必要なものが何であるかがわかった。光が必要だった。そこで、神々は太陽を創ろうと考えた。そうすれば、日々が動き、昼と夜ができ、戦う時間と愛しあう時間ができ、昼と夜がいっしょに歩けば世界も歩みだすと考えた。神々は、とても大きな焚火を囲んで会合を開き、合意を探ろうとした。誰か一人が、自ら犠牲となって焚火に飛び込み、火に変身し天空まで翔け昇らねばならないことがわかった。神々は太陽になる仕事は黒色の任務であると考えた。黒色は用意ができていると言って、火に飛び込み、太陽になった。それ以来、光と動きが存在するようになった。戦う時間と愛しあう時間ができた。肉体は、昼は世界を創るために働き、夜には暗闇から光を取り出すために愛しあう。

老アントニオはこのようなことを語ってくれた。それが、私たちが黒色の目出し帽を使っている理由である。だから、私たちはコーヒー色であると同時に黒色である。しかし、私たちは黄色でもある。なぜなら、この大地を歩き回った最初の人間は、真の人間となるためにトウモロコシで創られたことが、私たちのあいだで語られてきたからである。そして、尊厳ある血が命ずるように私たちは赤色である。私たちが翔ぶ空のように青色でもあり、私たちのすみかであり要塞となっている山のように緑色でもある。私たちは自らの未来の歴史を書き記すための紙のように白色でもある。

私たちは七つの色である。世界を誕生させた最初の神々が七つだったからである。この話は、かつて老アントニオが私たちに語ってくれたものである。今、メヒコ南東部の山中からあなたのもとへ通じているこの紙とインクの架け橋がもたらすものを理解していただくため、お話をさせていただいたのである。

ムミア・アブ・ジャマールの誕生祝い――一九九九年四月二十四日

第1部　ボタン・サパタ

質問は歩むことや動くことに役立つと老アントニオは教えてくれた。イカルとボタンの例を語りながら、質問し、それに答えながら歩むことで、新しい質問や回答を導き出すことを老アントニオは教えた。今、われわれは彼が示したこの道を歩みつづける。われわれは質問し、そして回答を待っている。

全国協議の組織化の提案——一九九五年六月二十日

1　われわれの長い苦悩の夜はどこから生まれたのか

仲間の皆さん。

堪えがたいほど長い年月にわたり、われわれがチアパスの農村部で見つめてきたものは、仲間の死だけであるといってよい。われわれの子どもは、われわれにわからない原因で死んでいった。われわれの男や女は、われわれの歩みに影を落としている無知という長い夜を歩んできた。真実もなく、理解されることもないまま、われわれ人民は道を歩んできた。われわれの歩んできた道は目的地をもたなかった。

われわれはただ生まれ、死ぬだけだった。われわれ人民の長老のなかの最長老は、はるか遠くからやってきた言葉で、われわれがまだ生まれていなかった時代、われわれの声が沈黙させられていた時代のことを語った。真実は長老のなかの最長老の言葉のなかにあった。長老のなかの最長老の言葉に耳を傾けながら、われわれは次のことを学んだ。

われわれ人民の長い苦悩の夜は、権力者の連中の手と言葉によってもたらされた。われわれの不幸を糧として、一握りの少数者の富は築かれている。権力者の連中の家は、われわれの先祖の骨や子どもたちの身体を粉にした犠牲の上に聳えている。連中が暮らす家には、われわれは一歩も立ち入ることができない。彼らを明るく照らす光は、われわれの暗さと引き換えにもたらされている。彼らの豪華な食卓は、われわれの空っぽの胃袋と引き換えにみたされている。彼らの贅沢によって、われわれの悲惨な生活は生みだされている。われわれの脆弱な身体の犠牲のうえに、彼らの頑丈な家の屋根や壁は成立している。彼らの健康は、われわれの死によってもたらされている。彼らが享受している知恵は、われわれの無知につけ込んで存在している。彼らを包んでいる見かけだけの平和は、われわれにとっては戦争を意味している。その外国崇拝によって、われわれの土地や歴史と無関係な場所へと彼らは向っている。

だが、われわれ人民の最長老の言葉の歩みをたどってきた真実は、苦悩や死だけではない。われわれの歴史にとっての希望は彼らの言葉から生まれた。彼らの言葉から、われわれの仲間であるひとりの人物が登場した。エミリアーノ・サパタである。われわれは、真実であるためにわれわれの歩みがたどるべき場所をサパタのなかに見つけた。われわれの戦いの歴史がわれわれの血のなかに甦り、われわれの手は人びとの叫びでみたされ、われわれの口にふたたび尊厳がもどり、われわれは自分の眼で新しい世界を見いだす。

だからこそ、われわれは兵士になった。われわれの大地は戦いの場になった。鉛の弾と銃でふたたび武装し、われわれは歩みはじめた。恐怖はわれわれの死者とともに埋葬され、権力者の土地にわれわれの声を送り込んだ。嘘が支配する土地の只中に真実を植えつけるため、われわれの真実を携えて、こうして都市までやってきた。われわれの同胞の眼に、われわれが運んできた死者を見せるためだった。同胞のなかには、よきものも悪しきものも、権力者も貧しい人も、支配者も被支配者もいる。

われわれの戦いの叫びは、耳を傾けようとしない最高権力と共犯者どものかたくなな態度を打ち破った。われわれの尊厳にみちた平和を求める声は、それまでの長い年月のあいだ、山から降りてくることはなかった。われわれの死や悲惨な生活を見えなくするため、支配者たちが高くて堅牢な壁を張りめぐらしたからである。われわれ人民の尊厳や大義とともに、われわれを引きつけてやまないわれわれの歴史のなかにわれわれが再登場するには、われわれは実力で壁を打ち壊す必要があった。

すべてを独占する連中は聞く耳をもたない。その壁を壊す最初の一撃において、われわれの豊穣な血が流され、われわれが曝されてきた不正義は一掃された。われわれは、生きるために、死ぬことになる。われわれの死者は甦り、真実の歩みを始める。泥と血にまみれ、われわれの希望ははぐくまれる。

しかし、われわれ人民の長老のなかの最長老の言葉は、そこでとどまらなかった。われわれの歩みは孤立してはいない。ほかの大地で生きている仲間たちの身体と血のなかでも、苦痛と苦悩にみちたわれわれの歴史は何度も繰り返されてきた。このような真実を語った。

「ほかのもたざる人びとの耳元におまえたちの声を伝えよ。おまえたちの戦いをほかの戦いと結びつけよ。われわれの苦痛を覆い隠している天井には、さらに不正義という別の天井がかぶさっている」

このようにわれわれ人民の最長老たちは語った。

われわれは彼らの言葉から理解した。われわれの戦いが今度も孤立したものとなるなら、またも戦いは無益に終わるだろう。だから、われわれの血とわれわれの死者の歩みをうまく組み合わせ、真実とともに歩む別の歩みがたどっている道と出会うようにした。われわれが孤立して歩むなら、われわれは無になる。われわれの歩みが尊厳にみちた人びとの歩みといっしょになるなら、われわれはすべてになる。

仲間の皆さん。このようにして、われわれの考えは、自らの手と一体になり、唇まで達した。そして、われわれは歩みはじめた。


民族解放市民活動調整全国委員会傘下組織宛て書簡——一九九四年二月十四日

2　人びとの意志にもとづいて統治する

仲間の皆さん。

ＥＺＬＮは山中の霧と暗闇をはいずりまわる影にすぎなかった。正義、自由、民主主義は単なる言葉でしかなかった。昼が夜に歩みを譲ろうとするとき、共同体の長老がわれわれに託すことができたものは夢しかなかった。われわれの死者の言葉をほんとうに護ってきたのは、共同体の長老たちである。われわれの心には、憎しみと死が広がり、絶望しか残っていなかった。出口や扉、明日は見つからず、同じ時間が繰り返され、あらゆるものが不正にみちていた。そのような時代、真の人間、顔をもたないもの、夜の闇を歩むもの、山と一体になったものが語りかけた。

「統治し、統治されるよい方法を探して発見すること、それがよき男と女の理性と意志である。多数者によいことは、すべての人にとってもよいことである。だが、少数者の声は黙することなく、その場にじっと止まる。そして、多数の人びとの意志と少数者の思いのなかで、考えや心情が一体となることを待ち望んでいる。こうして真の男と女で構成される人びとは、自分の内面にむかって成長し、大きく成長する。外部からの暴力によって、彼らを打ち砕き、別の道へと向かわせることはできない」

「統治権を有する男と女の心のなかで、多数者の意志がひとつになる。それこそがわれわれの歩んできた道である。統治するものが歩むべき道は、この多数者の意志という道である。統治する人の歩みが人びとの理性からかけ離れているとき、統治するものの心は従っている人びとの心と取り替えねばならなかった。こうして、われわれの力は山中で誕生した。統治するものは真実に従い、真実に従うものは真の男女が共有する心にもとづいて統治する。この統治法を命名するため、別の言葉が遠方からやってきた。その言葉によって、言葉が歩き始める前から歩んできたわれわれの道は民主主義と名づけられた」

夜を歩むものはさらに言った。

「われわれが政府のやり方と呼ぶものは、もはや多数者のための道ではない。われわれはそう理解する。今、命令を下しているのは少数者である。彼らは人びとの意志に従わず、命令するだけの統治をおこなっている。多数者の意見に耳を傾けず、命令する権力は少数者だけでやり取りされている。少数者は多数者の指令に従わず、命令するだけの統治をおこなっている。少数者は道理を無視して統治している。民主主義を欠落したまま、つまり人びとの命令にもとづかないまま、少数者は統治している」

このように遠くからやってきた言葉は語っている。

「命令するだけの統治をおこなっている連中の不正によって、われわれの苦悩の歩みは導かれ、われわれの死者の苦痛は培われている。そのことをわれわれは理解した。われわれの大地に道理と真実がもう一度蘇るため、命令するだけの統治をおこなっている連中は遠くに立ち去るべきである。変革が必要であり、人びとの意志にもとづいて統治するものが統治すべきである。統治の道理を命名するため遠くからきた言葉、民主主義は、多数者にも少数者にもよい。そのことをわれわれは理解した」

顔をもたないものは語りつづけた。

「この世界は別の世界である。真の人間の道理や意志はもはや統治していない。われわれは数少ない存在として忘れさられている。死や軽蔑がわれわれを踏みにじっている。われわれは小さき存在である。

ずいぶん長い時間、われわれの発する言葉は消え、沈黙がわれわれの家に住みついている。

今、われわれの心、そして他者の心にむけて、声を発するべきときが到来した。夜、そして大地から、われわれの死者、顔をもたないもの、山であるものたちが立ち現われるにちがいない。彼らは戦いの衣を身にまとい、自分たちの声が聞き届けられるよう、自らの言葉を発する。その後、彼らは沈黙するだろう。そして、彼らはふたたび夜と大地へともどっていく。そして、言葉が真実を伝え、嘘となることのないように、ほかの土地を歩んでいるほかの男女にも語りかける」

「人びとの意志にもとづいて統治する男女、武力ではなく言葉に力をもつものたちを探すのだ。彼らと出会ったら、彼らと話し合い、指揮権をゆだねるがよい。顔のないもの、山であるものは、ふたたび大地と夜にもどるだろう。この大地に道理が蘇るとき、銃火の怒りは鎮まるだろう。山であるもの、顔をもたないもの、夜を歩むものは、やっといっしょに大地で眠りにつけるだろう」

顔をもたないものはこう語った。彼らの手に武器はない。だが、明白で偽りのない言葉があった。ふたたび、昼が夜に打ち勝つ前、彼らは立ち去った。大地にひとつの言葉が残された。

「もう、たくさんだ!」


メヒコ人民、世界の人民と政府、国内外報道機関宛て書簡——一九九四年二月二十七日

3 ボタン・サパタ

われわれは自分の声で真実を語らねばならない。心をわれわれの手で握りしめねばならない。

仲間の皆さん。われわれの背後にいるもの、われわれを導くもの、われわれの足とともに歩んでいるもの、われわれの心を支配するもの、われわれの言葉にまたがっているもの、われわれの死を生きているもの、それはいったい誰なのか？　そのことを皆さんに知ってほしい。

仲間の皆さんに真実を知ってほしい。その真実とは次のことである。

はるか昔のわれわれの先祖が語っている。われわれが死んでいるこの長い夜の最初のとき以来、われわれの苦悩や忘却を集めてきたものがいた。一人の人物が、はるか彼方から自らの言葉に従って歩みながら、われわれのいる山まできた。そして、真の男と女の言葉で話しかけた。その人物の歩みはこの土地のものであると同時に、この土地のものではなかった。われわれの死者の口、物知りである古老の言葉を通じて、彼の言葉は、彼の心からわれわれの心にむかって歩んできた。

仲間の皆さん。この土地で生まれたものであれ、そうでないものであれ、一度は死んだものの、今一度生きるため、山までやってきた人物が、昔も今もいる。

仲間の皆さん。その人物は夜の天井に覆われた山をすみかとしている。そのことによって、死んだはずの彼の心は、自分や他人の歩みのなかで生きつづけている。昔も今も、その名前は名前をもつもののなかに記されている。その柔らかな言葉は、われわれの苦悩のなかに立ち止まり、そして歩いている。

その人物は、この土地にいると同時に、この土地にはいない。

ボタン・サパタ、人民の守護者にして心。

ボタン・サパタ、遠方からきて、われわれの土地で誕生した光。

ボタン・サパタ、われわれの人民のあいだでつねに新しい名前で呼ばれる。

ボタン・サパタ、われわれの死のなかで五〇一年も生きてきた慎ましい火。

ボタン・サパタ、変わる名前、顔のない人、われわれを庇護する柔らかい光。

ボタン・サパタ、こちらにむかってきた。いつもわれわれのかたわらにある死であった。彼が死ぬと、希望も死んでしまう。こちらにむかってボタン・サパタはやってきた。

名前をもたない名前、ボタン・サパタはミゲル〔ミゲル・イダルゴ。独立闘争の開始者〕となって見つめた。ホセ・マリア〔ホセ・マリア・モレロス。独立戦争期の軍事統領〕として歩んだ。ビセンテ〔ビセンテ・ゲレロ。独立初期の軍人・政治家〕だった。ベニート〔ベニート・ファレス。改革期の大統領。フランスの干渉戦争に抵抗〕と名乗った。エル・パハリート〔メキシコ革命初期、チアパス高地の先住民を率いてラディーノに抵抗〕となって飛びまわり、エミリアーノ〔エミリアーノ・サパタ。メキシコ革命期南部の指導者〕として馬にまたがり、フランシスコ〔フランシスコ・ビジャ。メキシコ革命期北部の指導者〕として叫び、ペドロ〔一九七〇年代の民族解放軍（FLN）の創設者と、一九九四年のEZLN武装蜂起で死亡した副司令官を指す〕の服をまとった。

われわれの大地では、死にながら生き、名前をもたない名前だった。名前をもたないまま、ボタン・サパタはわれわれの土地にやってきた。われわれの口で話しながら、彼の言葉は沈黙した。こちらむかいながら、ここにとどまっている。

ボタン・サパタ、人民の守護者にして心。

われわれのなかで、すべてであり、すべてでない。ボタン・サパタ、人民の守護者にして心は、ここにいる。夜の支配者、山の主、われわれのボタン、人民の守護者にして心。一にして多、無にして全である。とどまって、やってくる。

ボタン・サパタ、人民の守護者にして心。

仲間の皆さん。今したお話は真実である。そのことを知るべきである。

ボタン・サパタは、われわれの生命のなかで生きており、二度と死ぬことはない。ボタン・サパタは、われわれの死のなかでいつまでも生きつづける。ボタン、それは人民の守護者にして心。名前をもたないが名を名乗り、顔をもたない顔、全にして無であり、一にして多であり、生きながら死んでいる。ボタン、人民の守護者にして心。小鳥クパカミーノ［ヨタカの一種］のように、いつもわれわれの前、われわれの後を歩んでいる。ボタン・サパタ、人民の守護者にして心。名前をもたないまま、われわれのなかで名前をもち、顔をもたないものたちの顔となり、山中の天空となっている。ボタン、人民の守護者にして心である。

名前も顔もなかったわれわれの道は、われわれのなかでやっと名前をもつことになった。それがEZLN。名前のないものたちは、この新しい名前で呼ばれている。EZLNの旗で顔を覆い隠すことによって、われわれ全員がふたたび顔をもつことになった。名前のない存在、ボタン・サパタ、人民の守護者にして心は、EZLNと呼ばれている。

EZLN。荒々しい優しさで武装している。名づけられない名前。戦争をする不正な平和。生まれたばかりの死。希望で作られた苦痛。ほほえんでいる怒り。叫んでいる沈黙。他者の未来のため自己の現在を捧げる。すべてを皆のため、われわれは何もいらない。名前のないものたち、われわれはいつも死者である。われわれは粘り強い尊厳であり、祖国の忘れられた片隅にいる存在である。

われわれはEZLNである。われわれは鷲のある三色旗のもとではためく赤と黒の旗である。われわれは天空で輝くことになる赤い星である。唯一の星ではない。むしろ、より小さき星である。われわれは眼差しであり、声である。われわれはEZLN。われわれはボタン・サパタ、人民の守護者にして心。

これは本当の話である。仲間の皆さん。かなたからわれわれはきた。むこうに向っている。とどまりながら、やってくる。死にながら、死を生きている。ボタン・サパタ、父と母、兄弟姉妹、息子と娘、老人と子ども、われわれは、生きてここにいる……

エミリアーノ・サパタ暗殺七五周年コミュニケ――一九九四年四月十日

4 人間の創造のお話

トニィータがお話をねだった。私は、老アントニオがしたお話をそっくりそのまま彼女に語って聞かせた。老アントニオは、『チアパス―暴風と預言、二つの風の渦巻く南東部』で、風にむかって立ち上がったアントニオの父である。

世界はまだ眠っていて起きようとしなかった。そんな時代のことである。自分たちの仕事について取り決めるため、偉大な神々は集会を開いた。神々は世界を創り、男と女を創ることに合意した。神々の頭のなかは、世界と人間を創るという考えでいっぱいだった。

人間を創ることに考えをめぐらした神々は、とてもきれいで長もちする人間を創ろうと考えた。まず、神々は黄金の人間を創った。自分たちの創った人間はキラキラと輝き、強靭だった。神々はとても満足した。だが、この黄金の人間はちっとも動かなかった。歩きも、働きもせず、いつもじっとしている。そのことに神々は気づいた。黄金の人間は重すぎたのである。

どうしたらこの問題を解決できるのか。合意を得るため、ふたたび神々の集会が開かれた。集会では、別の人間を創ろうという合意が成立した。神々は木で人間を創った。この人間は木の色をしていた。たくさん働き、たくさん歩いた。この木の人間はとてもよく働き、歩いたので、神々はとても満足した。しかし、黄金の人間は、自分を担ぎ、自分のために働くように、木の人間に強制した。そのことに気づいた神々は、ぬか喜びを一掃しようとした。

神々は自分たちが創ったものの出来がよくないことを理解した。状況を改善するため、よい合意ができないものかと、神々は思案した。そして、トウモロコシの人間で、できのよい人間を創ることに合意した。しかし、一眠りするため、神々はその場からいなくなった。トウモロコシの人間、真の男と女だけが、その場に居残って、状況が改善される様子を見つめていた。なぜなら、神々は眠るためにそこから立ち去ったからである。お互い合意できるように、トウモロコシの人間は真の言葉を話した。そして、すべての人びとにとってよい道を造るのを見るために山に出かけた。

老アントニオは次のようなことを話した。

黄金の人間は金もちで、肌は白色だった。一方、木の人間は貧しく、褐色の肌だった。そして、いつも金もちのために働き、金もちの人間を担いでいた。黄金の人間も木の人間も、トウモロコシの人間の到着を待っていた。黄金の人間は、恐怖におののきながら到着を待っていた。一方、木の人間は、希望に胸を膨らませて、トウモロコシの人間の到着を待っていた。

トウモロコシの人間は何色の肌だったのですかと、私は老アントニオに尋ねた。彼は多種多様な色のトウモロコシの品種について説明してくれた。そして、トウモロコシの人間はいろんな色だったが、誰もよくわからなかったと答えた。トウモロコシの人間、真の男と女には顔がなかった。

老アントニオは死んだ。私が密林の最深部にある共同体で彼と出会ったのは、十年前のことである。彼は誰にも負けないヘビー・スモーカーだった。巻き煙草がなくなると、私に煙草の葉を請求し、トウモロコシの葉で煙草を作った。あるとき、彼が私のパイプを興味深く見ていたので、パイプを貸そうとした。すると、彼は手にしたトウモロコシの葉で作った巻き煙草を私に見せた。言葉には出さなかったが、自分流の煙草のすい方がいいと伝えたのである。

二年程前、つまり一九九二年、戦争を開始するか否かを決めるための集会を組織するため、私はいくつもの共同体を巡回していた。そのとき、老アントニオの村を訪れた。私の所まで息子のアントニオがやってきた。私たちふたりは牧草地とコーヒー農園を横切って、集会の場所に出向いた。共同体のメンバーは戦争のことについて議論した。そのあいだ、老アントニオは私の手を取って、村の中心から百メートルほど下にある川まで連れていった。五月なので、川の色は緑で、水量はあまり多くなかった。老アントニオは木の幹に腰を下ろしたが、ひと言も喋らなかった。しばらくして、彼は話しだした。

「見ただろう？　何もかも静かだ。水は澄んでいる。何もおきていないかのようだ」

「フーン」と答えたのは、ハイとかイイエという返事を老アントニオが期待していないのがわかっていたからである。

その後、彼はいちばん近くの山の頂を指さした。灰色の雲が山頂を覆い、雷によって山のまわりの青空は引き裂かれていた。まさに暴風だった。だが、暴風はずいぶん遠くに見え、すぐに危険な状態になることはなかった。やがて、老アントニオはトウモロコシの葉で煙草を巻きはじめた。彼は火をつけるものを探した。しかし、もっていないものが見つかるはずはない。彼の口元に、私はライターを近づけた。煙草を一服すると、老アントニオは語りだした。

「下ではすべてが静かでも、山の方では暴風がおきている。小さな小川の水の勢いも増し、渓谷にむかって流れだしている。雨期には、この川も野獣のように暴れる。褐色の鞭のようにしなり、行方も定めず、地響きをとどろかせ、もっている力のすべてを発揮しはじめる。しかし、その強大な力は、川岸に降り注いでいる雨に由来するものではない。それに力を与えているのは、山から流れ下りているいくつもの小さな小川である。川は、土地を壊すと同時に、土地を築きなおす。川の水は山の食卓にのるトウモロコシ、フリホール豆、黒糖になる。われわれの戦いも同じである」

こう言った後、老アントニオは自分に言い聞かせるようにつぶやいた。

「山の中で力は誕生する。しかし、それが下に届くのを最後まで見届けることはできない」

「戦争を開始する時がもうきたと思いますか？」という私の質問に答えるかのように、「そろそろ川の水の色が変わる頃合だ」とつけ加えた。

老アントニオは黙ると、私の肩につかまって立ち上がった。われわれはゆっくり村の中心にもどった。老アントニオは私に言った。

「おまえたちは小川だ。われわれ、川も……やっと流れ下るべき時がきたようだ」

ふたたび沈黙が始まった。われわれが小屋に着いたとき、あたりはすっかり暗くなっていた。しばらくして、息子のアントニオが合意文書をもって帰ってきた。それはおおよそ次のような内容だった。

「解放のための戦争を始めるときがきたか？　そのことをそれぞれの心で確認するため、男と女、子どもたちは、共同体の学校に集った。討論をするために、三つのグループ、つまり女、子ども、男のグループに別れた。その後、全員が学校に集まった。大多数の考えは、もう戦争を開始すべきときであるという意見だった。なぜなら、メヒコは外国勢力に売り飛ばされたからである。空腹には耐えられるが、われわれがメヒコ人でなくなることには耐えられない。自らの考えを正しいと思った男十二名、女二十三名、子ども八名は合意に達した。自分ができること、同意できないことに、それぞれ署名した」

私は夜明け前に出発した。早朝から川に出かけた老アントニオは不在だった。次に老アントニオに会ったのは、二カ月前である。私を見かけても、彼は一言も言わなかった。私は彼のそばに座って、いっしょにトウモロコシの粒を穂軸からはずす作業をした。やがて老アントニオはつぶやいた。

「川が勢いを増したようだな」

「そうですね」と私は答えた。

私は息子のアントニオに協議の内容を説明し、われわれの要求と政府側の回答が記された文書を手渡した。われわれは息子のアントニオがオコシンゴでどのような体験をしたかについて話し合った。今回も、帰途につくため、私は夜明け前に出発した。踏みわけ道の曲がり角で、老アントニオは待っていた。私はそばで立ち止まり、リュックをおろして、彼にわたす煙草の葉を探した。「今はいらない」と老アントニオは差し出した袋を押し返した。私は隊列を離れ、セイバの木の根元まで歩いていった。

「山の小川と川について話したことを覚えているか」と彼は尋ねた。

「もちろんです」と私は彼の質問と同じようにつぶやきながら答えた。

「言うのを忘れたことがある」と裸足の足先を見つめてつけ加えた。私はじっと黙っていた。

「小川は……」と言ったが、身体に染みついた咳に遮られた。ひと息つぎ、老アントニオはつづけた。

「小川は……流れ下りはじめると……」

彼はまた激しく咳き込みそうになった。私は隊列の衛生兵を呼ぼうとした。老アントニオは、彼の肩を支えようとした救急班の仲間の手を払った。反乱兵士は私をじっと見た。私は彼に下がってもいいと合図した。薬の入ったリュックが目の届かない所にいくのを確認し、彼は薄暗い場所で話をつづけた。

「小川は……流れだすと……もどれない……大地を下っていくしかない」

老アントニオは急に私を抱きしめると、すぐに立ち去った。私はパイプに火をつけ、リュックを担ぐと、彼の影が遠くなるのをじっと眺めた。馬にまたがった後も、その場面をよく覚えていた。そのときはとても暗かったが、老アントニオが……泣いているように見えた。そう見えた理由はわからない。

今、政府の提案に対する回答を記した集落の議事録とともに、息子のアントニオの手紙が私の手元に届いた。息子のアントニオの手紙によると、老アントニオはあの後すぐ重篤な状態になった。彼は私に連絡することを拒否した。そして、その晩に死んだという。息子のアントニオによると、人びとは私にその様子を知らせようとしたが、老アントニオは次のように言ったという。

「いいから。言うべきことはすべて言った。……彼を煩わすな。今、彼にはすべきことがたくさんある」


このお話が終わると、六歳で虫歯だらけのトニィータはおごそかに宣告した。

「あなたのことは好きだけど、ヒゲがチクチクと痛いので、これからはキスはお断りよ」

ロランドによると、トニィータは衛生班の詰め所に行かなければならないとき、副司令がいるかと尋ねるそうである。私がいるという返事があると、彼女は看護婦さんの所には行こうとしない。

「だって、あの副司令さんキスばかりしたがるの。とってもチクチクするの」

この包囲網の内側にいる六歳で虫歯のあるトニィータという名前の女の子は、誰も打ち勝てない論理を展開する。


「トニィータへのお話」——一九九四年五月二十八日

5　降伏という言葉はない

委員会は昼からずっと議論を続けたが、見つからなかった。われわれは「降伏する」という語を探していた。だが、見つからなかった。ツォツィル語やツェルタル語で探したが、見つからなかった。トホラバル語やチョル語にこの言葉が存在することを誰も思い出せなかった。適当な語を何時間も探した。しかし、見つからなかった。外では雨が降りしきり、雨雲はわれわれを包み隠した。誰もがしだいに黙り込み、トタン葺きの屋根に落ちる雨音だけが聞こえた。それを待っていたかのように、老アントニオは無言で私に近づいた。そして、結核に侵された咳をしながら、耳元でこう言った。

「そんな単語は真の言葉にはない。だから、わしらは決して降伏しない。死を選ぶ。自分たちの使わない言葉は生き延びられない。われわれの死者たちはそう言っている」

恐怖と寒さを追い払うため、私は焚き火のところに行った。私は彼の言葉をアナ・マリアに伝えた。彼女は私をやさしく見つめ、老アントニオが死んでいることを思い出させた……

政府の和平合意案拒否通告の追伸――一九九四年六月十日

6　ライオンは見つめて殺す

民族民主会議の参加者にもらったビロード製の子ウサギを自慢しながら、「これはチクチクしないわ」

と言っているトニィータにしたお話をすることにしよう。彼女の言うことがわからないふりをしながら、私は一九八五年におきた出来事を説明することにした。一九八五年は地震がおきた年であり、(地震やほかのことに由来する)非常事態に市民が直面した年である。

老アントニオは古い単発式猟銃で山のライオン(北米のピューマによく似ている)を狩った。私は以前、彼が使っている武器を小ばかにしたことがある。

「その武器は、エルナン・コルテスがメヒコを征服した時代の代物ですね」

そのとき、老アントニオは反論した。

「そうだ。だが、今、その武器が誰の手にあるのか。よく見ておくことだな」

今、老アントニオは、皮をなめすため、皮から最後の肉片をはぎ取った。そして、得意げに皮を見せてくれた。皮には銃創がなかった。

「銃弾は目に命中したのだな」と私は推測した。

「皮に傷をつけないためには、それしかない」と考えたからである。

「その皮で何を作るのですか?」と尋ねた。

老アントニオは答えず、黙ったままマチェーテでライオンの皮をこすりつづけた。私はとなりに座って、パイプに煙草の葉を詰めた。その後、トウモロコシの葉で巻いた煙草を作ってあげようとした。黙ってできたものを差し出した。老アントニオはそれを点検したものの、すぐに壊した。自分で作り直しながら言った。

「まだ、おまえにはむりだな」

いっしょに煙草をすう儀式をおこなうため、われわれは座り込んだ。何度も煙草をふかしながら、老アントニオはお話を紡ぎだした。


ライオンが強いのは、ほかの動物が弱いからである。ライオンはほかの動物の肉を食べる。ほかの動物はライオンに食べられるにまかせる。ライオンは爪や牙で殺すのではない。ライオンは見つめて殺すのである。最初はゆっくりと……静かに獲物に近づく。ライオンの足には雲のようなクッションがあるので、足音を消せる。その後、ライオンは獲物に飛びかかり、平手打ちを食らわせる。力というより、驚かせて、獲物を倒すのである。

つまり、獲物はじっと見つめる。獲物は猛獣を見る。このように（老アントニオは眉間にしわを寄せ、私に黒い目をむいてみせた）……。死しか残されていない哀れな小動物はもう見るしかない。自分を見ているライオンを見るしかない。自分の姿を見ることができない小動物は、ライオンが見ているものを見る。ライオンの視線に映っている小動物のイメージを見る。つまり、ライオンが小動物を見ている視線のなかに、小さく弱くなっている自分の姿がある。その哀れな姿を見ることになる。

小動物は自分が小さくて弱いと思ったことはない。つまり、小動物ではあるが、大きくもなければ小さくもなく、強くもなければ弱くもない。だが、今、ライオンの視線に映っている自分、つまり恐怖で固まっている自分の姿を見ることになる。自分の姿を見ているものを見て、自分が小さくて弱い存在であると、小動物は思い込む。ライオンが小動物を見ている。その様子を見るという恐怖に包まれ、小動物は恐怖を抱くことになる。こうして小動物は何も見られなくなる。山中の寒い夜に水をかぶったときのように、骨まで動かなくなる。もう小動物は降伏するしかない。こうして、ライオンに身をゆだねる。こうして、ライオンは苦もなく小動物を食べる。このようにライオンは殺す。見つめて殺すのである。

だが、そうならない小動物もいる。ライオンと出会っても気にせず、何もないように行動する。たとえ、ライオンが前脚で小動物をもてあそんでも、その小動物は小さな前脚で反撃する。その前脚は小さいが、引っ掻かれると出血し痛くなる。この小動物はライオンに身をまかせることはない。なぜなら、自分を見ているものを見ないからである……。つまり、目が見えないのである。この小動物はモグラと呼ばれている。

老アントニオのお話が終わったようなので、「それはそうだけど、でも」私は口をはさんだ。だが、老アントニオは私に言葉をつがせなかった。巻き煙草を作りながら、話を続けた。ゆっくりと煙草を巻きながら、ひと巻きごとに視線を上げた。私が注意を払っているかを観察していた。

モグラの目は今でも見えない。なぜなら、自分の外側を見つめる代わりに、自分の心を見つめているからである。内側を見つめることを余儀なくされている。内側を見つめるということが、どうしてモグラの頭に思い浮かんだのか。そのことは誰も知らない。心を見つめることに関しては、モグラはきわめて強情である。強いか弱いか、大きいか小さいかなど、モグラは少しも気にしない。なぜなら、心は心であり、ほかのものごとや動物のように、その大小を計測することはできない。

内側を見つめることは神々だけに許されたことだった。だから、神々はモグラを罰し、モグラが外側を見られないようにした。地面の下で生活し、歩むようにした。それゆえ、モグラは地下で生活している。神々に罰せられたからである。だが、モグラは悲しまない。今でもずっと内側を見ているからである。だから、モグラはライオンが恐くない。心を見ることができる人間も、ライオンを恐れない。なぜなら、心を見ることができる人間は、ライオンの力を見ていないからである。人間は自分の心の力を見た後で、ライオンを見る。ライオンは人間が自分を見ていることを悟る。人間がライオンを見る視線には、ライオンしかいない。そのことをライオンは知る。自分が見られていることを知り、ライオンは恐くなって走り去る。

「そのライオンをしとめるため、心を見たのですか？」と私は口をはさんだ。

「心だって？　バカバカしい。わしが見たのは、単発式猟銃の照準とライオンの目だけだ。そして、発砲した……。心なんて知らない……」と老アントニオは答えた。

私は頭をかいた。私が理解するところでは、それは何かわからないことがあるときの仕草である。老アントニオはゆっくりと立ち上がった。ライオンの皮を手にして念入りに調べた。その皮をグルグルと巻くと、手渡して言った。

「これをおまえにやる。どこを見ればよいかを知っておれば、ライオンや恐怖を殺すことができる。そのことを忘れないように、おまえにこの皮をやろう」

老アントニオはきびすを返すと、自分の小屋に入った。それは、老アントニオの用語では、「以上で終わりだ。さようなら」を意味している。私はナイロン袋にライオンの皮を入れると立ち去った。

トニィータはいつもと同じだった。例の「チクチクしない」ビロード製子ウサギを抱えて立ち去った。

「死んだオポッサムならあるよ」とベトは私を慰めるように言った。彼はお母さんに死んだオポッサムを捨てるように言われた。だが、ベトはそれを五つの風船と交換しようと私に提案した。私は丁重に断わった。しかし、それを聞きつけた料理係の一人がベトに三つの風船を手渡した。ベトは迷っていた。風船には緑と白と赤があるよと、料理係は説明した。最初の提案では風船は五個のはずだったと、ベトは言いはった。料理係は二つの風船と二つのコンドームという案を出した。ベトは迷っていた。値切り交渉が終わりそうもなかったので、私はその場から立ち去った。

以上が老アントニオとライオンのお話である。それ以来、私はライオンの皮を背負ってきた。われわれが民族民主会議に手渡した旗はそのライオンの皮で包まれていた。誰かこのライオンの皮をご希望の方はいませんか？

選挙に関するコミュニケの追伸――一九九四年八月二十四日

7　太陽と月の創造のお話

トニィータにかこつけてお話をしよう。トニィータは、オローテ［穀粒を取ったトウモロコシの穂軸］を養子にした。

泥土のなかでは生きられない不幸な子ウサギは捨てられることになった。お話をしてよと、トニィータがやってきた。私が文章を書いていることなど、ちっとも気にかけていない様子である。オローテ、いや失礼、お人形さんを手に、彼女はちょこんと座った。何か言い訳をしようと考えたが、トニィータはお話しか受けつけようとしなかった。私は大きく息を吸い込み、時間を稼ぐため、おもむろにパイプに火をつけた。そして紫煙をふーっと吐き出すと、お話を始めた。

雨の降る肌寒い夜だった。一九八四年一二月のことである。老アントニオは灯りを見つめていた。「白い尾」の鹿の肉を焼こうと待ちわびていた焚火は、結局は無駄になった。鹿を「ぶらぶら追跡してみよう」と出かけたものの、失敗したのである。焚火では、何色もの炎が揺らめき、語りあっている。老アントニオは火を見つめ、耳を傾けている。

コオロギの鳴き声、炎のパチパチとはじける音。それらと議論するかのように、老アントニオの言葉を通じて、はるか昔の物語が紡ぎだされた。そのお話が語られたのは、長老たちもずいぶん年老いてしまい、今の老人たちが、今晩と同じように、焚火を囲み、血にまみれ、沈黙し、難渋しながら歩んでいた時代のことである。今から十、百、千、百万日も前の夜のことである。鹿はおらず、寒い雨が降っていた。そして、その場にいたのはわれわれにお話を語るものだけだった。

最初、夜の水があった。すべてが水で夜だった。神々や人間は、年老いた酔っ払いのように、つまずいたり転んだりしながら、必死に歩き回っていた。道を見つけるための光、そして休息や愛のため身を横たえる大地もなかった。大地も光もなかったので、世界のできはよくなかった。

やがて、夜の水のなかで、神々はぶつかりはじめた。そして、腹を立て、ひどい言葉を吐きだした。神々は大きかったため、その腹立ちもとてつもなく大きかった。そこで、男と女、真の耳をもつ人間、真のツォツ［ツォツィル語でコウモリ］、コウモリの男と女は、神々の大きな怒りが発する騒音から身を隠した。こうして神々だけになった。喧嘩が終わり、ふと気づくと、神々だけになっていた。

自分たちだけになった心痛はとても大きかった。悲嘆のあまり神々は泣きだした。男や女たちは見当たらず、神々しかいなかった。そのせいで、神々の号泣はこれまで以上に大きなものとなった。神々は涙を流しつづけ、泣きくれた。ますます水が増え、どうしようもなくなった。心が傷ついた神々は泣きつづけた。さらに水と夜は増大し、ずっと夜と水が続くことになった。神々はとても寒くなった。一人でいると、身にしむ寒さは募ってくる。すべてが夜の水になったので、寒さは増すばかりだった。

そこで、神々は考えた。何かよい合意を導き出そうとした。自分たちだけにならないようにするため、神々が思いついたのは、コウモリの男と女を洞窟から引き出すことだった。歩む道を照らす光を引き出し、休息と愛のため、身を横たえる大地を引き出そうとした。神々は横になっていっしょに夢を見るという合意に達した。心をひとつにし、光と大地を夢見ることにした。火の夢を見ながら、神々は黙り込んだ。沈黙があたり一帯を支配していた。全員でひとつの火のことを夢見ていた。

やがて、すべてを覆いつくす沈黙と水の夜、つまり神々のあいだから、ひとつの傷口、水の夜の上に裂け目が出現した。非常に小さな言葉は踊りながら、大きくなったり、小さくなったりした。長くなったり、太ったり、痩せたりしながら、七名いる神々の中央で、その言葉は踊った。そのせいで、七名の神々の姿が見えるようになった。姿を現わした神々の数が勘定できるようになった。最終的には七名になった。もっとも偉大な最初の神々は七名だった。

真ん中で黙って踊っているこの小さな言葉のため、神々はせっせと家を造りだした。神々は、その小さな言葉を「火」と命名した。夢のなかで生まれているほかの小さな言葉も引き寄せながら、小さな言葉は踊っていた。小さな言葉はいっしょに話しだした。火のまわりに大地と光が引き出されていった。コウモリの男と女は洞窟から出てきた。彼らはそっと眺め、見つめ、体に触れ、愛し合いはじめた。光、そして大地ができたからである。歩む道が見えたので、愛と休息のため、……光に囲まれ……大地の上に……横になれたのである。

ところが、神々は姿を消してしまった。会議を開くため、神々が立ち去ったのである。神々は館に閉じこもり、外に出なかった。神々が取り決めたため、神々の館には誰も入れなかった。その館のなかで、神々は合意を引き出した。水の夜は圧倒的な量で、光と大地はわずかしかない。そこで、出現したばかりの火を消さないことにしたのである。

水の夜が火に届かないようにするため、上方、つまり天空に火をもっていくという合意に、神々は達した。そのことを伝えるように、火をおこすため洞窟にいたコウモリの男と女に命じた。さらに、天空にも伝えた。神々は車座になって、小さな言葉、火のまわりに座っていた。

誰が火を天空まで運ぶべきか？　上で生きるため、下で死ぬのは誰がいいのか？　それをめぐって神々は議論を展開した。だが、神々は誰一人として、下では死にたくなかった。だから、神々の意見はまとまらなかった。白色がいちばん美しく、天上の火も美しくなるはずだから、いちばん白い神が行くべきだと、神々は口々に言った。だが、臆病者の白い神は、生きるために死ぬのはいやだった。

やがて、いちばん黒く醜い神イクッが天上へ火をもっていくと言った。彼は火をつかみ、自分の体に火をつけた。最初は黒色だったが、やがて灰色、そして白から黄、橙、赤へと変わり、ついには火が燃え上がった。パチパチという言葉を吐きながら、天上へ昇り、そこで丸くなった。黄や橙に輝き、また赤、灰、白、黒にもなった。神々は彼を「太陽」と呼んだ。より多くの光が集まり、ずっと先の道まで見えるようになった。より多くの大地ができた。水の夜はかたわらへ追いやられ、山ができた。

一方、白い神は、恥ずかしさのあまり大泣きした。泣きすぎたため、白い神は自分の歩むべき道が見えなくなった。そのため、白い神はつまずき、火のなかに転倒した。こうして彼も天上へ昇った。しかし、臆病な自分を恥じて泣いたため、白い神が放つ光はとても物悲しいものになった。こうして、太陽のそばに、物悲しく青ざめた白い神の色をした火の玉ができた。神々は白い火の玉を「月」と呼んだ。

しかし、太陽と月は、天上にじっととどまったまま、歩もうとしなかった。神々は悲しそうに見つめた。とても恥ずかしくなり、神々たち全員が火に身を投じた。すると、太陽が歩きだした。太陽に詫びを乞うため、月も太陽のあとを追って歩きだした。こうして、昼と夜ができた。やがて、コウモリの男と女は洞窟から出ると、火の近くに住まいを構えた。彼らは昼の神と夜の神といつもいっしょだった。昼の神は太陽、夜の神は月だった。

その後におきたことは神々の判断によるものではない。神々はもう死んだ……生きるために……。

老アントニオは、両手で焚火からオキを取り出し、地面に置き、「よく見ろ」と言った。赤色から橙色、黄色、白色、灰色、黒色という順序、つまりお話に登場した黒色のセニコールと逆の順序で、オキの色は変化した。老アントニオは、ゴツゴツしたまめだらけの手でまだ熱いオキをつかみ、私に手渡した。私は熱くないふりをしたものの、すぐにオキを放り出した。老アントニオはほほえみながら地面に落ちたオキを取り上げ、水の夜にできた雨の水たまりに浸した。そして、冷たくなったオキを手渡した。

「さあ、これを……憶えておくとよい。黒色の顔をしているが、この世界に必要な光と熱を隠している」と言って、老アントニオは私を見つめた。

「さあ、でかけよう」と、老アントニオは立ち上がった。そして、次のようにつけ加えた。

「今晩は『白い尾』の鹿はもう現われないな。食堂には誰もいない」

焚火を消そうとすると、リュックを担ぎ単発式猟銃を手にしている老アントニオが言った。

「そのままでいい…。寒いから、夜にはほんの少しの熱でもありがたい」

一言も喋らず、二人とも立ち去った。雨が降り、冷え込んできた……。

雨が降る別の肌寒い夜だった。一九九三年十一月十七日のことだ。EZLNの結成十周年の日だった。サパティスタの参謀本部は焚火を囲んでいた。全般的な計画が提示され、戦術レベルでの細部を詰めていた。部隊はすでに就寝し、司令官の称号をもつ将校だけがおきていた。

老アントニオもおきていた。彼はサパティスタのあらゆる監視所を通過できた。彼の歩みを止められる人はいなかった。彼はどこにでも入り込める唯一の人間だった。公式の会合は終わり、冗談や逸話を交えながら、皆でいろんな計画や夢を設計していた。顔を隠すことがテーマになった。パリアカテ、舞踏会用の仮面、カーニバルの仮面がいいという話になった。皆が私のほうを見つめた。

「目出し帽がいい」と私は言った。

「髪の長い女性はどうするのよ」とアナ・マリアが抗議口調で質問した。

「髪を切ればいいさ」とアルフレッドが言った。

「そんな！　あんた、正気なの？　女性はスカートの位置まで髪を伸ばすべきだなんて言っていたくせに」とヨスエは言った。

「あんたのお婆さんもスカートをはいているのよ」とアナ・マリアはやり返した。

黙って天井を見つめていたモイセスは、別の質問で議論の腰を折ろうとした。

「目出し帽の色はどうするの？」

「コーヒー色。軍帽と同じさ」とロランドが言った。緑だと言うものもいた。

老アントニオは私に合図すると、仲間から引き離した。

「明日の夜のためのオキが残っているか」と彼は尋ねた。

「リュックのなかにあります」と私は答えた。

「ちょっと探してくれ」と言うと、彼は焚火を囲んでいる集団の方に向かった。

私がオキを取って引き返すと、全員が焚火を囲んで静かにしていた。その脇で、老アントニオは、あの『白い尾』の鹿を追跡した夜と同じように、炎をじっと見つめていた。

「どうぞ」と私は彼の手に黒いオキをおいた。

「憶えているか」と老アントニオは私を見据えて尋ねた。

私は黙って座っていた。老アントニオはオキを火の中に入れた。最初は灰色だったが、火は燃えさかるにつれ、白色、黄色、橙色、赤色へと色が変わった。オキは燃えさかり、光を放った。老アントニオは私をもう一度見つめた後、霧のなかへ姿を消した。全員がじっと、オキ、火、光を見つめていた。

「黒色にしよう」と私はつぶやいた。

「なんて言ったの」とアナ・マリアが聞き返した。

「黒だ。目出し帽は黒色だ」と火をじっと見たまま、私は繰り返した。

誰も反対しなかった。


それとは別の雨の降る肌寒い夜だった。一九九三年十二月三十日のことだ。最後の部隊が配置につくため前進を開始した。一台のトラックがぬかるみで立往生し、戦闘員たちは引き出そうとトラックを押していた。老アントニオは火の消えた煙草をくわえて近づいてきた。土鍋の口を下にむけて雨よけにして、私は彼の煙草と自分のパイプに火をつけた。それは、雨のときのために私が発明したやり方である。

「いつやるのだ?」と、老アントニオは尋ねた。

「明日です」と答え、すぐにつけ加えた。

「時間どおり到着できたらですが」

「冷えるな」と老アントニオは古いジャケットの前をたぐり込んだ。

「ウーン」と私は返事した。

「今晩はちょっと灯りや暖房がいるな」と煙草を巻きながら言った。

私はほほえみながら、黒色の目出し帽をとり出してみせた。彼は手に取って点検すると、返した。

「オキは残っているか」と老アントニオは尋ねた。

「今晩、火を焚きましたが……何も残りませんでした」と、私はすまなさそうに答えた。

「それも当然さ」と、老アントニオはかすれた声で言った。

「生きるために死ぬのだからな」と言いながら、彼は私を抱きしめた。

「雨がきついので、目までびしょ濡れだ」と両目を袖でぬぐいながら、老アントニオはつぶやいた。

トラックは泥土から脱け出し、私を呼ぶ声がした。老アントニオにお別れを言うため、彼のほうを振り向いた。だが、もう彼の姿はそこになかった……。


トニィータは立ち上がり、立ち去ろうとした。

「キスは？」と私は尋ねた。

彼女は、私に近づくと、オローテを私の頬にさっと当て、走り去ろうとした。

「それだけ？」と私は抗議した。

「それがあなたへのキスよ。……だって、お話はお人形さんのためでしょ。だから、お人形さんがあなたにキスをしたのよ」とトニィータは笑って答えた。

そして走り去った……。


「苦悩から希望への長い道程」追伸——一九九四年九月二十二日

8　夜と星のお話

タチョは委員会の残りのメンバーを召集するために出かけた。彼らはお祭りに参加していた。それはわれわれサパティスタがチェとわれわれの死者たちのため、毎年十月八日に開催する祭りである。くしゃみを治そうと私は懸命になっていた。そのとき、エリベルトとエバがやってきた。私は彼らのために目出し帽をかぶったアヒルの絵を書くはめになった。

「どうして目出し帽がいるの？」と私はくしゃみをしながら尋ねた。

「だって、どうしても」とエバが答えた。

四歳の彼女からすれば、それ以上の説明はいらないのだなと、私は考えた。しかし、三歳でまもなく四歳になるエリベルトは少しばかりものわかりがよかった。彼は私を哀れみの目で見ながら言った。

「サパティスタのアヒルだから、目出し帽を描いてよ」

「そうだったの！」と私はわかったふりをして言った。

私の描いたアヒルは、面頬つき兜をかぶった格好になった。エバはべそをかきはじめた。

「アヒルの目出し帽が似合うように、僕が描き直してあげるよ。そのあいだ、副司令がお話をしてくれるよ」と、エリベルトはエバを慰めるように言った。

エバは私のとなりに座った。だが、私のくしゃみがアグアスカリエンテスに降り注ぐ雨と同じぐらい激しいことに気づき、エバは少しばかり離れた。私はパイプに火をつけると、弾薬筒を整えた。そして、お見通し！　私はくしゃみをした。何度でも話せるようにと、老アントニオが私にしてくれたお話を、私は語ることにした。

夜と星のお話

まったくの夜という夜がずっと続いた。天は地上に影を落としている長い天井でしかなかった。男と女が歌う唄はもの悲しいものだった。男と女の歌う悲しい唄のせいで、神々は悲しくなった。だから、神々は合意を導き出すための会合を開いた。何か作業をするとき、神々はいつも合意を導き出していた。われわれの古老たちは、合意を導き出しながら、ものごとをおこなうことを習得した。そして、われわれもそのことを習得している。われわれは何か作業をするために合意を導き出すことが必要であることを習得している。

神々は夜の天井を取り除くという合意を導き出した。上にある光があらゆる男女に降り注ぐようにした。男と女の歌う唄が悲しくならないようにした。夜の天井をすべて取り払うと、大量の光が降り注ぎだした。長い夜は川から山まですべてを塞いでいたのである。夜の長い天井が堰きとめていた光の量は膨大なものだった。男と女は目が見えなくなった。光が大量だったため、目は休息できなかった。身体を照らす光のなかで男と女の身体は働きどおしだった。男と女は自分たちに害を与える大量の光のことに関して不平を言った。この男と女はコウモリだったのである。

神々は自分たちの仕事の出来ばえがよくないことに気づいた。神々であるから、彼らもまぬけではない。自分たちの導き出した合意がよくないことがわかった。そこで、神々はもう一度集合した。もう一度、夜の長い天井を埋めるために、新しい合意を導き出すことにした。どうすればよい合意を導き出せるか？　そのことを考えることにした。合意をえるには、ずいぶん多くの時間がかかった。そのため、長い夜が続くことになった。こうして、コウモリの男と女は夜に出歩くことを習得したのである。夜の長い天井という問題を解決するため、神々は長い時間を要した。そのため、光がなかったのである。

新しい合意を導き出した後、神々は男と女がいる場所に赴いた。そして、この問題を解決するために、少しばかり協力をしてほしいと要請した。神々が依頼したことは、夜をあまり長くしないため、光の小さな破片を夜の天井にばらまくというものだった。

「星になってほしい」と神々は宣言した。

すべての男と女が協力を申し出た。誰もが星になりたかったからである。コウモリの男と女でいることに飽きていた。すべての男と女が星になり、種を播いたように長い夜の天井の全面に貼りついた。こうして、夜の天井の部分は完全になくなった。またもや、全面が光だけになった。問題が解決するどころか、さらに悪くなった。夜の天井のあらゆる場所が壊れてしまった。いたるところから落下する光をどうして塞げばいいのか、わからなくなった。

神々はこの事態に気づかなかった。問題が解決したと思い込んだ神々は、満足して寝ていたからである。悩みがなくなると、神々は寝てしまった。コウモリの男と女は、自分たちが起こした問題を独力で解決しなければならなかった。そこで、神々がやっていたように、合意を導き出すため、皆が集まることになった。全員が星になろうとしては駄目である。あるものが輝いているとき、ほかのものは光を消すべきである。そのことに彼らは気づいた。だが、激しい議論がもち上がった。誰一人として、自分の光を消そうとは思わなかった。全員輝く星になりたかったからである。

しかし、そのとき、真の男と女、大地の色の心をもった男と女――トウモロコシは大地から生まれるから――は、自分たちが光を消すことにしようと言った。彼らが光を消すと、夜は完璧な夜となった。暗闇と光ができたからある。こうして、彼らが光を消したおかげで、星は輝くようになった。われわれも目が見えなくなることはなかった。

そのとき、神々は目覚めた。夜があり、星は輝き、世界は自分たちが創ったように美しくなっていた。その様子を神々は目の当たりにした。そして、神々は立ち去った。問題を解決したのは自分たちだと神々は思い込んでいる。ご存知のように、よい合意を導き出し、実行したのは、男と女である。だが、眠りこけていた神々はそのことを知らない。神々は自分たちがすべての問題を解決したと思い込んでいる。かわいそうに、神々は、真の男と女を覆う天井である星と夜が誕生した様子を何も知らない。

これがお話である。あるものが輝くためには、ほかのものは光を消さねばならない。光を消すものがいるから、輝くものが輝くのである。でなければ、誰も輝くことはない。

「目出し帽のアヒルを描き直したよ」と、エリベルトが言ってきた。エリベルトが手にした紙は、真っ黒になっていた。エバはべそをかきはじめた。目出し帽もアヒルの姿もなかったからである。しかし、自分の絵が副司令よりは出来がいいと、エリベルトは確信していた。

「だけど、何も見えないわ」とエバは言った。

「サパティスタのアヒルは夜中に出歩く。だから姿が見えないのだ」とエリベルトは言った。

エリベルトはエバをアグアスカリエンテスにある水溜まりに行こうと誘った。頭部に鉄を詰めた副司令のアヒルと違って、彼の描いたアヒルの方がよく浮くことを証明するためだった。副司令のアヒルは浮くはずがない。かわいそうな副司令のアヒル。エバはエリベルトについて行った。二人はエリベルトの水に関する理論を証明することにした。私はくしゃみをつづけた。ほかに何ができるのか……。


第二回民族民主会議で討論すべき提案——一九九四年十月六日

9 色のお話

エバがやってきて、文章を書いている私を覗き込んだ。

「何しているの？」と彼女は尋ねた。

「科された罰をしているのだよ」と、私は答えた。

「決して民族民主会議の代表者に下品な言葉を発したり、怒ったりしません」

このような誓いの文章の二四八回目を私は書いていた。

エリベルトが扉から顔を覗かせた。彼はたくさんのキャンディをもってきた。そしてこんなに幸福な積荷を間接的に納めた人、つまりエバは私にキャンディを分けてくれたのだ。われわれはキャンディをしゃぶりながら、誰がいちばん大きな音をたてられるかを競争することになった。

私が繰り返して書かねばならない「決して民族民主会議の代表者に悪口を言ったり、非難したりはしません」という文章を五百回以上も書いている。それに気づいたのか、エリベルトは手伝うよと言ってきた。無言のまま（実際、言葉を発せなかった。というのは、エバが音出し合戦で勝っていたからである。私はたった一人しかいない最良の副司令のはずなのに）、私は彼に一枚の紙と鉛筆を手渡した。エリベルトは最初の文字のいくつかをなんとかまねようとした。だが、すぐに飽きて、小さなアヒルを描きはじめた。それはエリベルトにとってはどんな言いわけよりも強力であった。私はロケット・エンジンをたくさん搭載した飛行機をエリベルトに描いてやった。それを見て彼は言った。

「なーんだ。そんなものでは、誰も罰を免除してくれないよ」

すると、お話してとエバがせがんできた。私が騒音たてのチャンピオンに確定するのを引き伸ばす作戦かなと、私は疑った。エリベルトは私の返事を待たず、エバのとなりにちょこんと座ると、自分が描いた絵を彼女に見せた。そして次のように言った。

「ぼくの描いたアヒルにはロケット・エンジンがないけれど、副司令の飛行機よりうまく飛べるよ」

私はキャンディがいっぱい詰まった制服を着ようとしていた。だが、パイプに火をつけて、三服ほど煙草をすった。そして、老アントニオがしたように、彼らにお話をすることにした。

色のお話

「あれを見ろ」と老アントニオは昼下がりの空を横切っているコンゴウインコを指差した。私は刺激的な多彩色の光の筋を見つめた。それは雨が近いことを告げる灰色の空で色鮮やかに映えていた。丘の頂上に着くと、私はつぶやいた。

「一羽の鳥にあんなにたくさんの色があるなんて、どうも嘘っぽいな」

老アントニオは泥で汚れていない狭い斜面に腰をおろした。踏み分け道は泥だらけだった。彼は呼吸を整えながら、新しい巻き煙草を作った。私は数歩前を歩いていたが、彼が後ろで立ち止まったのに気づき、引き返すと、彼の横に座った。

私もパイプに火をつけながら、「雨が降りだす前に村に着けると思いますか？」と尋ねた。

老アントニオは聞いていないようだった。今は、トゥカンの群れに目を奪われていた。紫煙でゆっくりと絵を描くには、手にした巻き煙草に火をつけることが必要だった。彼は咳払いをしながら、煙草に火をつけた。いちばん楽な姿勢になると、老アントニオはゆっくりとお話を始めた。

昔のコンゴウインコはあんなものではなかった。色はなく、完全に灰色だった。その羽毛は濡れた雄鶏のように短かった。この世界にどのように登場したのかが知られていない鳥の仲間だった。誰がどのようにして鳥類を創ったのか、神々も知らなかった。まあ、ものごととはそんなものだ。

神々が目覚めたのは、夜が「自分の当番はここまで」と昼にむかって宣告した後だった。そのとき、男と女は寝ているか、愛し合っていた。後でぐっすりと寝るため、疲れることをするのだから、愛しあうことはすてきなことである。

神々は喧嘩をしていた。神々はいつも戦っていた。いちばん最初の神々、いちばん最初の世界を誕生させた七つの神々とは違って、この神々はとても喧嘩が好きだった。

神々が喧嘩をしたのは、たった二色で塗られた世界が退屈でしかたなかったからである。神々が怒るのも当然だった。たった二つの色が交互に世界を描いていたからである。ひとつは夜を支配する黒色だった。もうひとつは昼を闊歩する白色だった。第三番目の色は色といえなかった。それは、黒色と白色が衝突しないように、夕方や夜明け前を塗っている灰色だった。

この神々は喧嘩好きだったが、賢かった。彼らが開催した集会で、もっとたくさん色を作り出すという合意を導き出したからである。コウモリの男と女の歩みと愛を楽しいものにするためだった。

自分の考えを真剣に追求しようとした神は歩くことに集中していた。自分の考えをまじめに追求していたため、彼は自分が歩んでいる道を見ていなかった。そのため、巨大な石につまずいた。頭を打ったため、頭から血が出た。しばらく、その神は泣きわめいた。だが、神は自分の血を見て気づいた。

その色は白と黒の二色のどちらでもなかった。そこで、ほかの神々がいる所まで走って帰った。そして、神々にその新しい色を見せた。神々はその色を赤色と名づけた。こうして三番目の色が誕生した。

その後、別の神は、希望に塗るための色を探していた。かなりの時間がかかった。だが、ついにその色を見つけた。彼は神々の集まりでその色を見せた。神々はその色を緑色と名づけた。それが四番目の色である。

今度は、別の神が大地を掘り返しはじめた。

「何をしているの?」とほかの神々は尋ねた。

彼はあたりに土をまき散らしながら、「大地の心を探しているのだ」と答えた。やがて、その神は大地の心を見つけ、ほかの神々に見せた。神々はこの五番目の色を茶色と名づけた。

別の神は真っすぐに上の方に向かった。

「世界がどんな色なのか見にいくのだ」と言い残し、その神はずいぶん上まで登りつづけた。とても高い所に到着したので、眼下に広がる世界を見おろした。そして、その世界の色を見つめた。だが、ほかの神々がいる所にその色を持参する方法を思いつかなかった。ずいぶん長い時間、世界の色を見つづけたため、彼の目は見えなくなっていた。彼の眼に世界の色が焼き付いたからである。彼にできる唯一の方法、つまり、つまずきながら下まで降りていった。やっとのことで、ほかの神々が集会を開いている所にたどりつくと、彼は言った。

「両方の目に世界の色を貼りつけてきた」

神々はその六番目の色を青色と名づけた。

別の神々もいろんな色を探した。そのとき、一人の子どもの笑っている声が聞こえた。一人の神は用心しながら子どものいる場所に近づいた。子どもが無防備だったので、神は子どもから笑いを奪い取った。すると、子どもは泣きだした。だから、子どもは笑っていたかと思うと、急に泣きだすと、いわれるようになった。子どもの笑いをもってくると、神々はその七番目の色を黄色と名づけた。

その頃になると、神々は疲れ切っていた。そこでポソールを飲み、ひと眠りすることにした。神々は色を小さな箱にしまい、セイバの木の根元においた。

その小さな箱はきちんと閉まっていなかった。そのため、色が飛び出した。楽しそうにはしゃぎ、お互い愛しあった。そのため、別の色がつぎつぎ生まれた。その様子をずっと見ていたセイバの木は、小さな箱に蓋をかぶせた。雨で色が消えないようしたのである。神々がやってきたときは、七色だけではなかった。ずいぶん多くの色が増えていた。神々はセイバの木を見て、こう言った。

「色を生み出したのはおまえだな。おまえは世界を大切に管理するのだ。われわれは、おまえの樹冠から、世界に色を塗ることにする」

こうして、神々はセイバの樹冠に登った。そこから多くの色を遠くにまきだした。青色の一部は水にとどまった。残りは空にとどまった。緑色は木や植物の上に落ちた。いちばん重かった茶色は大地に落ちた。子どもの笑い声である黄色は空高く飛び上がり、太陽を塗った。人間や動物の口に到達した赤色は、食べられてしまった。そして、その内側を赤く染めた。白色と黒色はもとからこの世界にあった。こんなふうにメチャクチャに、神々は色を放り投げた。放り投げた色がどこに到着するかなどまったく気にかけなかった。いくつもの色が人間に吹きかけられた。こうして、異なった色をした人間、異なる考えをする人間が存在するようになった。

疲れた神々はふたたび寝てしまった。この神々は眠ることが大好きだった。この神々は、この世界を誕生させたいちばん最初の神々ではない。

そして、色のことを忘れず、色をなくさないようにするため、この神々は色を保管する方法を探した。どうしたらよいのかと、神々は心のなかで考えた。そのとき、コンゴウインコの姿が眼に入った。神々はコンゴウインコを捕まえ、すべての色を塗った。すべての色が塗れるように、羽毛を長くした。こうして、コンゴウインコは色を身につけ、多くの色をまとって飛ぶようになった。

色や考え方はたくさんある。そして、すべての色と考え方が自分の居場所をもてるなら、世界はとても楽しくなる。そのことを男と女が忘れないように、コンゴウインコは気を使っているのである。

「キャンディしゃぶりの音たて競争の勝利者はエバに決定！」とエリベルトは高らかに宣言した。そして、彼が描いたミサイルに反対するアヒルの絵を賞品として、エバに贈った。エバは賞品があまり気に入らなかったようだ。だが、二人そろって反乱兵士たちが映画を観ている会場に行った。すでに何度も上映されたペドロ・インファンテ主演の映画の題は、コンゴウインコと明白な関係があった。その題は『ハイタカ』だった。私はとっても悲しい気分になった。

私が不満ばかりこぼし、下品な言葉を使っていることに対して委員会が科した罰として、同じ文章を書いていた紙は、キャンディでベタベタになっていた。

「どうしてコピーするよう命令しなかったのだ」とモイが尋ねた。たしかに。どうしてそうしなかったのだろう？

和平全権委員宛て書簡に同封の書簡——一九九四年十月二十七日

10 雲と雨のお話

「死者の日」のためのお話をしよう。

EZLN蜂起一周年を祝うために制作していたビデオ「法律違反者対アトラコムルコの恐竜［PRIの保守派の権力者たち］」を点検していた。すると、「もう、私たち七面鳥を殺さないのね」と、エバが言った。

なにしろ、そのビデオ作品の配役はとてつもなく豪華である。エリベルト役はエリベルト、ベト役はベト自身、そしてトニィータという大スター役は当のご本人、おまけに(何千という)それ相応の数の法律違反者が登場する。

エバがピニャータ割りのシーンを見せてちょうだいとせがんでいると、エリベルトが泣きじゃくりながらやってきた。涙と鼻水にまみれたエリベルトの様子からすると、検問所で六つのコンドームを押収されたようである。アナ・マリアがハーグの国際司法裁判所にわれわれを提訴する前に、事態を調査しておくように、私はモイに言った。

モイがもどってきたのは、雷にキスされた木のように打ち砕かれたピニャータ割りのシーンをわれわれが四十五回も見ているときだった。調査の結果、避妊具を風船といって、エリベルトを騙していたようだった。検問所の責任者は、今晩の計画を立てていたのである。当然、雨具として使用するのではない。だが、エリベルトが邪魔をしたのである。結局、調査を継続しなくてよいと、私はモイに言った。そんなことをすれば、タマウリパスだけでなく、そこから政権中枢まで赴くはめになるからである。

そのとき、エリベルトといえば、お馴染みの清涼飲料水コーラのビンで馬方アリを「撫ぜる」ことに熱中していた。彼は小さな事件を記憶する能力をいっさいもたないようだ。またもや、アリがペチャンコに潰されているのではと、私は気になった。人は前に犯した過ちから学習するというけれど、われわれはエリベルトに対して何ができるのだろう？

関心をそらすため、私はエリベルトを呼んだ。そして、多くの大砲、赤外線監視装置、スマート爆弾やあらゆる近代的技術の成果を装備した強力な航空母艦の絵を描いてやった。エリベルトは一羽のアヒルを描いた。エリベルトは臆することなく言い放った。

「ぼくのアヒルはバッテリー不要なので、ラ・レアリダーの水溜まりでも自由に泳げる」

そしてクリスマス用お菓子とくっきりと書かれたチョコレートの箱を横目でみながら、彼は宣告した。

「副司令の小舟なんて、ラ・レアリダーでは通用しないさ」

「だって、ラ・レアリダーには乾電池はないからね」とつけ加えた。

私は失意のあまり、自分の描いた絵を見つめ、太陽電池を描き足そうとした。それは、政府が国内の水力発電エネルギーの五十五%を供給するこのチアパスの大地の住人に配布している代物である。十二月まではまだ時間があり、クリスマスなんてチアパスの現実の世界には到来しないとでも、エリベルトは考えたようである。エバと結託して包装紙を破った。私は太陽電池で動く航空母艦のことを教えた。すると、チョコレートで汚れた髪の毛を近づけ、エリベルトは軽蔑した口調で言った。

「僕のアヒルは夜に泳ぐから、太陽なんか関係ないよ」

エリベルトはチョコレートがべっとりとついた絵を私に返した。私は航空母艦にいくつか大きなバッテリーを描き加えた。そうこうしていると、エバはチョコレート争奪戦の停戦を提案し、お話をせがんできた。私は手と鉛筆についたチョコレートをきれいに拭き取り、おもむろにパイプに火をつけた。エリベルトとエバはしゃがみ込み、私の口から語られるお話に耳を傾けた。

それは老アントニオが話してくれたものである。そのお話の題は……

雲と雨のお話

一陣の熱い突風によってわれわれは大地に叩きつけられた。雷が近くの木に落ちた。黒い空を切り裂いて、カギ状の稲光がきらめきだした。その光を利用して私は老アントニオを探した。彼が無事かどうかを確かめるためだった。老アントニオは私と同じように泥まみれだったが、大急ぎでナイロン製テントを広げていた。雨でずぶ濡れにならないようにするためだった。新米の私にとっては、雨はやみそうに思われなかった。私はそばに行って手伝った。そして、座り込み、雨がやむのを待つことにした。

老アントニオはすっとナイロン製テントから出ると、木々のあいだに姿を隠した。やがて、落雷で砕かれた小枝の破片をもって帰ってきた。その一部はまだ火がついていた。老アントニオは焚き火をあっという間に作りあげた。こんなとき、すなわち体の芯まで濡れてしまったとき、彼が山でいつもしていることをした。つまり、いちばん大事なもの、煙草を取り出した。

私はパイプと煙草をビニール袋にいれて運ぶことを習得した。私は老アントニオの煙草が乾き、彼がトウモロコシの葉で巻き煙草を作り、言葉の儀礼を始めるのを待った。われわれの手や頬を撫ぜる熱とともに、老アントニオの唇から、吐き出される紫煙と同じように湿り気のある対立に関するお話しが紡ぎだされていった。

大地が光をもち、コウモリの男と女に真実と愛の道を歩ませるため、最初の神々、世界を誕生させた神々は死んでしまった。

しかし、その直前、最初の神々、七つの神々は、たとえ死ぬときであっても、死なないようにすることを夢見た。最初の七つの神々、世界を誕生させた神々は、ボロ雑巾のように漂っていた。どこであろうと漂っていた。そのため、白色だった彼らの夢は、大地の色で少しばかり汚れてしまった。灰色と少しばかりの茶色がこれらの「雲」に付着した。最初の神々、世界を誕生させた神々は、死ぬときにも死なないようにしようとした。そのことが真の男と女の記憶に強く残った。

七つの神々は、生きるために死んだ。それ以来、痛みをともなう大いなる苦悩が、世界全体の歩みのなかに登場したのである。最初の両親、世界を誕生させた神々がいなくなったという苦悩は、とてつもない痛みを伴うものだった。あまりにも痛かったので、水は一方の側に移動し、苦悩をその内側に集めて小さくなった。こうした痛さのあまり、大地は干あがった。痛い痛いと言いながら、真の男と女の腹や欲望も乾燥していった。歩む道に生える植物も苦悩を感じていた。昼や夜も苦悩を感じ、苦悩のあまり叫び声をあげていた。苦悩のあまり、夜にはコオロギとホタルコメツキが、そして昼にはセミとカブト虫が悲鳴をあげていた。すべてのものが苦悩を感じていた。石も苦悩を感じ、希望ですら苦悩を感じていた。

苦悩は山に到達した。そこは、最初の神々、世界を誕生させた神々、生きるために死ななければならなかった神々の夢、つまり雲が休息している場所だった。苦悩が山まで到達したので、雲は目覚めた。雲に痛みを感じさせた苦悩は、ゆっくりと雲を目覚めさせた。段ボール箱のように大量にある灰色の雲はゆっくりとしか動くことができなかった。夜の山中で多くの愛や苦悩を体験すると、その愛や苦悩がもたらす痛みはじわじわと骨にしみてくる。それと同じぐらいゆっくりと雲は目覚めたのである。

そして、最初の神々の夢は語りだした。大いなる苦痛によって世界が干上がった。その様子を雲は見ていた。真の男と女を苦しめている、痛みをともなったこの苦悩の問題を解決できないものかと、雲は考えた。だが、すぐさま六つの雲の言葉のなかに込み上げてきたのは、怒りだった。雲は汚い言葉で批判し、声高に話しだした。雲、つまり最初の神々の夢が怒りだすと、天空は雷鳴をとどろかせた。

言葉によるけんかはそこまでだった。やがて、お互いに殴り合いを始めた。誰がいちばん偉大な存在であるかを決めるには、戦うしかない。このような考えには打ち勝てないと、誰もが心の底では思っていた。こうして雲は激しく衝突した。衝突は繰り返され、火が発生した。山の上では稲妻が見えた。真の男と女は、恐ろしそうに稲妻を眺め、山中の激しい闘争によって生じている雷鳴を聞いた。

雲は三対三で戦った。しかし、けんかが繰り広げられている最中、残っているひとつの雲、つまり最初の神々が見た夢のひとつが、自分たちがどこからやってきたのか、世界を誕生させた神々は何をしたのかを、思い出した。やがて、苦悩のため、その雲から水がにじみ出るようになった。七番目の雲は、一筋の涙を流しながら泣きだした。最初の神々は七つで、その夢も七つだったからである。この涙という苦悩は、けんか好きの雲たちが展開していた大論争に大声を出して割り込んだ。

「皆がけんかしているとき、私の苦悩で大地の苦悩を癒そうと努めました」

ほかの雲は七番目の雲に言った。

「おまえはとっても小さい。大地で苦しんでいる苦悩を癒せない。おまえだけでは何もできない」

しかし、七番目の夢のなかで苦しんでいた涙という苦悩は繰り返した。

「私の苦悩によって、大地の苦悩を軽減させるつもりです」

そして、下に広がる山にむかって飛び込んだ。自分の湿った苦悩によって、大地の苦悩に軽くキスするためだった。七番目の雲のなかでは、もうひとつの涙という苦悩が作られていた。ほかにも多くの涙という苦悩が作られた。これらの涙は、最初の涙、最初の苦悩を追いかけるように、つぎつぎ落下した。

「僕も行く」と言いながら、涙という苦悩は大地にキスして苦しみを癒すために出かけた。

痩せた七番目の雲は、多くの苦悩を抱え、流れる涙を出しながら苦しんでいた。それを見て、ほかの六つの雲はけんかをやめた。彼らも苦しみ、そして雨となって、大地の乾燥した苦悩の上に降り注いだ。こうして雨が降りだした。大地で苦悩を抱え苦しんでいる苦悩を軽減するため、涙の形となった苦悩はとても大きかった。この雨で大地は癒され、あれほどあった苦悩も最初の涙によって治った。

真の男と女はこの様子を見ていた。苦しみだけで癒しのないけんかは、人の役には立たない。そのことに彼らは心のなかで気づいた。それ以来、苦しみが三回ならば、癒しはその三倍となった。真の男と女の大地では、三ヵ月の間、暑さで苦しむ。しかし、その後、三ヵ月が三回分、つまり九ヵ月の間、癒しの雨が山の中で降るようになった。山は真の男と女の永遠の家であり、……最初の神々、世界を誕生させた神々の夢が休息する場所でもある。

最初の神々、世界を誕生させた神々、すでに死んでいるが当時は生きていた神々は、このように教えていた。神々の苦しみと夢のなかで、大地の痛みをともなう苦悩は癒されたのである。もとから、そうだった。大地を癒すための雨、雨が降らないような戦いは不毛であることを真の男と女に思い出させるため、山のいちばん高い所で、雷鳴は轟き、稲光が光っている。雲は激しい戦いを展開し、疲れきっている。しかし、世界が誕生したときのように、戦いはキスで大地を癒しながら死ぬためのものであることを人びとが理解できるまで、雨は降らないだろう。名前や顔をもつことなく、大地の苦しい痛みをともなう苦悩から永遠に癒される特権を求め戦っている。

お話が終わったとき、私の絵がないのに気づいた。

「チョコレートの包みと勘違いして、馬方アリの隊列が運んだよ」とエリベルトは笑いながら教えてくれた。

その行き先はわからないが、海ではないことは直感的にわかる。私の新品の航空母艦はアリの巣に埋没してしまった。それを知った私はとても悲しくなった。私のことを気の毒に思ったのか、エリベルトは小さなアヒルの絵を贈ってくれた。チョコレートを頬張った声で彼は言った。

「ラ・レアリダーで暮らすときのために、この小さなアヒルをあげるよ」

民族民主会議第二回総会宛て書簡の追伸——一九九四年十一月二日

11 質問のお話

何の話だっけ。ああ、そう。エバのキャンディをエリベルトがもち去ったのだ。キャンディの入った袋をキャンプ中で捜索せよと、私はラジオを通じて命令した。それは私に贈られたもので、エバにプレゼントしようと保管していたものである。すると、当のエバがタマールの殻をもって現われた。

「お母ちゃんが行けと言ったの。今日は私の誕生日だって」

こう言うと、エバは私をじっと見つめた。十歳以上になったら、戦争でも始めるのではないか。そのぐらい思い詰めた目付きだった。私は敬意をこめて感謝しながら尋ねた。

「プレゼント以外に何がほしいの？」

「お話をしてちょうだい」

エバは依頼とも強要とも思われる口ぶりで言った。私は冷汗をかいた。恨みがましい褐色の視線ほど恐ろしいものはない。私がためらっていると、映画『聖人と狼男』のように、エバの目つきはみるみる変わった。損ねた気分をなおそうと、私はあれこれ努力した。

　そこにエリベルトがやってきた。自分のことを「副司令がもう怒っていないか」確かめるためである。エリベルトに蹴りをいれられるか、計算する時間を稼ぐため、私はほほえむことにした。エリベルトが小さくなったキャンディの袋をもっているのに気づいて、エバは誰にもらったのと尋ねた。

「ふくちれいだよ」とエリベルトは甘味料でネトネトした声で答えた。

　彼が言いたかったのは、「副司令」だった。そのことに気づいたのは、エバが私を振り返って、「ねえ、私のプレゼントは？」と言ったからである。

「プレゼント」という言葉を聞くやいなや、エリベルトは眼をむき、空になったキャンディの袋を捨て、エバといっしょに近づいてきた。

「そうだよ、僕たちへのプレゼントは？」と、辟易するような皮肉っぽい声でエリベルトは言った。

「君たちへのプレゼントだって？」と答えながら、私はくれてやる蹴りの数を計算した。だが、近くをアナ・マリアが見回っているのが目に入った。蹴りを入れるのを断念し、「隠したよ」と答えた。

「どこに？」と、すべての疑念を一掃するかのように、エバが尋ねた。

　一方、エリベルトは私の言葉を挑発と解釈した。すぐさま私のリュックを開けだした。シーツ、高度測定器、コンパス、煙草、弾薬筒、片方の靴下をかたわらに投げ捨てた。

「ここにはない！」ときっぱり叫んで、私は制止した。すぐさま、エリベルトはモイのリュックのところに行った。そして、リュックを開けながら言った。

「プレゼントがどこにあるのか。お話で占わなくっちゃ」

モイ司令官のリュックの革紐はきつく縛られていた。独力でリュックを開ける気をなくしたのか、エリベルトは私の方に来ると、横に座った。エバも同じようにした。ベトとトニィータも近づいてきた。占いに手を出すという問題の厄介さを計測するための時間を稼ごうと、私はパイプに火をつけた。

すると、老アントニオが近づいてきた。そして、彼が贈ってくれた銀製の小さなサパタ像をサンダルで指し示す格好をしながら、今度も、私の口を通じて、次のようなお話を繰り返した。

質問のお話

この山中の寒さは厳しい。十年前の一月、夜明けが近づく頃、私はアナ・マリアとマリオを伴って探索に出かけた。二人はゲリラ部隊に編入され、当時歩兵隊の中尉だった私の指揮下に入ったばかりだった。私の任務は、別の人から教えてもらったこと、つまり山のなかで生きる術を教えることだった。

その前日、私は初めて老アントニオと出会った。二人ともほんとうのことは言わなかった。彼はトウモロコシ畑を見回っているのだと言った。私は狩りをしていると言った。二人とも、お互いに嘘をつき、それがばれていることを承知していた。

私はアナ・マリアに探索を続行させた。そして、私は川の方に引き返した。老アントニオにもう一度出会うことを期待していたからである。また、前方に聳えるかなり高い丘をクリノメーターで地図に記入できるかを確かめるためでもあった。老アントニオも同じことを考えていたにちがいない。最初に出会った場所に、老アントニオも現われたのである。

まるで昨日のことのようだ。老アントニオは地面に腰をおろした。緑色の苔がついたウアパックの木にもたれながら、煙草を巻きだした。私は彼の向かいに座ると、おもむろにパイプに火をつけた。老アントニオは口火を切って言った。

「おまえさん、狩りなんかしていないね」

「あなたもトウモロコシ畑の見回りではないですね」と私はやり返した。

生まれてからまだ二度しか会っていないが、この年齢不詳で豚の皮膚のように陽に焼けた顔をした人物に敬意を払って、私はあなたと呼びかけることにした。

老アントニオはほほえみながらつけ加えた。

「おまえさんたちのことは耳にはさんでいた。渓谷部では、盗賊だと言われている。こっちの方面に来るのではないかと、わしの村でも、皆が不安がっている」

「あなたも、私たちが盗賊だと思っていますか」と尋ねた。

老アントニオは渦巻き状の大きな煙を吐いた。そして、咳をしながら、頭を振って否定した。私は意を決し、質問した。

「私たちは何ものだと思いますか?」

「自分で名乗ってほしいね」と、老アントニオは私の目をじっと見た。

「話せばとても長くなるのですが」と断って、私は話しだした。サパタとビリャ、革命、土地、不正、飢餓、無知、病気、弾圧などあらゆることを語った。

「われわれはサパティスタ民族解放軍です」

このように宣言し、私は話を終えた。

老アントニオは話のあいだずっと私を凝視していた。彼の顔に何か変化の徴でも現われるかなと、私は期待していた。紫煙を吐きだし、咳をした後で、老アントニオは言った。

「そのサパタについてもっと話してくれ」

私はアネネクイルコの事件から説明を始め、アヤラ綱領、軍事作戦、民衆の組織化、チナメカでの裏切について話した。話は終わったが、老アントニオは私をじっと見つめていた。

「それはちがうな」と彼は言った。

驚きのあまり口ごもった私は、「どうちがうのですか?」としか言えなかった。

「そんな話ではない」と断言し、「サパタについて本当の話をしよう」と老アントニオは言った。

煙草の葉と巻紙を取り出すと、老アントニオはお話を始めた。私のパイプと彼の巻き煙草の煙が入り混じり一体化するのと同じように、その話のなかでは古い時代と新しい時代が結合し混じりあった。


いちばん最初の世界を創った神々は、夜のなかをあちこちうろつき回った。たくさんの歴史が作られたのはそうした時代であった。

イカルとボタンという神が話をしていた。二人で一人の神だった。イカルという神を裏返せば、ボタンという神の姿が現われた。ボタンを裏返すと、イカルが現われた。この二人はお互いに逆の性質をもっていた。一方は、五月の川面にかかる朝焼けのように光にみちていた。もう一方は、寒い夜や洞窟のなかのように暗かった。しかし両者は同じものだった。二つでひとつだった。片方があることで、もう一方ができていた。しかし、一体である二人の神は歩かなかった。動かず、いつもじっとしていた。

「さて、何をしようか？」と二人の神は尋ねた。

「ここにじっといるだけでは、人生は悲しすぎる」と、存在において一体である二人の神は嘆いた。

「夜は歩まない」とイカルは言った。

「昼も歩まない」とボタンが言った。

「歩くことにしよう」と片方が言った。

「どうやって？」ともう一方が尋ねた。

「どこへ？」と別の神が尋ねた。

最初に、どうやって？　次に、どこへ？　と質問するため、自分たちが少しばかり動いていたことに、彼らは気づいた。少しではあるが、動いたことがわかった。二人で一体である神はうれしかった。二人は同時に動きたかったが、それはできなかった。

「どうしたらいいのだろう？」

一人がまず顔を出し、次にもう一人が顔を出した。すると、またほんの少しだけ動いた。一人が先におこない、後でもう一人がすると、動けることに気づいた。そして、動くため、最初に一人が動き、後でもう一人が動くことに、彼らは合意した。

こうして動きだした。しかし、動くためにどちらが先に動いたのか、どちらも覚えていない。だが、動けたことに満足した二人は言った。

「動けたのだから、どちらが最初に動いたかはどうでもいい」

こう言いながら、一心同体の二人の神は笑った。まず、踊ろうということになった。そして、踊りだした。一人が一歩、もう一人が次の一歩、といった形で、二人は踊りだした。こうして出会えたことに満足し、二人の神はずいぶん長いあいだ踊りつづけた。

あまり長く踊ったので、二人は疲れた。そこで、ほかに何かできないか調べた。しかし、最初の「どうやって動こうか？」という質問に対する回答は、「いっしょだが、当然、別々に」だったことに気づいた。だが、彼らにとってはそうした質問の内容はさほど重要ではなかった。

自分たちが動いていることに気づき、二つの道があることがわかったとき、新たな問題が浮かんだ。一方の道はとても短いので、すぐ到着でき、かなり近いところで終わっている。そのことははっきりしていた。とにかく彼らは自分の足で歩きたかった。短い道など歩きたくないと言って、二人はすぐさま長い道を歩くことにした。彼らはただちに歩きはじめようとした。

この長い道を選んだとき、「この道はどこに通じているのだろう？」という疑問が浮かんだ。長いあいだ、彼らは答えを探した。この長い道を歩んでいるうちに、どこへ通じているかはわかるだろう。そんな考えが一心同体の二人の頭に浮かんだ。いずれにせよ、考えているだけでは、長い道がどこへ通じるかは少しもわからない。

「では、その道を歩くことにしよう。では」と二人で一体の神は言った。

こうして、最初に一人、次にもう一人と、彼らは歩きだした。長い道を歩むには時間がかかる。それぐらいしかわかっていなかった。しかし、「長く歩くためには、どうしたらよいのだろう？」という新たな質問が浮かんだ。少しばかり、彼らは考えた。

しかし、イカルは昼には歩けないと、ボタンは夜に歩くのは恐いと言った。彼らはしばらく泣いていた。やがて大声で泣きわめく二人の声はやんだ。二人は合意した。イカルは夜なら上手に歩けるし、ボタンは昼なら上手に歩ける。それがわかったので、夜にはイカルがボタンを担いで歩けばよい。こうして昼も夜も、歩きつづけるための回答を手にした。

それ以来、神々は質問をしながら歩いた。決して立ち止まらず、到着することも、立ち去ることもなかった。質問をすることは、立ち止まってじっとするためだけではなく、歩むために役立つものである。真の男と女はそのことを理解した。それ以来、真の男と女は、歩むために質問し、到着するために旅立ち、出発するために挨拶をするようになった。彼らは決してじっとしてはいなかった。

短くなったパイプの煙草をくわえ、私は老アントニオがお話を続けるのを待った。だが、彼としてはこれ以上、話を続ける気がないようだった。何か深刻な話の腰を折ることを恐れながら、私は尋ねた。

「ところで、サパタの話は？」

老アントニオはほほえみながら言った。

「もう、わかっただろう。ものごとを知り、歩んでいくには、質問をしなければならない」

老アントニオは咳をしながら、知らない間に巻いていた次の煙草に火をつけた。唇から立ち上がる紫煙の合間から、大地に播かれる種子のように、彼の言葉がこぼれていった。

あのサパタはこのあたりの山から現われた。この土地の生まれではない。そういうことだ。すっと現われた。よい人を驚かすためではない。長い道を歩む途中、休息するためにここにやってきた。それがイカルとボタンである。彼らは一体になっていた。イカルとボタンは長いあいだ二人でいっしょに歩んだので、二人で一体となっていた。夜も昼も一体になっていた。ここに到着したときは、一体になっており、サパタと名乗っていた。

そのサパタは言った。やっとここに到着した。この長い道はどこに通じているのか？　その答を探してきた。その長い道は、ときには光、ときには暗闇のなかにあった。しかし、その本質は同じものだった。ボタン・サパタとイカル・サパタ、白いサパタと黒いサパタというふたつの道だった。しかし、真の男と女にとってはどちらも同じ道であった。

老アントニオは背負い袋からビニール袋を取り出した。袋から一九一〇年に撮られた非常に古いエミリアーノ・サパタの写真が出てきた。

サパタは腰の位置にあるサーベルを左手で握っている。右手で騎銃を支え、胸には二つの弾薬帯をたすきがけにし、白と黒の二色の飾り帯を左肩から斜めにかけている。じっとしているか、歩いている人のように立っている。その視線は、「私はここにいる」、または「そっちに行こう」とも言っているようだ。二つの階段がある。暗闇から出ている階段には、なにかの奥底から抜け出したかのように褐色の顔をした数多くのサパティスタがいる。もうひとつの照らしだされている階段には、誰もいない。その階段はどこに通じ、どこからきているのかわからない。

こうした細かいことをすべて知っていたかのように言ったとしたら、私は嘘をついていることになる。こうしたことについて注意を喚起させたのは、老アントニオである。その写真の裏には次のような文字が読み取れる。

エミリアーノ・サパタ将軍、南部軍指揮官（スペイン語）
エミリアーノ・サパタ将軍、南部軍指揮官（英語）
エミリアーノ・サパタ将軍、南部軍指揮官（フランス語）
一九一〇年。アウグスティン・V・カサソラ撮影

「この写真にむかってたくさん質問しながら、わしはここまできた」と老アントニオは言った。

咳とともに吸いがらを投げ捨てると、彼は写真を私に手渡しながら言った。

「おまえさんにやるよ。この写真に質問するやり方を習得し……道を歩めるように」

「到着したとき、お別れを言っておくほうがよい。そうすれば、別れるときにそれほど傷つかないから」と老アントニオは言った。

そして、手を差し伸べながら言った。「もう行くよ。つまり、今着いたところだ」

それ以来、老アントニオは「さようなら」と挨拶しながら近づき、別れるときには、「今着いたところだ」と言いながら、手を挙げて遠ざかった。

老アントニオは立ち上がった。そして、ベト、トニィータ、エバ、エリベルトも立ち上がった。私はサパタの写真をリュックから取り出して、全員に見せた。

「これから山に登るの？　それとも、下るの？」とベトが尋ねた。

「歩いて前進するの？　それとも、ここにとどまるの？」とエバが聞いた。

「剣は抜くの？　それとも、しまうの？」とトニィータが尋ねた。

「もう発砲したの？　それとも、これからなの？」とエリベルトが聞いた。


八十四年前に撮影され、一九八四年に老アントニオが贈ってくれたこのサパタの写真に関して、子どもたちからこんなに質問が出てきた。私はそのことに驚かざるをえなかった。

アナ・マリアにこの写真を贈ることを決める前、私は最後となるその写真を見つめていた。私にひとつの疑問が湧いてきた。これは昨日のわれわれなのか？　それとも、明日のわれわれなのだろうか？

この質問攻めのなか、四歳が終わり、五、六歳になったばかりの子どもとしては驚くべき一貫性をもって、「ねえ、私へのプレゼントは？」と、エバは口走った。

「プレゼント」という言葉を聞いて、ベト、トニィータ、エリベルトは同じ反応を呼び起こした。

「で、私のプレゼントは？」と全員が叫んだ。彼らは私を追い詰め、まさに犠牲に捧げようとした。そのときアナ・マリアが現われた。状況こそ異なるが、一年前のサンクリストバル市と同じように、彼女が私を救けてくれたのである。アナ・マリアは大きな大きなキャンディ、本当に大きなキャンディの入った袋をもつていた。

「ここに副司令がもってきたプレゼントがあるわ」と言いながら、アナ・マリアは、「あなたたち男ときたら、わたしたち女がいないと、何もできないのね」という顔つきで、私を見つめた。子どもたちはキャンディの分配をめぐってはけんかで決着するしかないという結論に至ったようだ。アナ・マリアは私に軍隊式の敬礼をしながら言った。「報告します。部隊の出発の準備完了」

「わかった。いつもどおり、夜明け前に出発だ」と、私はピストルをベルトに挟みながら答えた。アナ・マリアは退こうとした。

「ちょっと待って。サパタの写真をあげるよ」と彼女に言った。

「それで、これは何なの?」と写真をみながら尋ねた。

「われわれの役に立つだろう」と私は答えた。

「何のため?」と彼女は聞き返した。

「われわれがどこに向かうのか、知るためさ」と、カービン銃を点検しながら答えた。

上空で一台の軍用機が旋回している……。

まだ返信を受け取っていない人宛て書簡——一九九四年十二月十三日

12 言葉のお話

目を凝らして、霧のなかを見つめよう。引き続き、話されていることに耳を傾けよう。人類史上でもっとも権力をもち、もっとも多くの犯罪に手を染め、もっとも厚顔無知な連中が巣くっている社会階級、つまり金融資本家階級の卓越したメンバーである高名な銀行家たちは、ところかまわず悪態の言葉を吐きちらしている。

「メヒコ経済の問題〔一九九四年十二月末のEZLNによる三八の自治地区設立宣言を契機におきたテキーラショックといわれるメヒコ・ペソの暴落〕は副司令官マルコスと呼ぶことにする」と、死刑宣告が発表された。金持ちどもはこの「問題」を除去するために必要となる銃弾の価格を計算しはじめている。

銀行の紳士連中が判決文を発表していた頃、息子のアントニオはメヒコ南東部の山中で雨と寒さに震えていた。息子のアントニオは震えていた。恐いからではなく、寒さを払い除け、雨から身を守り、夜に明かりをともす火が今夜もないからである。だから、彼は震えていたのである。私は息子のアントニオに近づくと、横に腰をおろし、「寒いな」と言った。

息子のアントニオは黙ったまま座っている。雨と寒さに覆われた夜のとばりをさらに暗いものにする黒いビニールシートの下に、同じ恰好をした二人の男が座っていた。暖をとるものは何もなかった。だが、別の暖かさ、つまり言葉を手にして老アントニオがふたりに近づいてきていた。三人の中央の地面に言葉をおくと、老アントニオは話しだした。女友だちやつれあいを抱きしめるような言葉によって、暖かさと慰めをもたらした。かすかな温もりが胸や目にしみこんできた。チアパスの十二月の寒い夜、息子のアントニオとマルコスはまどろんでいる。自分の夢を紡ぎ、夜を明かすため、老アントニオは話している。少し前から、息子のアントニオとマルコスの手を取って、自分の声を伝えている。話は後もどりしながら、この寒い夜、このまどろみのなかを十年前へ飛んでいく。時間がたどりつくのは……

言葉のお話

夜を撤して、彼らは話しつづけた。

「僕のランプの電池がきれた」と息子のアントニオはイライラしながら言った。

「リュックに電池を忘れてきた」とマルコスは時計を見ながら答えた。

席をはずしていた老アントニオは、ワタピル椰子の葉をもってもどってきた。黙って小屋を作りだした。息子のアントニオとマルコスも手伝った。二股の木の枝とツルを使いながら、徐々にひさしができていった。その後、薪を探しに出かけた。少しばかり前から、夜になると雨が降るようになっていた。老アントニオは手慣れたやり方で火種をおこし、やがて勢いよく焚火が燃えだした。マルコスと息子のアントニオはできるだけ体を楽にしようと、焚火のかたわらに寝そべった。老アントニオは膝を組んで座ると、次のような歴史や伝承を語りながら、夜を撤して夢を紡いでいった。

真の言葉は、世界を創造した最初の神々とともに生まれた。最初の言葉から、すなわち、最初の火から、数多くの真の言葉が創られた。農民の手でトウモロコシの実がバラバラとはずされるように、別の言葉ができた。最初の言葉は三つだった。その三つの言葉から、別の三つの言葉が生まれる。これが三千回も繰り返された。こうして世界は言葉でいっぱいになった。

世界を創造した最初の神々によって、ひとつの大きな岩が踏み固められた。何度も踏み固められ、岩の表面は非常に滑らかになり、鏡のようになった。この鏡にむかって、最初の神々は最初の三つの言葉を投げつけた。鏡は投げつけられた言葉をそのまま返すことはしなかった。必ず別の三つの言葉を投げ返したのである。もっと多くの言葉が帰ってくるように、しばらくのあいだ神々は言葉を鏡に投げつけた。神々が飽るまでその作業は続いた。

やがて、神々に素晴らしい考えが浮かんだ。神々は別の大きな岩の上を歩き回り、もうひとつの鏡を磨きだした。その鏡を最初の鏡のむかいにおいた。そして、三つの言葉を最初の鏡にむかって投げつけた。最初の鏡は、投げつけられた言葉とは異なる三つの言葉を二番目の鏡にむかって、自分の力で三回も投げ返した。二番目の鏡も、受けた言葉の数の三倍に達する言葉を最初の鏡にむかって、三回も投げ返した。こうして次から次へと、新しい言葉が生み出された。こうして真の言葉は生まれた。それは二枚の鏡から生まれた。

すべての言葉、すべての言語に先行する最初の三つの言葉は、民主主義、自由、正義である。「正義」は罰を与えることではない。それぞれの人にふさわしいもの、すなわち鏡に映る自分の姿、つまり自分自身を受け取ることである。死、貧困、搾取、専横や傲慢をもたらすものは、その報いとして非常に多くの苦悩や悲しみを抱え、人生を歩むことになる。労働、生命、闘争をもたらすもの、仲間であったものは、顔、胸、進路を明るく照らすかがり火をほうびとして与えられる。

「自由」は各人が好き勝手をすることではない。鏡を見つけ、真の言葉を歩ませるため、あなたの気に入った道を選べることである。どの道を選ぶことになっても、鏡を見失ってはならない。あなた自身、あなたの属性、そしてほかの人びとの属性を裏切ってはならない。

「民主主義」は複数の考えからうまく合意を作りだすことである。全員が同じ意見をもつことではない。すべての考え、あるいは大多数の考えから、少数の考えを排除するのではない。大多数の人にとってよいと思われる合意をいっしょに探し、そこへ到達することである。命令を下す言葉は大多数の言葉に従属しなければならない。権威の杖をもつものは、特定の個人の意志ではなく、集団の意志を反映する言葉をもたねばならない。鏡は歩む人、そして歩む道のすべてを映すだろう。鏡は自分の内面やまわりの世界にむかって考えを紡ぎだす拠り所になるだろう。

この三つの言葉からすべての言葉が生まれた。真の男と女の生や死もこの三つの言葉と繋がっている。それは世界を創造した最初の神々が真の男と女に与えた相続財産である。相続すべき財産というより、担うべき重責と言ったほうがいい。なにごとに限らずよくあるように、この重責を途中で放り出すものや、何もしないで諦めるものがいる。この相続財産を投げ出す人は、自分の鏡を割り、永遠に盲目のまま歩むことになる。自分が何ものか、どこからきて、どこに向かうのかを知ることはない。

だが、最初の三つの言葉を相続財産としてもちつづけるものは、トウモロコシ、コーヒー、薪を担ぐときと同じように、背中の重い荷に腰を曲げ、しっかりと大地を見ながら歩むだろう。大きな荷を背負って小さくなり、重い荷でいつも下を見ているが、真の男と女は偉大であり、上を見つめている。尊厳を失うことなく、真の男と女は上を見つめ、歩んでいる。そういうことだ。

真の言葉を失わないため、最初の三つの言葉をいつも大切にすべきである。世界を創造した最初の神々はこのように言った。ある日、言葉を映す鏡が壊れるかもしれない。生みだされた言葉も、鏡と同じように壊れるかもしれない。世界は話す言葉を失い、沈黙するかもしれない。だから、生きるために死のうとする直前、最初の神々は、トウモロコシから生まれた男と女に対して、三つの言葉を大切にしてほしいと頼んだ。それ以来、真の男と女はこの三つの言葉を相続財産として大切に護っている。忘れられることがないように、三つの言葉は歩み、戦い、生きていく。

二人が目を覚ますと、老アントニオはテペスクィントレを調理していた。焚火の薪は赤々と燃えていた。同時に、雨や老アントニオの背中の汗で湿っていた薪も乾いていった。夜が明け、目が覚めると、息子のアントニオとマルコスは両肩に何か重いものを感じた。それ以来、どうやってその重い荷を軽くしようかと、二人は模索している。今もそうしている。

目を覚ました息子のアントニオは大きくのびをすると、マルコスを揺り起こした。マルコスは、パイプをくわえたままオコーテ松の根元に座って眠りこけていた。ヘリコプターの騒音と猟犬の吠える声が朝の静けさと夢を引き裂く。また、歩きつづけなければ……そして、夢を見つづけねばならない。

経済危機に関するコミュニケの追伸——一九九四年十二月三十日

13 大きな敵を選ぶこと

あなたに話したかったのはこのことではない。あなたから話していただくため、話しておきたかった。老アントニオは教えてくれた。人の大きさは戦うために選んだ敵の大きさに比例する。同時に、抱く恐怖が大きくなるほど、その存在は小さくなる。雨が降る五月の昼下がり、煙草と言葉が支配するとき、老アントニオは私に言った。

「大きな敵を選ぶのだ。そうすればその敵と対決できるよう大きく成長する責任を引き受けざるをえない。おまえの抱く恐怖を小さくするのだ。恐怖が大きくなれば、おまえは小さくなってしまう」

政府はメヒコの人民を恐れている。だから、たくさんの軍隊と警官を抱えている。とても大きな恐怖を抱いている。つまり、政府はとてもちっぽけな存在なのである。われわれが政府に対して抱いている恐怖は、忘却されてしまうことである。苦悩と血の力によって、われわれは忘却されるという恐怖を小さくしてきた。だから、われわれはずいぶん大きな存在である。

このことをどこかで書いたり、話したりしてください。老アントニオがこのお話をしたことを明らかにしてほしい。われわれには老アントニオのような存在がいたのです。あなたにそのような存在がないなら、今回は私の老アントニオをお貸しします。メヒコ南東部の先住民は、大きな存在になるため、抱く恐怖を小さくする。自らが成長し、よりよき存在になる責任を引き受けるため、並はずれた敵を選んでいることを説明してください。

エドゥアルド・ガレアーノ宛て書簡——一九九五年五月二日

14 鏡のお話

一九八五年五月。夜明け前。鏡のような湖面に月の姿が映っている。嫉妬にかられた湖が小波をたてるため、湖面に映る月の顔は皺だらけになっている。われわれは丸木船に乗り込み、対岸へ向かうルートを進んでいる。湖を横断するという私の決意と同じぐらい、丸木船は揺るぎなく安定している。

自分の作った丸木船に乗ってみないかと、老アントニオは私を誘ってくれた。新月から満月を経て、二十八夜もかけて、老アントニオはマチェーテと斧を使って、杉の長い幹を加工した。丸木船は全長七メートルもあった。丸木船は、杉、マホガニー、ウァナカストレ、あるいはバリイなどで建造できる。そんなことを説明しながら、老アントニオは名前をあげた木を教えてくれた。老アントニオはそれらの木をひとつずつ指し示した。だが、私はそれぞれの違いがよくわからなかった。私にとってはどれも巨木だった。巨木に関する説明があったのは、昼間だった。

今、いつもどおり夜明け前である。老アントニオが「ラ・マルコンテンタ」と命名した例の杉の丸木船に乗って、われわれは湖を横断している。細長い棒で船を操りながら、老アントニオは「月に敬意を表して、そう命名したのだ」とつぶやいた。われわれはすでに湖の中央部まで達していた。風によって湖面は櫛ですいたように波立ち、丸木船は上へ下へと揺れだした。風が鎮まるのを待つべきと判断し、老アントニオは船を流れるままにした。

「この波だと、一撃で丸木船から放り出されるかもな」

こうつぶやきながら、彼は巻き煙草を一服した。風でできた波と同じような渦巻き状の煙を吐き出した。ミラマール湖に点在する大きな岩礁のシルエットが、満月の光でくっきりと映し出された。渦巻き状の煙を吐きながら、老アントニオは昔から伝わるお話を語りだした。目前に迫る難破（船酔いか、恐怖かは不明）が気になり、私は彼のお話や物語を聞く余裕はなかった。そんな私を気にする様子など彼にみじんもないことはすぐわかった。丸木船の底に横になると、老アントニオは断りもなく話しだした。

鏡のお話

月はこの場所、つまり密林で生まれた。このように最長老たちは話していた。ずいぶん昔のことだ。神々はずいぶん遊び、多くのことをしたので、疲れていた。だから、神々はずっと寝ていた。世界は少しばかり静かになっていた。世界は沈黙していた。

しかし、小声でシクシクと泣く音がかなたの山から響いてきた。神々は山の真ん中にいる湖のことをまったく忘れていた。大地にさまざまなものを分配したとき、小さな湖が残っていた。しかし、湖をどこに置いていいのか、神々はわからなかった。そこで、広大すぎて誰も踏みいったことのない山の真ん中に湖を放置した。独りぼっちになった小さな湖は泣きだした。湖は泣きわめいた。その泣き声を聴いて、世界を支えている母なるセイバの木の心は悲しみに包まれた。身に着けた白色の大きなスカートをたくしあげ、セイバの木は小さな湖のいる所に近づいた。セイバの木は、泣きじゃくったせいで小っぽけな水溜まりになった湖に尋ねた。

「どうしたの？」

「独りぼっちはいやなの」と小さな湖は答えた。

「私がそばにいてあげるから」と世界を支えるセイバの木は言った。

「ここにいたくないわ」と小さな湖は答えた。

「じゃあ、私が連れていってあげる」とセイバの木は言った。

「地面に接する低い所はいやよ。あなたのように高い所がいいわ」と小さな湖は答えた。

「じゃあ、私の頭の高さまでもち上げるわ。だけど、ほんのちょっとよ。風がきつくて、吹き飛ばされるかもしれないからね」とセイバは言った。

母なるセイバの木はスカートをできるだけたくしあげた。そして、小さな湖を両手でつかもうと前かがみになった。世界を支えるセイバの木は、母のような細心の注意を払って、小さな湖を頭のてっぺんにおいた。母なるセイバの木は小さな湖が痩せぽちであることを知った。小さな湖から水が一滴もこぼれないよう注意しながら、セイバの木はゆっくり身を起こした。高い場所に着くと、小さな湖は叫んだ。

「こんなに高い所はとっても気持ちがいい。世界を知るため私を連れていって！　世界中を見たいの！」

「お嬢ちゃん。世界はとても大きいの。高い所にいると落ちるよ」とセイバは答えた。

「いいから連れてって！」と小さな湖に言いはり、前と同じように泣きわめきだした。

母なるセイバの木は小さな湖に前のように泣きわめかれたくなかった。そこで、彼女は頭の上に小さな湖を乗せ、まっすぐ歩きだした。それ以来、女性は水でいっぱいの瓶を頭の上に乗せ、一滴の水もこぼさず歩けるようになった。小川から水を運ぶとき、密林の女たちは、母なるセイバの木と同じ格好で歩いている。背をまっすぐ伸ばし、頭をあげて前方を見つめ、夏雲のように軽やかに歩む。気持ちを和らげる水を高々と頭に乗せて運ぶとき、女たちはこんなふうに歩くのである。

母なるセイバの木にとっては歩くほうが都合よかった。当時の木々は静かに落ち着いてはおらず、あちこち動き回っていた。しかも、子どもを増やしながら、世界を木々で満たした。また、風はあたり一帯を吹き抜け、ヒューヒューと単調な音をたてていた。母なるセイバの木を見つけると、風は彼女のスカートを手でまくし上げ、からかおうとした。しかし、セイバの木は怒って、風に言った。

「風さん、ちょっと静かに！　泣き虫で気まぐれの小さな湖を頭に乗せて運んでいるのが見えないの？」

そう言われたので、風はセイバの木のカールした頭髪という高い所で見え隠れしている小さな湖を見つめた。風にはその小さな湖がとても美しく見えた。彼女を好きになったのではないか。風はそう思った。そこで風はセイバの木の頭上まで舞い上がり、小さな湖に聞こえるよう、すてきな言葉で語りかけた。思ったとおり、小さな湖は風に告げた。

「私を世界のいろんな所に連れて行ってくれない？　それなら、ついていくわ！」

この彼女の言葉に対して、風はすぐさま雲で一頭の馬を作ると、背中に小さな湖を乗せた。それがとても素早かったので、いつ小さな湖が頭から連れさられたのか、母なるセイバの木は気づかなかった。小さな湖は、風とともにあちこち出かけ、楽しい時間を過ごした。風は小さな湖にむかってささやいた。なんてきれいな娘だろう。いたずらっ娘はなんてかわいいのだろう。小さな湖が湛えている水でも癒せない渇きとはなんだろう。なぜ小さな湖にわが身を沈めないのか。小さな湖を口説き、夜明け前の奥まった場所で彼女と愛を交わそうとして、風はあれこれとささやいた。小さな湖は風のささやきを信じこんだ。水の溜まった場所、つまり湖の上を通過するたびに、小さな湖は自分の姿を見つめ、濡れた髪を整え、潤んだ眼を半開きにし、丸い顔に笑みを浮かべ、媚びる格好をした。

だが、小さな湖はあちこち歩き回りたいだけで、夜明け前の奥まった所で愛を交わすつもりなどなかった。嫌気がさした風は、彼女を連れて上空まで舞い上がった。そこで大声で彼女をからかった。その挙げ句、彼女を放り出した。小さな湖は落下した。だが、とても高いところにいたため、落下にずいぶん時間がかかった。でなければ、激しい衝撃を受けたにちがいない。

小さな湖が落下するのを眺めていた星は、小さな湖に駆け寄ると、星の光の切っ先で湖を突き刺した。七つの星は両脇をシーツのように組んで小さな湖を捕まえ、ふたたび天空高く放り上げた。小さな湖は落下の恐怖で青白くなっていた。大地に降りたくない小さな湖は、そばにいるように星たちに頼んだ。

「いいよ。だけど、われわれが行く所へ、いっしょに行かないとダメだよ」と星たちは答えた。

「はい。あなたたちといっしょに行くわ」と小さな湖は答えた。

だが、いつも同じ道ばかり歩くのが悲しくて、小さな湖はまたヒーヒーと泣きだした。

神々は彼女の泣き声で目覚めた。いったい何がおきたのか、どこから泣き声が聞こえてくるのか。それを探るために、神々は出かけた。そして、神々は七つの星に引かれて、夜空を横断している小さな湖の姿を発見したのである。ことの成り行きを知り、神々は怒りだした。神々が湖を創ったのは、天空を歩むためではない。大地にいるためだった。小さな湖のいる場所に赴くと、神々は言った。

「おまえはもう湖ではない。湖は空にいるものではない。もう、おまえを地上に降ろさないことにした。ここにずっといなさい。おまえは『月』と名乗りなさい。媚びと自惚れの罰として、大地で光を留める場所の井戸にむかって、いつまでも光を投げかけるのだ」

神々は大地に光を留めるための大きな円い穴を作った。その穴は星が輝きや活力を失ったとき、水を飲みに来られるようにするためだった。それ以来、月は自ら光を発することができず、光を反射するだけの鏡になった。満月になると、星が水を飲んでいる大きな光の穴の正面で、月は光を反射している。光を反射する鏡、それが月である。だから、月が湖の正面を通過するときには、鏡が鏡を見つめていることになる。そんなことを望んでいなかったので、月は満足してはいない。しかし、怒ってもいない。よくない満足をしているわけだ。

小さな湖を甘やかして連れ歩いたかどで、神々は母なるセイバの木にも罰を与えた。彼女が出歩けないよう、歩くことを禁じた。また、世界を担ぐように命じた。そして、泣きわめく声を聞いても悲しくならないよう、セイバの木に二重の皮膚をまとわせた。それ以来、石のような肌をした母なるセイバの木はすっと聳え立ち、動く気配などみじんもない。セイバの木が少しでも動くと、世界は崩壊する。

「まあ、こんなわけだ」と老アントニオは言った。

それ以来、月は大地に保存された光を反射している。月は湖を見つけると、自分の髪と顔を整えるために静止する。そして、女性たちも鏡を見ると、自分の姿を見つめるために立ち止まる。鏡は神々の贈物である。髪と顔を整えられるように、そして気ままに散歩し天へ昇ろうという気が起きないように、それぞれの女性に一片の月が与えられた。

老アントニオのお話はこれで終わった。だが、風がやむ気配はなかった。波は小舟を翻弄しつづけた。私はじっと黙っていた。老アントニオの言葉を反芻していたのではない。口を開けたら最後、月が媚態をひけらかしながら激しく波立つ鏡のような湖面に肝臓まで吐き出すにきまっていた。

「鏡のお話」――一九九五年六月九日

15 剣、木、石、そして水のお話

メヒコと呼ばれる国で、地震によって無関心と自閉的な状況が打ち壊された年（一九八五年）、われわれは泥と雨にまみれ、九月の夜明けを迎えていた。

老アントニオは、避難したシュロがけ小屋の焚火の勢いを強くした。小屋の外に出ようとしても無駄だった。老アントニオはそれをよく知っていた。泥は乾燥するとザラザラの土になり、皮膚や記憶を傷つける。老アントニオが考えていたのは、私と同じように髪にまで固まって付着した泥のことではない。湿気にみちたわれわれの到着を歓迎し近づいてくるブヨや蚊を撃退しようと考えていたのである。焚火の儀式に続いて、煙草の儀式が始まった。

お互いに煙草の煙を吐き出すと、独立戦争の話が始まった。その話のなかで、私はイダルゴ、モレロス、ゲレロ、ミナ［フランシスコ・ハビエル・ミナ。スペイン人でありながら、艦隊を調達してメキシコ独立戦争に参加］、ピピラ［フアン・ホセ・マルティネス。一八一〇年のグァナファトの戦いで活躍］、ガレアーナ一族［エルメネヒルドとホセ・アントニオの兄弟とおいのパブロたち。モレロスと一緒に戦った］のことを語った。老アントニオは、一点をじっと見つめて、話を聞きながらうなづいていた。私は学校で習った歴史や教訓を繰り返したのではない。これらの男や女たちの孤独、迫害や中傷に挫けることなく前進しつづけた彼らの意図を再構築しようとしていた。

メヒコ山中におけるビセンテ・ゲレロのゲリラ戦争の長い抵抗について話し終わらないうちに、老アントニオは咳払いをして話を遮った。それは、紫煙が出ているパイプの熱と同じように、新しい驚きが彼の唇に届いたことを告知するものだった。焚火の炎と記憶をかきたてるかのように、息を吹きつけながら老アントニオは言った。

「そのことなら少しばかり覚えている」

そして、価値ある重い荷物の包みを降ろすように、老アントニオはお話を語るための言葉を昔と今の反乱戦士、そして煙と炎とのあいだに降ろしていった。

剣、木、石、そして水のお話

老アントニオはパイプをくわえた。そして、言葉もくわえ、言葉に形と意味を与える。老アントニオが話すとき、耳を傾けようとして雨は止み、水や暗闇もひと休みする。

われわれの大昔の祖先は、この土地を征服しようと到来した異邦人と対決しなければならなかった。われわれに別のやり方、別の言葉、別の信仰、別の神、別の正義を押しつけるために、異邦人はやってきた。異邦人の正義とは、自分のためだけの正義である。彼らはわれわれの正義を奪いとった。彼らの神は黄金だった。彼らの信仰は優れたものであるとされた。彼らの言葉は嘘だった。彼らのやり方は残酷きわまりなかった。われわれの偉大な戦士たちが彼らと対決した。異邦人の魔手からこの土地を守ろうとする住人とのあいだで、激しい戦闘がおきた。しかし、異邦人が携えてきた力はとても強力だった。偉大で優れた戦士は戦闘にたおれ、死んでいった。だが、戦いは続いた。戦士の数は少なくなり、女や子どもまでもがたおれたものの武器を手にした。

そのときである。祖先のなかのより抜きの賢者が集まり、剣、木、石、水の話を始めた。ずいぶん昔のお話が語られた。人間が働き、身を守るためにもってきたものが、その山中に集合していた。一方、神々はもとの所にもどっていた。つまり、寝ていたのである。当時の神々は、もっとも偉大な神々、世界を誕生させた神々、最初の神々ではなかった。彼らはきわめて怠慢だった。

白みだした夜明けのなか、男と女は身体を摩滅させながら、心を成長させていた。夜は静まりかえっていた。夜が静かだったのは、自分に残されているものが少ないのを知っていたからである。

まず、剣が話しはじめた。

――「こんな剣だ」と老アントニオは話を中断し、大きな両刃のマチェーテをつかんだ。マチェーテは炎の光によってほんの一瞬輝いたが、すぐに暗闇となった。老アントニオは話を続けた――

まず、剣が話しだした。

「俺さまがいちばん強い。なんでも壊せる。俺の刃はよく切れる。俺さまを手にしたものは権力を握ることができ、俺に歯むかうやつは死ぬことになる」

「そんなの、嘘っぱちだ」と木が言った。

「俺がいちばんだ。俺は風や激しい暴風に抵抗した」

こうして、剣と木は戦った。木は身体を強く硬くして、剣に立ち向かった。剣は木を何度も打ちすえた。木の幹は切断され、木は倒れた。

「俺さまがいちばん強い」と剣はもう一度言った。

「そんなの、嘘っぱちだ」と石が言った。

「私がいちばんだ。私は硬いし、昔からいた。重いし、力強い」

こうして、剣と石が戦うことになった。石は身体を硬く、強固にして、剣に立ち向かった。剣は石を何度も打ち据えた。石を壊せなかったが、いくつもの破片にした。剣の刃はこぼれたが、石はバラバラになった。

「引き分けだ」と剣と石は言って、無意味な戦いを嘆き、泣きだした。

小川の水は戦いを眺めているだけで一言も言わなかった。それを見て、剣は言った。

「おまえがいちばん弱虫だ！　おまえは誰にも何もできない。俺さまはおまえより強い！」

こう言い放つと、剣は全力で小川の水に飛びかかった。大騒動と大騒音が起こり、魚たちもびっくりした。しかし、水は剣の打撃にいっさい抵抗しなかった。何も言わず、水はしだいに元の形を取りもどした。剣を包みこむと、元の川の流れにもどった。やがて、剣は神々が自分の喉の渇きを潤すため作った大きな水に飲み込まれた。時間が経ち、水中の剣は古くなり錆びだした。刃がなくなったので、魚も恐がらずに近づいて、剣をからかいだした。恥ずかしさのあまり、小川の中の剣はすごすごと引き下がった。刃がなくなり敗北したのに、剣は文句を言った。

「俺さまがいちばん強い！　だが、水は何もせず、戦わず、俺さまを負かした」

夜明けとなり、陽が昇り、ひと組みの男女が目覚めた。彼らは、新しくなるためいっしょにいたので、疲れ切っていた。ほの暗い薄明かりのなか、ひと組の男女は、剣、バラバラになった石、倒れた木、歌っている小川の水を見つめていた。

剣、木、石、そして水のお話を話し終えると、祖先たちは言った。

「野獣に対しては、われわれは剣のように戦わねばならない。暴風に対しては、われわれは木のように抵抗しなければならない。時間に対しては、われわれは石のように戦わねばならない。しかし、剣、木、石に対する水のようなかたちで、われわれは戦わねばならないときもある。今こそ、われわれは水となって、川へむかうという自分たちの道を歩むときである。その川は大きな水へと、われわれを導くものである。その大きな水は、もっとも偉大な神々、世界を誕生させた神々、最初の神々が渇きを癒したものである」

老アントニオは言った。

「われわれの先祖はこんなことをした。荒々しい打撃に抵抗する水のように、先祖は抵抗した。異邦人は暴力を携えて到来し、弱者を驚かせ、勝利したと思い込んだ。だが、時の経過とともに、連中は古くなり錆びた。いったん勝ったのに、なぜ負けたのか？　それが理解できず、異邦人はすみで恥ずかしくなっていた」

パイプとかまどの薪に火をつけながら、老アントニオはつけ加えた。

「こうして、われわれのもっとも偉大で知恵ある先祖は、異邦人との大戦争に勝利した。異邦人は退散した。小川の水が川にむかって歩みつづけるように、われわれはここにいる。その川は、もっとも偉大な神々、世界を誕生させた神々、最初の神々が渇きを癒した大きな水へ、われわれを運ぶだろう」

夜が明けた。それとともに老アントニオもいなくなった。太陽の歩みを追いかけるように、私は小川の縁に沿って西へ向かった。小川は川に合流するまで蛇行している。鏡の前には、夜明け前の太陽と日没前の太陽のあいだの真夜中の太陽による柔らかい愛撫がある。癒しとは傷つくことである。水とは渇きである。出会いを見つける探求の旅は続くだろう。

老アントニオの話にある剣と同じように、何の障害もなく、二月の政府の攻撃はサパティスタの土地を侵攻した。強力で目もくらむ権力の見事な柄の剣は、サパティスタの領域を襲撃した。老アントニオのお話にある剣と同じように、大騒音と大騒動を引き起こした。それで何匹もの魚がびっくりした。老アントニオのお話と同じように、剣による打撃は強大だった……。だが、無駄に終わった。老アントニオのお話にある剣と同じように、それは水の中にとどまり、錆びつき、古くなった。

水はどうしているかって？　水は自分の道を歩みつづける。剣を包んだまま、それに気づくこともなく、川へ到着する。その川は剣を大きな水まで運ぶだろう。そこは、もっとも偉大な神々、世界を誕生させた神々、最初の神々が渇きを癒した場所である。

和平と民主主義に関する全国協議終了のコミュニケ——一九九五年九月二十九日

16　夢のお話

マチェーテを研ぎながら、老アントニオは小屋の入口で煙草をふかしていた。コオロギの鳴き声と疲労に包まれ、私は彼の横でウトウトとしていた。老アントニオが細長い紫煙を立ち上がらせていたときから、十年前であれ、十年後であれ、空は夜の海のようだった。空は大きすぎた。どこで始まり、どこで終わるのか、皆目わからなかった。

月は数分前に沈んだ。明るい雲が山の頂をくっきりと照らし出した。月の光で銀メッキを施された山の頂は、媚びを振りまくためのバルコニー、華麗な飛込みをするための踏み板台、新しい飛行機便の滑走路のようだった。最後の一筋となる黄金色の光は、それを待ちわびている渓谷にむかってウィンクを投げかけた。その後、黄金色から銀色へと、そして真珠のような白色へと変わった。つぎはぎだらけの帆を膨らませて、光は上にむかって飛び出した。夜が航海を始めた。下界では、静けさとノスタルジーが待ち受けていた。

一九七五年、一九八五年、一九九五年の十二月。海のような夜空はいつも東から明けた。雨は降っていない。しかし、寒さのせいで、衣服だけでなく、夢も濡れていた。その夢は、しだいに息苦しくなる浅い眠りに潜んでいる不安でみちていた。私が目覚めたのを横目で確認すると、老アントニオは尋ねた。

「何の夢を見ていたのだね？」

「何にも」と返事しながら、私は弾薬帯にはさんだパイプと煙草を探した。

「そりゃ、いかん。夢を見ながら、人は夢見るし、己れを知るのだ。夢を見ながら理解するのだ」

こう言うと、老アントニオはふたたび自分のマチェーテの薄刃をヤスリでゆっくりと研ぎだした。私はパイプに火をつけ、「ダメって？　どうしてですか？」と尋ねた。老アントニオはマチェーテの刃を研ぐのをやめた。そして刃の具合を確かめると、マチェーテを脇においた。手と唇で煙草を巻きながら、老アントニオはお話を始めた。

夢のお話

「これからする話は、誰かから聞いたものではない。まあ、たしかに、わしの爺さんが話してくれた。だが、爺さんは、夢を見なければこの話は理解できないと、わしに言った。つまり、わしがおまえに語るのは、爺さんがわしに語ってくれた話ではない。わしが夢見た話である」

老アントニオは足を伸ばすと、疲れた膝をブラブラさせた。煙草の煙を吐き出した。その煙によって、彼の両脚の上に広がっている青味がかった葉に反射していた月の光が遮られた。そして、話は続いた……。


偉大な先祖の顔に刻まれている一本一本の皺のなかで、われわれの神々は守られ、生きている。それはわれわれの時代まで続いている悠久の時間である。その時間とともに、われわれの先祖の理性は歩んできた。もっとも昔の先祖たちのなかで、偉大な神々は話し、われわれはそれを聞いてきた。雲は大地に横たわり、山々の手によってつかまれている。すると、男や女たちと遊ぶために、最初の神々は大地に降りたち、先祖たちに真実のことを教えたのである。最初の神々は、姿を現わすことはなく、夜や雲の形をして現われた。夢とは、われわれがよい存在になることを夢見ることだった。

夢を通じて、最初の神々はわれわれに話しかけ、教えた。夢を見ることのできない人間は、大いなる孤独感を抱き、自分の無知を恐れのなかに隠すことになる。最初の神々はトウモロコシの男と女に夢見ることを教えた。話し、知ることができ、己れを知ることができるようにするためである。そして、トウモロコシの男と女が人生をともに歩めるようにナウァル［人と共通の魂をもつといわれる守護動物］を授けた。真の男と女のナウァルは、ジャガー、鷲、コヨーテである。ジャガーは戦うため、鷲は夢を抱くため、コヨーテは考えをめぐらし権力者の欺瞞に騙されないためである。

最初の神々、世界を創造した神々の世界では、あらゆるものが夢だった。われわれが生まれ、死んでいく大地は、その夢を映しだす大きな鏡である。そこに神々は住んでいる。偉大な神々はそこにいっしょに住んでいる。誰もが同じように生きている。あるものが上で、別のものが下ということはない。政府がおこなっている不正こそ、世界を解体し、一部の少数者を上に、ほかの大多数の人びとを下においている元凶である。もともと、世界はそんなものではなかった。真の世界、最初の神々、世界を誕生させた神々の夢を写しだす偉大な鏡はとても巨大で、誰もが同じように入れた。少数者を上に鎮座させ、大多数の人びとを下に押し込めるため、小さくなってしまった今の世界とはまったく違っていた。今の世界は完璧ではない。最初の神々が住んでいる夢の世界を反映できるよい鏡ではない。

神々はトウモロコシの人びとに尊厳という鏡を贈った。その鏡では、すべての人間が対等に映っている。もし対等でないなら、反乱をおこすようになっている。こうして、最初の先祖たちの反乱が始まった。今、彼らはもう死んでいる。しかし、彼らの死によって、われわれは生きることができる。

尊厳という鏡は暗闇をまき散らす悪魔を打ち負かすのに役立つ。暗闇の支配者は鏡に映ると、その形を失う。尊厳という鏡の前では、世界を不平等にする暗闇の支配者は実体を失い、影も形もなくなる。

神々は四つの基点をつけた。それは世界が横になるためである。神々が疲れたからではない。男と女がいっしょに歩けるように、全員が入れるように、人の上に人がいないようにするためである。飛ぶとともに大地の上にいることができるように、神々はふたつの基点をつけた。真の男と女が歩きつづけられるように、神々はひとつの基点をすえた。世界に意味をもたらし、真の男と女に任務を与えるのは、七つの点である。つまり、前と後、右と左、上と下である。そして七番目の点とは、われわれが夢を見る道である。トウモロコシの男と女、真の男と女がたどる命運である。

新しい男と女が夢で生きられるように、神々は母親となる女たちの乳房に月を与えた。新しく生まれる男と女のなかに歴史と記憶は生まれる。彼らがいなくなると、忘却と死が巣くってしまう。われわれの偉大なる母である大地は、二つの乳房をもっている。それは、夢を見ることを学ぼうとする男と女のためである。人は夢を見ることを覚えながら、成長することや尊厳をもつことを学び、戦うことを学ぶのである。だから、真の男と女は「夢を見よう」と言い、「戦おう」と言う。

老アントニオは黙った。黙ったのは、私が寝てしまったからである。私が夢を見る夢、私が知っている夢、そして私が理解している夢を私は見ている……。

頭の上では、月は胸をはだけ、天の川に乳を与えていた。その夜明け前けとてもすばらしいものだった。すべては、これから実行し、夢を見、戦うだけである。

ドン・ドゥリート十歳誕生日コミュニケの追伸――一九九五年十二月二十五日

第2部　七色の虹

はるか昔の神々のなかで最長老のものが、天空と大地を読むことを人間に教えた。このように老アントニオは言った。世界という本を構成しているこの偉大な二枚の頁（老アントニオによると、もっとも偉大な神々、世界を誕生させた神々はこのように表現していた）のなかで、真の男と女は自分たちの心が歩むべき方向を読みとることができる。

天空が黙し、太陽と月が黙って統治し、大地が堅牢な地面の内側に自らの任務を隠すとき、トウモロコシの男と女は言葉をしまっておく。そして、言葉を考えながら働く。大地の天井が、雲や雨、風とともに叫び、月と太陽が少しの時間だけ顔を覗かせ、大地が緑と生命で満たされるとき、言葉のすみか、道でもある山のなかで、真の男と女はふたたび言葉を生み出す。

この何日間、われわれ（われわれだけではない）は沈黙した。われわれの内面を見つめるためである。新しい種を播くためである。より強くなるためである。心と言葉が自らを実現する新しい場所を見いだすためである。そのため、われわれの沈黙の声が響いていた。

「沈黙の音」――一九九七年七月一日

この喜びに応えるため、お願いしたい。あなた方の一人、褐色の肌、先住民の血をもつ偉大な賢者から十年前に聞いたお話をさせてください。

1　虹のお話

虹のお話

すでに日はとっぷりと暮れ、夕闇が迫っていた。あたりは、夜明け前にも見られる輝きを帯びた灰色にみちていた。老アントニオはペルガミーノ〔水洗いし果肉をとり乾燥させた状態〕のコーヒーがはいった二つの袋を詰め終え、私のかたわらに座っていた。同志のいない集落を通過する際に支援してくれる連絡員が到着するのを私は待っていた。村を通過するのは夜になるはずだった。一九八六年という年が開けたばかりだった。後にわれわれの側についた人びとからまだ身を隠さなければならない時期だった。太陽が沈んだ西を見ながら、私はパイプの煙をくよらせ、これまでと違う明日を夢見ていた。

老アントニオはじっと黙っていた。煙草をふかしながらお話をする前、いつもする煙草を巻く作業の音しか聞こえなかった。老アントニオは口を開かなかった。彼を見つめている私をじっと見つめ、私が話すのを待っていた。最後の煙をパイプの先から立ち上がらせながら、私はつぶやいた。

「いつまで、われわれは周りの人から身を隠さねばならないのだろう？」

咳払いをした老アントニオは、煙草に火をつけ、おもむろに話を始めた。希望の光が見えてきた人のように、夕闇に光をともすように、老アントニオはゆっくりと……語りだした。

七つの虹のお話

原初の時代、世界が創られた。それ以後、われわれのもっとも偉大な祖父母、もっとも偉大な神々、世界を誕生させた神々、最初の神々は、その世界を歩くようになった。やがて、その神々はトウモロコシの男と女と話すため、地上に降りた。それは、今のように雨が降り、チラチラとしか太陽の光が差し込まない寒い昼下がりだった。いちばん最初の神々は腰をすえて、トウモロコシの男と女と話しあった。真の男と女が歩くべき道に関する合意を結ぶためだった。

この神々は、いちばん最初の神々、世界を誕生させた神々である。後にやってきた神々のように、いばり散らさなかった。最初の神々はいばり散らすこともなく、トウモロコシの男と女とよい合意を結ぼうとした。神々は人間と協力して、よい合意、よい言葉とともに、よい道を探そうとした。それは、最初の世界における最初の時の昼下がり、やはり今のような昼下がりだった。もっとも偉大な神々は、対等な存在としてトウモロコシの男と女と話し合った。神々は、ほかの男と女、ほかの言葉、ほかの考え方とも、よい合意を探していこうという合意を結んだ。ほかの男と女、ほかの色、ほかの心が理解できる言葉を探すため、トウモロコシの男と女は、自分の心の奥底まで歩かねばならなかった。

やがて、よい世界を創るため、トウモロコシの男と女がすべき作業に関する合意がえられた。われわれを新しい存在に変えるための最初の重要な作業は、七つである。そのような合意がえられた。世界を誕生させた最初の七つの神々は言った。話し合いながら、よい世界を造り、われわれを新しい存在に変えるため、彼らが遂行すべき作業は七つである。もっとも偉大な神々は、その作業は七つになるはずだと言った。というのは、神々が世界にかぶせる屋根である大気、つまり天空が七つだったからである。

最初の神々は、以下のものが七つの天空であると言った。

七番目の大気には、ノホチャックユム、偉大なる父チャックの大気があった。

六番目の大気には、チャック、雨の神たちがいた。

五番目の大気には、クイロ・カーシュ、無住地の領主たちがいた。

四番目の大気には、動物の守護者たちがいた。

三番目の大気には、悪い精霊たちがいた。

二番目の大気には、風の神々がいた。

大地のすぐ上の一番目の大気には、村とトウモロコシ畑の十字架を守護するバラムたちがいた。

そして、大地の奥底には、キシン、地震と恐怖の神、悪魔がいた。

さらに、最初の神々は言った。色の数は七つあり、数えられた数は七である。


「先日、色の話をしただろう。おまえが耳を傾け、話せる時間と方法があれば、また後で七つの作業の話をしよう」と言い終えると、老アントニオの煙草からは、最後の輝きが消えた。ふたたび、煙と夢を紡ぐため、老アントニオが沈黙する時間になったのである。手にしたマッチから小さな稲妻が走り、やがて炎がたった。

さて、トウモロコシの男と女は、よい世界にするための七つの作業を遂行することに同意した。そして、太陽と月が交互に仮眠する場所を見つめながら、彼らは最初の神々に次のような質問をした。

「新しい世界を創るための七つの作業を終えるには、どれぐらい歩きつづけねばならないのですか？」

最初の七つの神々の答えは、七つの作業とは七つを七回歩くというものだった。というのも、そのような形で登場した数はどれも偶数でなかった。そのため、つねに別の数とペアを組む必要があることを知っていた。わかりましたと答えながら、トウモロコシの男と女は山を見つめた。

母なる大地の乳房を昼と夜に交互に保管している箱である山を見ながら、「なぜ、七という数字が歩むのは七つを七回分だとわかったのですか？」と、トウモロコシの男と女は神々に質問した。

最初の神々は、自分たちもその理由は知らないと答えた。最初の神々だからといってすべてを知っているわけではない。彼らもまだ多くを学ばねばならなかった。だから、神々はその場を去らず、トウモロコシの男と女のもとにとどまり、いっしょに新しいことを学ぼうとした。こうして、最初の神々とトウモロコシの男と女の関係が成立したのである。

世界を新しくするよい道をいっしょに探すため、彼らはともに考えた。彼らはそんなことをしていた。つまり、自らのことを考え、自らを知り、自らについて語り、自らについて学んでいた。雨は落下も上昇もせず、昼下がりの真ん中にぶら下がった状態だった。それまで、彼らはそこにとどまりつづけた。彼らはそこにとどまりつづけた。トウモロコシの男と女、そして最初の神々はじっと見つめあった。

すると、そこから、多彩色の光と雲でできた架け橋が、天空に描きだされた。山から始まった架け橋は、谷へむかって伸びた。光と雲でできた多彩色の架け橋は、どこへも向かわず、どこからも始まらず、雨と世界の上でじっとしていた。その様子がはっきりと見えるようになった。この光と雲でできた多彩色の架け橋は七色の帯をもっていた。

そこで、最初の神々とトウモロコシの男と女は、もう一度お互いに見つめあった。そして、起点も終点もなく、そこにとどまっている架け橋をもう一度眺めた。そして、光と雲でできた多彩色の架け橋は、自らが行き来しているのではなく、行き来するために役立っていることがわかった。

考え、学んでいた全員がとても楽しい気分になった。その架け橋が、われわれを新しい存在に変えるよい世界が行き来するための架け橋となることはよいことだとわかったからである。音楽家はすぐ楽器を取りだした。最初の神々と真の男と女は、すっと立ち上がり踊りだした。自らについて考え、知り、語り、学ぶことは、まだ少ししかしていなかった。彼らは踊りを終わると、ふたたび集合した。

七度を七回分とは、七色の七つの虹が重要な七つの作業を遂行するために歩まねばならない回数である。そのことを彼らは確認した。そして、ひとつの七が終わると、ほかの七が後に続くことも知った。なぜなら、雲でできた色と光の架け橋は、行きも来もせず、起点も終点もなく、始まりも終わりもせず、一方から別の側へと移動しつづけ、通り抜けるだけだからである。

最初の神々と真の男と女が達した合意は、こうして残っている。だから、楽しみのなかでものごとを知ったこの昼下がり以来、トウモロコシの男と女、真の男と女は、架け橋を作りながら、人生をおくることになった。死んでからも、彼らは架け橋を作るのである。

それはつねに光と雲でできている多彩色の架け橋である。つねに一方から別の側へ行くための架け橋である。新しい世界、われわれをよい存在に変える世界を創る作業をするため、トウモロコシの男と女、真の男と女は、七度を七回分、道を歩む。彼らは、架け橋を作りながら、生き、そして死ぬ……。

老アントニオは黙った。私はじっと彼を見つめた。われわれがいつまで身を隠しつづけねばならないのか。この私の質問とその話はいったいどんな関係があるのか。そのことを尋ねようとした。そのときである。一筋の光が彼の視線を照らした。彼はほほえみながら、山の方、すなわち西の方角を指し示した。振り向くと、虹が見えた。それは、行きも来もせず、じっととどまり、いくつもの世界を架け橋で結び、そして夢に……架け橋を作っている。


先住民全国フォーラム全体総会挨拶——一九九六年一月七日

2 フー・メン

一月の最初の数日間でその年の月がどうなるかを読みとる習慣がわれわれメヒコの数多くの先住民共同体でみられる。この知識は、土地を耕し、種を播き、収穫する時期を知るのに役立っている。もっとも古い時代のマヤの人びとは、この知識をショック・キン、すなわち「日々の計算」と呼んでいた。

今のわれわれの時代と同じように、昔ものごとをよく知っている男や女がいた。フー・メン、すなわち「ものごとを知っている人」である。フー・メンは、夢で習得した知識を数多くもっていた。神々は、夢を通じて、この世界に関する知識をフー・メンに教授している。だから、フー・メンは、遺失物を探し出し、薬草や祈禱で病気を治し、聖なる石を凝視し、トウモロコシの粒を勘定しながら、未来を占うことができた。しかし、彼のもっとも重要な責務と関心事は、その指導によってゆたかな収穫が確保されるのを手助けすることだった。

今日、ここにわれわれのフー・メンがいる。ものごとをよく知っている男と女である。尊厳ある平和を模索しているEZLN顧問団の一翼を構成している。彼や彼女たちの手によって、このフォーラムが組織され、われわれは出会うことができた。そして、七番目の虹の架け橋を作ることができた。

彼や彼女たちは、世界、いちばん最初の世界を誕生させた偉大な神々の夢を見ながら、その夢のなかで、神々の偉大な言葉や素晴らしい考えを学んできた。彼や彼女たちは、言葉、理性、無私、尊厳などの失われたものを発見できた。彼や彼女たちは、この世でもっとも致命的な病気、すなわち忘却と呼ばれる病気を治すことができた。彼や彼女たちは、自分たちの心が語るものを読みとり、現在の世界で心と呼ばれているトウモロコシの粒を勘定しながら、未来を読みとることができる。

先住民全国フォーラム閉会式挨拶――一九九六年一月九日

3 種を播く

われわれは種を播く準備をすべきである。雨を降らさねばならない。チャッコブ、雨の神々は、セノーテ［ユカタン半島のカルスト地帯にある湧泉］から出ると天空に集合し、水の入った聖なる瓢箪を携え、馬にまたがり、大地のあちこちに雨を降らした。万物が生命をもたらす雨を享受できるようにするためだった。われわれも同じことをすべきである。

雨が降らないなら、われわれは先祖のようにしゃがみ、雨の降る前の蛙のように合唱し、嵐の風が吹きつけるように、木々の枝を揺さぶらねばならない。そして、誰か一人が、稲妻の杖と聖なる瓢箪を携えたクヌ・チャック、雨の主神の役を演じることになる。

われわれは種を播き、自分自身の根を大地にしっかりと張るべきである。もはや、石が柔らかく、口笛を吹きながら勝手に動き、トウモロコシ畑を開墾するためにあくせく働かなくてもすみ、一粒のトウモロコシで家族の全員を養うことができた時代ではない。

指導者がチチェン・イツァー［ユカタン半島東部にあった後古典期のマヤ都市］で異邦人に打ち負かされた結果、よい時代は終わり、悪い時代が始まった。昔の指導者はトゥルム［ユカタン半島東端にある遺跡］から東に海底の下まで伸びているトンネルに潜り込んだ。こうして異邦人、ツルが権力を掌握した。われわれの土地で理性がふたたび支配権をもてるようにするため、今こそ、われわれは帰還すべきである。言葉の種を播きながら、われわれは帰還するだろう。

われわれの大地はわれわれそのものである。われわれは自分たちがどんな存在であるかよく知っている。われわれは大地そのものである。

かつて、種を播く畑、われわれが耕作するトウモロコシ畑は、四つの精霊によって守護されていた。また、集落を守護するために、別の四つの精霊がいた。そして、集落の四隅に建っている十字架ごとにひとつの守護精霊がいた。

マセウァレス、太古のわれわれは七つの方向をもっていた。最初の四つの方向はトウモロコシ畑、または集落の四つの隅だった。五番目は中心である。それぞれの共同体は、中心を十字架、また一般的にはセイバの木で示すのが習わしだった。そして、六番目と七番目は上と下だった。

　畑と集落にあるそれぞれ四つの守護精霊のほかに、各個人も守護精霊をもっていた。四つの隅と一つの中心という五つの点を示すため、われわれの先祖は十字架を使っていた。時間がたつにつれ、五番目の点が立ち上がり、四つの隅が五つの隅になり、やがて五つの頂点からなる星になった。その星は人間や作付された畑の守護精霊を表わしていた。

　人びとの守護者にして心であるボタン・サパタは、言葉の守護者にして心である。ボタン・サパタは、人間、人間であること、すなわち自らを表わす五つ頂点をもった星である。今まで、われわれは語り合い、耳を傾けてきた。だから、人びとの守護者にして心であるボタン・サパタの陽気な心は、いつも以上に機嫌がよい。


先住民全国フォーラム閉会式挨拶——一九九六年一月九日

4　夜の太陽を探す

「人類のため、新自由主義に反対するアメリカ大陸集会」の会場となるラ・レアリダーにいた老アントニオは、この船に乗り込んでいる誰もが、これまであらゆる船から排除されていたことに気づいた。だからこそ、彼らはこの船に乗ったのである。このように老アントニオは副司令官マルコスに説明した。

　これらの男と女、青年たち、数名の囚人、そして大部分が先住民からなる人びとは、「もう命令には従いたくない。自ら参加し、船長や船員になりたい」のである。そして、真剣かつ楽しく、人びとと出会いながら、この船をより素晴らしい未来にむかって前進させようとしている。

そのとおりである。だが、次の煙草に火をつけながら、老アントニオは警告した。影がたくさんあるので、夜の太陽を探すのは大変な労力がいるだろう。

「だが、深夜の太陽はそのまわりに言葉や希望を集めている。……だから、彼らに言っておきたい。どうか立ち去らないでほしい。ここにいれば見ることができる。月が太鼓のようにふくらみ、風は希望をかきたてる。地平線に次々と沈むことに抵抗している怠けものの星の数にくらべれば、コオロギなどはものの数ではない。ホタルは草の房飾りとなって光を放ち、夜のいちばん暗い場所でも、光は見える。その様子を見ることができる」

人類のため、新自由主義に反対するアメリカ大陸集会準備会——一九九六年四月六日

5 道と道を歩むものたちのお話

閉会式で言うべきだったが、言わないでいたことを恥ずかしながら告白する。なぜなら、それはきわめて重大な問題だからである。

皆さんに本当のことを言いたい。われわれは皆さんが立ち去ることを望んでいない。むしろ、ここラ・レアリダーにずっととどまってほしい。そうすれば、皆さんも気づくだろう。月の光がほんの睫毛ぐらいしかない夜、いつ、どのように、私の左手奥にあるセイバの木がスカートをたくし上げ、いつも

のように樹冠をすっと高く上げ、この牧草地の中央でサパテアードを踊りはじめるのか、わかるだろう。そして、私は首にパリアカテを粋に結わえ、二人でいっしょに旋回しはじめる。誰もがわれわれは酔っていると言うだろう。だが、酔っているのは、われわれが仲良くならないのを気にしている月だけである。さらに、皆さんは、いちばん暗い夜に、いちばん偉大な神々、世界を誕生させた神々、最初の神々が集まることを目撃するだろう。ここで、最初の神々は言葉を語り、驚嘆すべきこと、ひわいなことを語り、喜びや苦しみを語る。いちばん偉大な神々、世界を誕生させた神々、最初の神々は、涙と笑いを知っている。男と女に語りかける方法が見つからないと絶望することもある。言うべきことがたくさん残っているとこぼすこともある。最初の神々は夜を歩みながら老アントニオを探し、彼に真の言葉を語って聞かせる。

すでに亡くなっているが、老アントニオは煙草を紙に巻き、端を折り曲げて一服する。紫煙に包まれながら、いちばん偉大な神々、世界を誕生させた神々、最初の神々は、老アントニオに語って聞かせ、歴史を記録していく。それによって、トウモロコシでできた真の男と女が歴史を知る方法を探せるようにする。いつも言っているように、老アントニオがあんなに煙草をすうのは、神々が彼に語った歴史を忘れないようにするためである。老アントニオが出歩くのはいつも夜である。夜になると、老アントニオは私を探しにくる。私と話し、煙草に火をつけるマッチを借りるためである。

昨晩も、老アントニオは私と出会った。私はマッチをすった。炎の明かりで、煙草に火をつけようと寄せてきた彼の顔が照らされた。私は彼の目を見つめ、その瞳に映っている私の姿を見た。そこに映っていたのは私だけではない。胸がしめつけられ息苦しくなっていた十年前の四月の晩と同じように、座った私の隣には老アントニオがいた。いつもどおり煙草をふかしながら、二人は焚火と足元を見ていた。周囲にはそれ以外のものは見えなかった。焚火、煙草、パイプの煙を通して、二人は見つめあった。

そのときだったと私は思う。老アントニオは何か思い出し、話しだした……

道と道を歩むもののお話

以前は、以後というものがなかった。時間は静かにとどまっていた。以前には、いちばん偉大な神々、世界を誕生させた神々、最初の神々しかいなかった。神々は座ったままで、彼らが歩いて行く場所はなかった。以前には、以後がなかったからである。だから、動くこともなかった。以前はこちら側で、以後はあちら側とは、言えなかった。神々は以前からそのようにしていた。だから、世界が以前にずっととどまり、以後に行けなくても、神々はさほど悲しくはなかった。しかし、やはり以後を発明すべきだと、神々は考えるようになった。

そこで、七人の神々の一人が、別の神、つまり自分自身にむかって「いつまでも以前にとどまらず、以後に到達する方法を発見すべきである」と言った。「それがいい」と、神々は合意した。以後を発見するのはとてもよい考えであると、神々は言った。うれしくなって踊ろうとしたが、あまりうまく踊れなかった。というのは、同じ場所、つまり以前にとどまりつづけたからである。同じ場所でしか踊れないので、神々はぶつかった。踊っている場所で、ある神はある方向へ、別の神はほかの方向へと、跳ねまわった。やがて以前は少しばかり幅が広くなった。しかし、まだ小さく、七本の細い光線と一つの小さな星をともなって、以前が現われたにすぎない。

だが、すでに以後が創りだされていることに神々は気がついた。というのは、以前、すべての神々は一ヵ所にかたまっていた。だが、今、つまり以後では、神々はほんの少しばかり離れていた。神々はおおいに満足し踊りだした。もともと、これらの神々はとても踊りたかったので、マリンバを奏で腰を振る口実を探していたのである。

だが、前進はできず、いまだに、以前がずいぶん近くにあり、以後がずいぶん小さい。そのことに神々は気づいた。神々はとても真剣に状況をくわしく分析した。そして、以後を大きくし、以前があまり近くにとどまらないようにするには、どうしたらよいのか？　それに関する意見をまとめるため、以前の場所で再会することに合意した。神々は準備会議の会合に集った。どのようにして、自分たちはひとつの小さな星まで描いている七つの細かい光線になったのだろうか？　そのことを神々は考えはじめた。そして、いっしょに踊りだせば、ぶつかり、あちこちに跳ねてしまったことを思い出した。それは以前のことである。以後になると、神々はお互いに少し離れ、踊りだしてもぶつからず、あちこちに跳ねることはなかった。

神々はおおいに満足し、踊りを再会した。またもや神々はぶつかりだした。ふたたび神々は以後にとどまり、お互いに少し離れていた。神々は真剣な態度にもどり、以前の場所で再会することにした。こうして、かなりの期間、神々は以前と以後を行き来することになった。彼らは、真剣な態度と踊りを繰り返した。だが、あいかわらず以前も以後もとても狭いままだった。このようなことでもなければ、神々の頭によい考えは浮かばなかっただろう。神々は、それぞれの神が赴くことになる以後に、いっしょに行くことに同意した。神々はさらに踊り、ひと押しした。すると、最初の七本の細い光線のひとつから、別の七本の細い光線が現われた。その後、神々は別の光線にも同じことをした。神々はそれを七回も繰り返した。その後、神々はふたたび以前の場所で再会することになった。以後がほんの少し以前から離れていることがわかった。以後は、七本の細い光線を七回分もっていたが、あいかわらず小さかった。それ自体はいいが、まだ不十分である。以前と以後はもっと離れるべきである。このように神々は判断した。

そして、最初の以前の以後である以前の以後で、今一度踊りを繰り返さねばならない。このように神々は考えた。その作業はたいへん複雑だが、いまなお世界を創りださねばならないと考えた。これらの神々は、もっとも偉大な神々、世界を誕生させた神々、最初の神々だった。神々は踊る仕事を担当するものを創ることにした。神々は真剣な態度にもどって再会し、以前と以後の間隔を開けるため、お互いに離れることに合意した。そして、真剣な態度と踊りを繰り返すたびに出現していた細い光線に名前をつけるべきだと、神々は言った。神々は、それらの光線を「道」、そして踊る仕事を担当するものを「道を歩むもの」と名づけた。そして、彼らに仕事がどのようなものであるかを説明した。それは容易ではなかった。以後にむけて、より遠方まで行くには、そのたびに以前にもどらねばならないし、踊ることと真剣になること、そして出会うことを習得しなければならなかった。

その後、もっとも偉大な神々、世界を誕生させた神々、最初の神々は、ひと休みするために立ち去った。踊ったり、真剣になったりを何度も繰り返したため、神々は疲れきっていたからである。道を歩む人に道を創るように命令した後、神々は眠りについた。そして、夢のなかで、小さな星でできている道を進んでいる星のことを思い描いていた。道と道を歩むものたちはこうして創られた。それらは、もっとも偉大な神々、世界を誕生させた神々、最初の神々によって、厳粛さと喜びのなかで創りだされた。

老アントニオは黙った。私は足元を見るのをやめ、視線を上げた。すでに夜は明ける準備を始め、老アントニオがいないことに私は気づいた。老アントニオがいたのは、以前のことだった。現在はそれ以後である。われわれはお互いに出会い、そのたびに以前へ戻りながら、真剣かつ楽しく、道をより大きくしなければならない……。

しかし、それ以後も、夜は黒い扉のように閉じられつづけ、多くの影があった。だから、深夜に太陽を探すことは、大変な労力を必要としていた。だが、深夜の太陽は自分のまわりに言葉や希望を集めている。だから、私は、皆さんに言いたかったことを思い出した。どうか立ち去らないでほしい。ここにいれば見ることができる。月が太鼓のようにふくらみ、風が希望をかきたてている。地平線に次々と沈むことに抵抗している怠けものの星の数にくらべれば、コオロギなどはものの数ではない。ホタルは草の房飾りとなって光を放ち、夜のいちばん暗い場所でも、その光は見える。こうした様子を皆さんは見ることができる。

人類のため、新自由主義に反対するアメリカ大陸集会閉会式――一九九六年四月七日

6 始まりと終わりのお話

昨日、つまり十年前、百二十カ月前、三六五〇日前。昨日……

昨日、雨はあらゆる場所に降りそそいだ。暴風雨のなかでは、老アントニオの小屋は雨よけの役に立たないように思われた。五月の硬い大地は、あまりにも長く続いた。そのため、トウモロコシは息を引き取りかけていた。六月になり暴風雨が到来すると、トウモロコシは活力を取りもどした。自分が小屋の中と外のどちらにいたのか、私はよく覚えていない。天井がないのとまったく同じ状態で、私はずぶ濡れになった。朝方の武器の手入れが無駄となり、武器が使用不能になるのが心配だったので、私は武器が雨に濡れないようにした。

部屋で発生した雷、つまり巻き煙草に火をつけるために老アントニオがおこした火花によって、私は思い出した。天井やひさしから雨漏りがするとはいえ、私は老アントニオの穀物小屋にいたのである。煙草を一服するため、私はパイプに火をつけようとした。しかし、大粒の雨でパイプの火皿の煙草は濡れ、台無しになった。老アントニオは、彼が思いついた最良の方法で、私を慰めてくれた。それはお話をすることである。

始まりと終わりのお話

昨日が古いものとなり、世界の片隅に落ち着くまで、それなりの時間が必要である。偉大なる神々、世界を誕生させた神々、最初の神々はずっと眠りこけていた。全員で踊り、歩き、質問してきたので、疲れきっていた。最初の神々は眠りこけていた。

最初の神々は真の男と女と話し合い、ずっと歩きつづけるべきであるという合意に皆で到達した。なぜなら歩きつづけることで世界は生きていた。偉大なる神々、世界を誕生させた神々、最初の神々はこのように言った。

「いつまで歩きつづけるの?」とトウモロコシの男と女は尋ねた。

「いったい、いつから歩きだしたの?」と真の男と女は自問した。彼らは、ある質問には別の質問で答えることを最初の神々から習っていた。

ところが、最初の神々がやっと目を覚ました。偉大なる神々、世界を誕生させた神々は、先ほどの質問を聞いたので、ゆっくりとは寝ていられなかった。神々は目を覚ますと、マリンバを演奏し歌を歌った。そして、質問を重ね合わせて、「われわれはいつまで歩くの? いつから歩きだしたの?」という歌を作り、踊り、そして歌った。

「もう十分に踊り歌ったので、そろそろ質問に回答していただきたいのですが」と真の男と女が遠慮せずに神々に言わなかったら、きっと神々はずっと踊り、歌いつづけたであろう。

やおら、最初の神々は真剣な表情で言った。

「われわれがトウモロコシから創った男と女は質問があると言っている。この男と女はあまり物わかりがよくないようだ。回答が自分の後と前にあることに気づいていない。よそばかり探している。この男と女は、トウモロコシの若穂と同じで、あまり物わかりがよくないようだ」

こう言うと、最初の神々はふたたび踊りや歌を始めた。真の男と女はふたたび怒り狂った状態になった。ばかにされるのはいいとしても、自分たちの前と後に回答があるとは、いったいどういうことだ。最初の神々は、背中と前方の視線のなかに回答があると言っていた。そこで、トウモロコシの男と女は見つめ合った。しかし、自分たちが何も理解していないことがわかっていたので、全員がじっと黙っていた。いちばん偉大な神々は彼らに言った。

「トウモロコシの男と女は背中から出発した。トウモロコシが大地から芽生えるときと同じように、横になって生まれた。背中から歩きはじめた。歩くときも、静かに立ち止まっているときも、彼らの背中はいつも後にある。だから、背中が始まりである。それは、彼らの歩みのなかでは昨日である」

真の男と女はよく理解できなかった。しかし、始まりはもう始まり、昨日は過ぎ去ったことなので、そのことは気にならなかった。そこで尋ねた。

「われわれはいつまで歩きつづけるのですか？」

「そのことなら簡単にわかる」と、世界を誕生させた神々は言った。

「自分の視線で背中を見られるまでだ。丸く輪を描くように歩けば、それで十分だ。歩みを追いかけて一周し、自分自身に追つけばいい。十分に歩き、遠くからでもいいから、自分の背中が見えるようになれば、歩かなくてもよくなる。ちっちゃな兄弟姉妹よ」

こう言うと、最初の神々はまた眠りについた。真の男と女は満足した。背中が見えるようになるには丸く円を描くように歩けばいい。そのことがわかったからである。彼らは、背中が見えるように歩きながら、かなりの時間、丸く円を描くように歩いた。やがて、ちょっと立ち止まり、なぜ歩くことが終わらないのか考えた。そして言った。

「終わりに到達するため、始めに到達することは、ずいぶん骨の折れる仕事だ。歩く仕事は終わらない。われわれの歩みを終えるため、始まりに到達するのはいつかと考える。そんなことをしても、苦悩は増えるだけだ」

一部の男と女はやる気を失った。終わりに到達するための始まりにむかう歩みは終わりそうもない。そのことに腹を立て、その場に座り込んで動かなくなった。しかし、別の男と女は熱心に歩きつづけた。終わりに到達するため、始めに到達するのはいつかと考えることをやめた。自分たちが歩んでいる道のことを考えるようにした。やがて、その歩みは円くなっていた。そこで、彼らは一周ごとにうまくなろうとした。実際、一周ごとに歩みがうまくなるのがわかり、彼らは満足した。彼らは歩くことにおおいに満足した。その後も、かなりの期間、彼らは歩きつづけた。そして歩きながら言った。

「われわれがなっているこの道はたいへん楽しい。道をよりよくするため、われわれは歩く。われわれはほかの人たちが行き来する道になっている。誰にでも、それぞれの歩む道の始まりと終わりがある。しかし、道であるわれわれには、歩む道の始めも終わりもない。すべてを皆のために、われわれは何もいらない。われわれは道である。だから、われわれは歩きつづけねばならない」

このことを忘れないため、大地には円が描かれ、世界中の誰もが円のように丸く歩くようになった。真の男と女は今も円のように丸くに歩く。道をよくする戦い、自らをよりよきものにする戦いをやめることも、終わらせることはない。世界はもとから丸かった。それは今も丸くなっている。そのことを人間は信じだした。世界というこの丸い球は、真の男と女の戦いである。それは道そのものである。彼らはいつも歩きつづけ、自分たちが歩いている歩みのなかで、道がよりよいものになることを願いつづける。

歩きつづける彼らの歩みには、始めも終わりもない。真の男と女は疲れない。彼らが望むのは、いつも自分自身に到達することである。始まりを見いだすため、自分の後を見つめ、自分の道の終わりに到達することである。だが、彼らがそこに到達することはない。彼らもそのことを知っている。だが、それはどうでもいい。彼らにとって唯一重要なことは、自分がいい道であること、いつもよりよい道になろうと努める道となることである。

老アントニオは静かになった。だが、雨は違った。この雨はいつやむのか。私は尋ねようとした。しかし、その場の雰囲気は始めや終わりに関して質問できるものではなかった。私は老アントニオに別れを告げた。新しい電池を入れたが、私の懐中電灯では何も見わけられないほどの暗闇だった。しかし、夜の雨が降りしきるなか、私は退去することにした。ぬかるみを歩くブーツがたてる音に邪魔され、私は老アントニオの別れの言葉を聞き取れなかった。

「自分の道がいつ終わるのかと質問することに疲れてはならない。昨日と明日が結びつく所で、おまえの道は終わるだろう」

歩きだそうと決意するのにはかなりの努力が必要だった。目の前のぬかるみで滑りこけるのはわかっていた。それがわかっていながら、私は転倒を乗り越えて歩かねばならなかった。転倒は何度も続くだろう。歩くことはつまずくこと、転倒することである。それを私に教えたのは老アントニオではない。

山がそのことを教えたのである。試練は決して簡単でないことを私に確信させた。

今、皆さんに話したのは昨日のことである。別の昨日、すなわち老アントニオの昨日ではないもっと最近の昨日のように、その昨日も雨が降っていた。昨日……

国家改革のための特別フォーラム開会式――一九九六年六月三〇日

7 道を創る

こうして偉大なる神々のことを話していると、最初の神々、世界を誕生させた神々にともなわれて、老アントニオが登場してくる。老アントニオはいつも煙草をすいながら歩いたり話したりした。あの夜、十年前のあの夜は、私のとなりに座っていた。彼、つまり老アントニオだけでなく、褐色の血をたたえる尊厳にみちた心をもつすべての男や女が、私のとなりに座っていた。私の横に座り、戦いのことを説明しようと、彼らは私に言葉や声を投げかけた。われわれに説明するために、彼らは語り、私に話しかけた。それは、われわれに押しつけ、強要し、飲み込んでしまうためではない。雨が降り、寒々とした薄暗さが、壁や天井のように立ちこめた十年前のあの晩の戦い、彼らが生きていた時代のことを語るためである。

あの晩、老アントニオはマチェーテを手にして、泥土のなかを私といっしょに歩いた。老アントニオは私といっしょに歩いたと言ったかな？　とすれば、私は嘘を言ったことになる。彼は私といっしょに歩いたのではない。私は彼の後を歩いた。あの夜、われわれは、最初からそんなふうに歩いていたのではない。最初、われわれは道に迷った。鹿を追跡しようと老アントニオが誘った。鹿を追跡したが、追いつけなかった。気づくと雨が降りだし、われわれは夕闇が迫る密林の真ん中へ迷い込んでいた。

「道に迷ったようです」と、私は虚しくつぶやいた。

「そうだな」と老アントニオはうなずいた。

だが、さほど心配している様子はなかった。彼は一方の手で煙草に火をつけながら、別の手を火にかざし、小さな風よけを作っていた。

「引き返す道を見つけないといけない」と言っていることに気づき、私は、「磁石があるので」とつけ加えた。それは、まるで「ヒッチハイクをしたいのなら、自動車があるよ」と言うようなものだった。再度、老アントニオは「そうだな」とつぶやいた。それは、主導権を私に譲り、後を行こうという気持ちを示すように思えた。

挑戦を受けて立つかのように、山中で二年間の経験をもつゲリラ戦士としての知識を披露する用意はできていると、私は宣言した。一本の木の下に雨宿りをしながら、私は地図と高度計、磁石を取り出した。実際には老アントニオの前で見せびらかすためだった。私は、甲高い声で、海抜、地図上の水準点、気圧、何度何分、照準点など、われわれ軍人が「地上航法」と呼んでいる諸データについて説明した。老アントニオは黙ったまま、となりでじっとしていた。彼がずっと煙草をすっていたので、私の言うことに耳を傾けているものだと思っていた。専門的で科学的なテクニックをしばらく誇示した後、私は立ち上がった。そして、磁石をもったまま夜の闇の一方向を指した。自信にみちた声で「こっちの方向だ！」と言うと、その方向にむかって歩きはじめた。

「そうだな」と老アントニオが相槌を打つと思っていた。だが、彼は何も言わなかった。猟銃、リュック、マチェーテをまとめ、後を歩きだした。かなりの時間歩いたが、われわれが知っている地点にたどりつけなかった。私は自慢の近代的技術が役立たなかったことが恥ずかしくなった。無言で私の後をついてきている老アントニオを振り返りたくなかった。やがて、われわれはスベスベした壁となって進路を遮るように屹立する岩だらけの丘に到着した。

「ここから、どっちに行けばいいのだろう？」と大声で言ったとき、私に残っていた誇りの最後の一片はみじんに砕けてしまった。そのとき、やっと老アントニオは口を開いた。最初にちょっと咳払いをして、煙草の破片を唾とともに吐き出した。その後、私の後方で次のような彼の言葉を聞いた。

「次に進む方向がわからないなら、きた道を振り返って見ればいい」

彼の言葉を文字どおりに解釈し、私は後を振り返った。といっても、それはわれわれがやってきた方向を確認するためではない。恥ずかしさ、懇願、苦悩の混じり合った目で、老アントニオを見るためだった。老アントニオは何も言わなかった。私をじっと見つめ、私の窮状を理解してくれた。マチェーテを取り出した。そして薮のなかに道を切り開きながら、別の方向に進みだした。

「こっちですか？」と私は虚ろな声で尋ねた。

「そうだな」と答えながら、夜の暗闇のなか、老アントニオはツルや湿った空気を切り開いた。数分後、われわれは踏み分け道にもどった。目も眩む稲光によって、老アントニオの住んでいる村の輪郭がくっきり浮かび上がった。私はずぶ濡れとなり、疲労困憊のまま、老アントニオの小屋にたどりついた。

ドニャ・ファニータはコーヒーを準備していた。われわれはかまどの火に身体を近づけた。老アントニオは濡れた服を脱ぎ、乾燥させるためにかまどの光の脇においた。室内の片隅の地面に座ると、私に夕食を出してくれた。最初、私は固辞した。火から離れたくなかったからである。同時に、地図、磁石、高度計を無意味に誇示した恥ずかしさが残っていたからである。私はじっと座っていたかった。二人は煙草をすいだした。私は沈黙を破り、どのように引き返す道を見つけたのか、質問した。

「帰り道を見つけたのはわしじゃあない」と老アントニオは答えた。

「そこに道があったのではない。道を見つけたのではない。道を作ったのだ。それは自然にできたのだ。それを歩いただけだ。おまえは、道はどこかにあり、おまえの器材を駆使すれば、どこに道があるかわかると考えた。だが、そうでなかった。わしがどこに道があるかを知っているはずだから、わしについて行こうと、おまえは考えた。だが、それも違っている。わしはどこに道があるかなど知らなかった。わかっていたのは、共同して道を作らねばならないことだった。だから、われわれは共同して道を作った。その結果、目指していた場所に到着できた。われわれが道を作ったのだ。そこに道があったからではない」

「だけど、次に進む方向がわからないなら、後を振り返って見ればいいと、言いましたよね？ 帰り道を発見するためでは？」と私は尋ねた。

「そうじゃない」と老アントニオは答えた。

「道を発見するためではない。それより前に、おまえがどこにいて、どのようなことが起き、おまえが何を望んでいるかを知るためだ」

「どうして?」と恥も外聞も捨てて、私は尋ねた。

「そうだな。後を見るために振り返りながら、自分がどこにいたのか、おまえは気がついたはずだ。そうすれば、おまえがうまく作れなかった道を見ることができる。後を振り返れば、おまえも気づくだろう。おまえが望んでいたのは帰ることだった。だが、すべきことは帰る道を発見することだった。わしが言ったのはそのことだ。それが問題なのだ。おまえは存在しない道を探そうとした。おまえの手で道を作らねばならなかったのだ」

　老アントニオは満足そうにほほえんだ。

「どうしてわれわれが道を作ったと言われるのですか。道を作ったのはあなたです。私はあなたの後を歩いただけです」と少しばつが悪そうに言った。

「そうじゃない」と老アントニオはほほえみながら言った。

「わし一人で道を作ったのではない。おまえも一定の区間は道を歩いた。だから、おまえも道を作ったことになる」

「でも、その道は何の役にも立たなかったのでは」と口をはさんだ。

「そうじゃない。その道も役に立った。その道が役に立たないなら、われわれは二度とその道を歩かないし、作りはしない。望んでいない場所にわれわれを連れていったのだから。望んでいる場所にわれわれを連れていく別の道をわれわれは作ることができる」

　こう言った老アントニオをしばらく見ていたが、私は思いきって尋ねた。

「では、作っている道を進めばここに来られるとは、知らなかったのですか？」

「そうだ。歩いていると着いた。働き、戦いながら。働くことは戦うことだ。こう言ったのはもっとも偉大な神々、世界を誕生させた神々、最初の神々だ」

こう言うと、老アントニオは立ち上がった。そして、マチェーテと同じぐらい上手に弁証法を操りながらつけ加えた。

「神々はほかにもいろんなことを言った。働くために戦わねばならないことがある。また、戦うために働かねばならないこともある」

このように私が老アントニオの後を歩いたのは、十年前の夜である。老アントニオの後を歩いたと言ったかな？　では、嘘をついたことになる。私は彼の後を歩いたのではない。私は彼といっしょに歩いた。十年前のある夜である。今夜はそれから十年後の夜である。私を通じて、この大地の最良の存在、最初に戦い、活動したもの、過去の最良の時間、先住民の褐色の血が、声と言葉を発している。彼らの苦悩と戦いのうえにメヒコという国が建てられている。

国家改革のための特別フォーラム閉会式——一九九六年七月六日

8　山に生きる死者たち

皆さん、自己紹介させてください。われわれはサパティスタ民族解放軍である。この十年間、われわれは戦争を準備しながら、この山中で生きてきた。この山中でわれわれは軍隊を創ってきた。

下の世界、都会や大農園では、われわれは存在しなかった。われわれの生命の値段は機械や動物にも劣っていた。われわれは道端の石ころや植物程度の価値しかなかった。われわれは言葉をもっていなかった。顔も名前もなかった。明日もなかった。われわれは存在していなかったのである。

今日、世界のいたるところで新自由主義という名前で登場している権力からみれば、われわれはまったく勘定に入っていない。われわれは生産や取り引きをしていない。巨大資本の勘定書では、われわれはまったく価値のない存在だった。

そこでわれわれは山に入った。われわれ自身がよき存在になるためである。石や植物のように忘れられた存在であるわれわれの苦しみを和らげるものを見いだせるかどうかを確かめるためであった。

ここメヒコ南東部の山中にはわれわれの死者が生きている。山中で生きているわれわれの死者は多くのことを知っていた。自らの死についてわれわれに語りかけ、われわれはそれに耳を傾けた。語る小箱［チアパス州北部の共同体で信じられている託宣を伝える聖人像の入った小箱］は昨日から明日にむかっている別のお話をわれわれに話した。山はわれわれに話しかけた。われわれ普通のありきたりの人間であるマセウァルに話しかけた。われわれは素朴な人間である。権力者が言うとおりである。

過ぎゆくあらゆる昼と夜、権力者はわれわれにシュトル［征服の踊りの一種］を踊らせ、野蛮な征服戦争を繰り返そうとする。カツ・ツル、偽りの人間はわれわれの大地を支配し、巨大な戦争機械をもち、われわれに苦悩と死をばらまいている。その戦争機械は、半分がピューマ、残る半分が馬というボーブに似ている。政府という偽りの存在は、われわれにアルーシュ［ユカタンの伝承で密林に居住する小人］、つまりわれわれ人民を騙し、忘却を送りつける大嘘つきを派遣している。

それゆえ、われわれは兵士になった。そして、兵士でありつづけている。われわれはこれ以上の死や嘘を望まない。われわれは忘れられたくない。

山はわれわれに話した。声をもつためには武器を手にすること、顔をもつためには顔を隠すこと、名前を呼ばれるためにはわれわれの名前を忘れること、明日を手にするためにはわれわれの過去を隠すことを語った。山中には、死者たち、われわれの死者たちが生きている。これらの死者とともに、ボタンとイカル、光と闇、湿気と乾燥、大地と風、雨と火が生きている。山はハラッチ・ウイニック、真の人間、高位の指揮者が暮らす家である。われわれは、われわれであること、つまり真の男と女であることをこの山の中で学び、しっかり記憶している。

声で武装し、顔をもって生まれ変わり、新たに名前をもったわれわれの昨日は、バラム・ナーのチャン・サンタ・クルスにある四つの点の中央にとどまり、ひとつの星を誕生させた。その星は人間をかたどり、世界を創る部分が五つからできていることを思いおこさせる。

雨を降らせながらチャーコブが騎乗していた時間、われわれは仲間と話し合った。そして、種を播く時期を教える暴風雨を準備するため、われわれは山から下りることにした。白い年とともに、われわれは戦争を開始し、この道を歩みはじめた。その道はわれわれをあなた方の心へと導いてくれる。その道は、今日、あなた方をわれわれの心へと導いてきた。

それがわれわれである。サパティスタ民族解放軍である。耳を傾けてもらうため、武装した声。自己表明するため、隠した顔。名前を呼ばれるため、黙した名前。耳を傾けてもらい、見てもらい、名前を呼ばれるため、人や世界に呼びかける赤い星である。昨日に収穫される明日である。

われわれの黒い顔、われわれの武装した声、われわれの名前のない名前、そしてあなた方が見ているわれわれの背後には、あなた方でもあるわれわれがいる。どの民族にも存在し、あらゆる色、あらゆる言語を話し、あらゆる場所に住んでいる単純であたりまえの男や女たちであるわれわれがいる。

同じように忘れられた男と女。同じように排除されたものたち。同じように許されざるものたち。同じように迫害されるものたち。われわれはあなた方と同じ存在である。われわれの背後には、あなた方であるわれわれがいる。


……


兄弟姉妹の皆さん。

山中では、語る小箱がわれわれに話しかけた。われわれの苦悩や反逆を記憶する昔の話をわれわれに語った。われわれが糧として生きる夢は尽きないだろう。われわれは旗を降ろさない。われわれの死はつねに生きつづけるだろう。われわれに話しかける山々はこう言っている。チャン・サンタ・クルスで輝く星はこう語っている。クルソブ〔一九世紀後半、ユカタン半島東部で語る十字架の託宣にもとづき、半世紀以上抵抗を続けたユカタン・マヤの人びと。十字架の人びとという意味〕、反逆者はけっして敗北しない。人の住んでいるこの星にいるすべての人とともに自らの道を歩みつづける。このようにわれわれに言っている。赤い人間、チャチャク・マック、つまり世界が自由になるのを手助けする赤い星がくると言っている。山である星がわれわれに言っている。五つの人民で構成される人民、全人民にとって星となっている人民、人であると同時に世界の全人民である人民が、人を創り出すいくつもの世界の戦いを支援するため到来するだろう。真の男と女が苦しまずに生き、そして石が軟らかくなるように。

あなた方全員がそのチャチャック・マックである。全世界、全人民、あらゆる人びとにいる五つの部分で創られている人を助けるため、到来する人民である。あなた方全員がわれわれのなかに鏡をもつ赤い星である。われわれであるあなた方がわれわれとともに歩めば、われわれはよい道を歩めるだろう。

兄弟姉妹の皆さん。

われわれ人民のなかでもっとも年配の物知りたちは、生命をもたらす水が生まれる場所に、星の形をした十字架を据えた。このように生命の開始は山のなかにある星によって記されている。語る星、われわれのチャン・サンタ・クルスの声を運んでいる小川は、こうして誕生し、山から流れ下りる。

山の声は語った。真の男と女は自由に生きることができるだろうと言いつづけた。彼らが五つの頂点のある星が約束するすべてのものになるなら。五つ大陸の人民が星のなかでひとつになるなら。世界である人間の五つの部分が出会い、ほかのものに出会えるなら。五つであるすべてが自分の場所と他者の場所を発見できるなら。

人類のため、新自由主義に反対する大陸間集会開会式――一九九六年七月二十六日

9 遠くと近くを見つめること

雨が横なぐりに降っている。腰を折るような強風が吹くと、雨は横向きに吹きつける。そのことを私は言いたいのである。その夜、老アントニオと私は小屋から出発した。老アントニオは畑で芽を出したトウモロコシを盗もうとするアナグマを仕留めるつもりだった。私たちはアナグマがくるのを待った。

しかし、アナグマではなく、雨と風が到来したので、私たちはほとんど何もない穀物庫に避難することになった。

老アントニオは奥の隅に座り、私は入口の敷居に座り込んだ。二人とも煙草を一服した。老アントニオはひと眠りしたが、私は、いつも以上に気まぐれに舞っている風の方向によって雨があちこちから吹きつける様子を眺めていた。やがて、気ままな風の舞は終わり、どこか別の場所に行った。すぐさま雨はやみ、コオロギと蛙の耳をつんざく合唱合戦だけが残った。音をたてて老アントニオを起こさないようにしながら、私は穀物庫から出た。欲望による身体の踊りが終わったときように、大気は湿って熱かった。

「あれを見ろ」と老アントニオが言った。彼の手は西の空に広がる雲の幕間からのぞく星を指し示した。私はその星を見つめた。よくわからないが、何か胸に引っかかる気がした。それは悲しく苦渋にみちた孤独感のようなものだった。老アントニオが質問する機先を制そうと、私はほほえみながら言った。

「ある諺を思い出しました。『指が太陽を指差すと、愚者は指を見る』というものです」

「太陽を見るやつがいるなら、それ以上にまぬけだよ。目が見えなくなるから」と、心の底から笑いながら老アントニオは言った。

諺の意味を説明しようと思っていた私は、老アントニオの論理に打ちのめされ、口ごもった。老アントニオは笑いつづけた。彼が笑っていたのは、私自身のことか、私の説明のことか、指が指している太陽を見ようとしたまぬけなやつのことだったのか、私にはわからない。

老アントニオは座ると、単発式猟銃をかたわらにおいた。そして、古びた穀物庫から取り出したトウモロコシの葉っぱで煙草を巻いた。黙って耳を傾けるときであることを私は悟った。私も彼の横に腰を下ろし、パイプに火をつけた。老アントニオは紙巻き煙草を二、三服すると、言葉の雨を降らせはじめた。その言葉の落下に付き添うのは煙だけだった。

「先ほどしようとしたのは、おまえに星を指さすことではなかった。わしの手で天上にあるあの星に触るにはどれぐらい歩いて行かなければならないのか。そのことを考えていたのだ。わしの手と星のあいだの距離を計算してくれと、言おうとしていたのだ。だが、おまえときたら、出し抜けに指と太陽の話をもち出した。わしは、おまえに自分の手や星を指し示したのではない。

おまえの諺に登場するまぬけなやつは、賢明な代替案をもち合わせていないようだ。かりに、太陽を見たせいで目がつぶれなかったとしても、上ばかり見ていると、やたらに転んでしまう。一方、指しか見ていないと、自分の進んでいる道がわからなくなる。つまり、じっと止まったままで、指の後しか歩けなくなる。要するに、太陽を見るやつも指を見るやつも、どちらもまぬけだ。

歩き、生きることは、偉大な真実を自分の手にすることではない。計測してみると、そんなものはずいぶん小さなことがわかる。昼に到達するため、われわれが歩きだそうとする夜が到来しようとしている。近くだけを見ていると、われわれはこの辺りをウロウロするだけだ。遠方だけを見ていると、われわれはつまずいてばかりで道に迷う」

老アントニオはいったん喋るのをやめた。そこで私は尋ねた。

「どうすれば、遠くと近くを同時に見ることができるのですか？」

通　信　欄

■本書への批判・感想、著者への質問、小社への意見・テーマの提案など。ご自由にお書きください。

■何により、本書をお知りになりましたか？
書店店頭・目録・書評・新聞広告・
その他（　　　　　　　　　　　　）

■小社の刊行物で、すでにご購入のものがございましたら、書名をお書きください。

■小社の図書目録をご希望になりますか？
はい・いいえ

■このカードをお出しいただいたのは、
はじめて・　　　　回目

■図書申込書■

小社の刊行物のご注文にご利用ください。その際、必ず書店名をご記入ください。

現代企画室
TEL 03（3293）9539
FAX 03（3293）2735

地　名	
書　店　名	

書　名	冊数
	（　　）冊
	（　　）冊
	（　　）冊

ご氏名／ご住所

郵便はがき

料金受取人払

神田局承認

5869

差出有効期間
2006年1月30
日まで

(切手はいりません)

101-8791

004

(受取人)

東京都千代田区猿楽町二の二の五

興新ビル三〇二号

現代企画室 行

■お名前

■ご住所 (〒)

■E-mailアドレス

■お買い上げ書店名(所在地)

■お買い上げ書籍名

紙巻き煙草をくわえると、老アントニオは話しはじめた。

「話し合いながら、耳を傾けるのだ。近くにいるものと話し合い、耳を傾けるのだ。遠くにいるものと話し合い、耳を傾けるのだ」

再度、老アントニオは星に手を延ばした。手を見ながら彼は言った。

「夢を見るとき、はるか彼方の天上にある星を見なければならない。しかし、戦うときは、星を指差す手を見つめねばならない。それが生きることである。つねに視線を上げたり下げたりしなければならない」

私たちは老アントニオの村に帰った。私たちが別れの挨拶をする頃、深夜も夜明けの衣装をまとっていた。牧草地の入口まで老アントニオは付き添ってくれた。鉄条網の外側に出ると、私は老アントニオを振り返って言った。

「アントニオ爺さん。あなたが星に手を伸ばしたとき、私はあなたの手も星も見てはいませんでした」

老アントニオは口をはさんだ。

「そうか。よろしい。おまえは二つのあいだの空間を見ていたのだな」

「いいえ。二つのあいだの空間も見ていません」と彼に言った。

「じゃあ、何を見ていたのだ？」

私はほほえんだ。そして、立ち去りながら、老アントニオにむかって叫んだ。

「あなたの手と星のあいだにいたアナグマを見ていたのです」

老アントニオは、地面を見つめ、私に投げつけるものを探した。それを見つけられなかったのか、それとも彼が手が届くには遠くすぎる所まで私が行ってしまったのか、私にはわからない。いずれにせよ、彼が単発式猟銃を構えなかったのは、私にとっては幸運だった。

私はゆっくりと歩いて立ち去り、近くと遠くを見ようとした。上でも下でも、光は昼と夜とを出会わせようとしていた。雨は七月と八月を結びつけていた。泥や転ぶこともそれほどは苦痛でなくなった。十年後、私たちは、はるか遠くの存在と思っていた人たち、つまり……あなたたちと話し合い、耳を傾けはじめることになった。

人類のため、新自由主義に反対する大陸間集会第一部会――一九九六年七月三十一日

10 騒音と沈黙のお話

雨が降りしきっていた。愛の贈物である心地よい疲労から、ラ・マールはまどろんでいた。カセットからは、メルセデス・ソーサの「私に多くのものをくれた人生よ、ありがとう」という歌詞が紡ぎだされていた。その夜明け前、哨戒中の飛行機がメヒコ南東部の暗い山々の上空で死の唸り声をたてていた。私は「パブロ・ネルーダ」と自称するネフタリ・レジェスを思い出していた。

「……時は時刻どおり純粋な瞬間に到達している。人びとは人気のない街路を新鮮だが堅牢な空間で充たしている。ここに、そのときのための私の優しさがある。その優しさをあなたたちは知っている。私にはほかの旗がない」

戦争の時計は「一九九七年二月十四日」を指している。十年前の一九八七年、そのときも同じように

大雨だった。ラ・マールはおらず、ラジカセも警戒飛行機もなかった。しかし、われわれゲリラのキャンプ宿営地の周りに、夜明けが忍びこんでいた。老アントニオは残って話し込んだ。午後になって、彼はトスターダの袋をもってきた。キャンプの調理場にはわれわれ二人しかいなかった。かまどの残り火から昇る煙と競いあうように、パイプとトウモロコシの葉で巻いた煙草から紫煙が立ち上がった。

だが、大声で叫ばないかぎり、会話はできなかった。静寂が支配しているようだが、激しい雨音は夜の隅々まで侵入していた。雨音以外何もなかった。激しい雨音は、山を覆う木々の樹冠だけでなく、地面からも聞こえた。上方の木々から落ちてくる雨音、地面を叩きつける雨音で、下の雨音は倍になっていた。その中間でも別の雨音がしていた。密林に降り注ぐ二月の雨がビニールテントに当っている雨音だった。上で下も、そして中間でも、激しい雨音がした。言葉の入り込む余地はどこにもなかった。

だから、老アントニオの声がはっさり聞こえたときには、びっくりした。彼はトウモロコシの葉で巻いた何本目かの煙草を唇にくわえると、お話を始めた。

騒音と沈黙のお話

時間がまだ数えられていなかった時代にも、時間があった。その時代、もっとも偉大な神々、世界を誕生させた神々は、最初の神々がもともと歩んでいたように、つまり踊りながら道を歩んでいた。

その時代、多くの騒音があった。あらゆる方向から、声や叫び声が聞こえた。騒音が多すぎたので、何も理解できなかった。その当時の騒音は、何かを理解するためのものではなく、何も理解できなくするための騒音だった。当初、最初の神々は、騒音は音楽と踊りのためのものと思っていた。すぐさま自分の相手を探すと、こんな風に踊りはじめた。

——こう言って、老アントニオは立ち上がると、最初に片脚に、次に別の脚に重心を移すという風にバランスをとりながら踊りのステップを示した——

しかし、騒音は音楽でも踊りのためでもないことが判明した。騒音は騒音でしかない。騒音では踊ることができず、楽しい気持ちになれなかった。聞こえる騒音は、いったい何を言いたいのか。そのことを知ろうと、もっとも偉大な神々は注意深く耳をすました。だが、何も理解できなかった。結局、騒音は騒音でしかなかった。

騒音では踊れなかった。だから、最初の神々、世界を誕生させた神々は歩けなくなった。最初の神々は、踊りながら歩いていたからである。彼らは立ち止まった。歩けなくなり、彼らはとても悲しくなった。それほど、これらの神々、もっとも偉大な最初の神々は、歩くのが大好きだった。

やがて、一部の神々は歩こうとした。この騒音にあわせて踊ろうとした。だが、それは無理だった。歩き方を忘れ、道に迷い、お互いぶつかり、転倒し、木や石につまずいたので、これらの神々はひどく傷ついた。

老アントニオはいったん話を中断し、雨と騒音によって消えた煙草に火をつけた。火がつき、紫煙が立ち上がった。その後から言葉が出てきた。

そこで、今一度、針路を定めるため、神々は沈黙を探すことにした。しかし、神々は沈黙をどこにも発見できなかった。沈黙が立ち去った場所には、当然、多くの騒音だけが残っていた。もっとも偉大な神々は絶望的になった。道を発見するための沈黙を発見できなかったからである。そこで、神々は集会を開くことに同意した。

集会では、神々は激しい議論を展開した。生じた騒音はとてつもなく大きかった。神々は最終的に合意に到達した。それは各自が歩む道を発見するため、沈黙を探すというものだった。神々は自分たちの合意に満足した。しかし、その満足度はそれほどでもなかった。まだ多くの騒音があったからである。

そこで、それぞれの神々は、自分を発見するため、沈黙を探そうとした。神々は四周を探しはじめた。しかし、何も発見できなかった。上には何もなかった。下にも何もなかった。もはや沈黙を探せる場所はなくなっていた。そこで、神々は自分の内部を探すことにした。神々は自分の内側を見つめだした。こうして、神々は沈黙を探しはじめ、ついに沈黙を発見した。もっとも偉大な神々、世界を誕生させた神々、最初の神々は、自分の内部で出会い、そこで自分たちの道を再発見したのである。

老アントニオは黙った。雨音もしなかった。静寂がしばらく続いた。しかし、すぐにコウロギが鳴きはじめ、十年前の二月十四日の夜、最後の静寂は打ち破られた。山の夜は明けた。老アントニオは「もう、行くよ」と別れの挨拶をした。一人残った私は、夜明けとともにメヒコ南東部の山中に置き去りにされた静寂の最後の断片を吸い込んだ。

「サンアンドレス合意調印」一周年のコミュニケ——一九九七年二月十四日

11 理性と力

私のとなりにラ・マールが横たわっている。われわれは、ずっと前から、苦悩、躊躇、少なからぬ夢を共有してきた。今は密林の暑い夜を私とともに寝ている。夢のなかで、私は彼女の騒ぎ立つ小麦の穂のような髪の毛を見ていた。ほんのりと暖かく瑞々しいラ・マールはいつものように私のかたわらにいた。その姿を見て、私は驚きをあらたにした。息苦しくなり、私はベッドから抜け出した。何年も前と同じように、老アントニオを現在に連れ出すため、私はペンをとった。

川の下流の探索に同行してほしいと、私は老アントニオに頼んだ。われわれが食料として携帯したのは、ほんの小量のポソーレだった。何時間も気ままな流れに沿って下っているうち、空腹と暑さはしだいに募ってきた。午後はずっとイノシシの群れの後をたどることになった。夕方、われわれはやっとイノシシの群れに追いついた。

しかし、一匹の巨大な雄（野生の豚）が群れから離れ、われわれに襲いかかった。私といえば、ありったけの軍事知識を引き合いに出すことになった。つまり、自分の銃を放り出し、いちばん近くの木によじ登ったのである。老アントニオはイノシシの攻撃にまったく無防備だった。しかし、彼は逃げずにツルが繁茂する薮に身を隠した。巨大なイノシシは正面から全力で彼を攻撃した。しかし、ツルやトゲに絡めとられてしまった。イノシシが薮から脱出する前に、持参していた古い単発式猟銃を取り出すと、老アントニオはイノシシの頭を撃った。それで、その日の夕食の問題は解決した。

私が自分の近代的な自動小銃（口径五・五六ミリメートルのM一六銃、発射速度セレクター付き、実効射程距離四六〇メートル、照準スコープに脚付き、九十発の「弾倉」カートリッジ装備）の手入れを終わった頃には、もう夜明け近くなっていた。実際におきたことをすべて省いて、私は野戦日記に次のことだけメモした。

「イノシシと遭遇。アントニオが一匹仕留める。海抜三五〇メートル。雨は降らず」

われわれは肉が煮えるのを待っていた。割当ての肉をキャンプ地で準備中のお祭りに提供すると老アントニオに伝えた。火をかきたてながら、彼は尋ねた。

「お祭りだって？」

「そう。何月であるかは無関係です。いつでも、何か祝うことがあります」と私は返答した。

その後、歴史上の暦とサパティスタの祝賀行事に関する最高の考察と思われる自説を強調した。老アントニオは黙って聞いていた。しかし、彼に興味がないことがわかり、私は横になって寝ることにした。

私は、老アントニオが私のノートを取り出し、何かを書いているのを夢のなかで見た。翌朝、朝食の後、われわれは肉を分配した。そして、それぞれ帰途についた。自分のキャンプにもどると、私は司令官に報告した。実際におきたことを知ってもらうため、野帳を見せた。

司令官はノートのある頁を私に見せながら言った。「これはおまえの字じゃないな」

前日、私がメモした文章の後に、老アントニオは大きな文字で次のように書いていた。

「理性と力の両方を手にできないなら、理性を選ぶのだ。力は敵にくれてやれ。力は数多くの戦闘で勝利を収めるだろう。しかし、闘争全体で勝利するのは理性である。権力者は力から理性を取り出せないが、われわれは理性から力を獲得できる」

そして最下段には、とても小さな文字が書いてあった。「お祭りを楽しんでくれ」

理由は言うまでもない。私の空腹はどこかに消えた。いつもどおり、お祭りはとても陽気だった。幸いなことに、「赤い髪飾りの娘」は……サパティスタのヒットパレードのチャートにのりそうもなかった。

「世界のジグソーパズルの七ピース」——一九九七年六月二十日

12 われわれは誰でもない

夜の軍偵察機の脅迫的な音が轟き、茶色のタツノオトシゴはラ・マールの胸にもたれている。夜明け前はものごとを習得するときである。そこに、霧を驚かせ寒さを和らげるため、老アントニオがやってきた。老アントニオ（理由は不明だが、エウリピデスの愛読者）は戦いと未来に関する独自の理論をもっている。

「歴史が転換すると権力者は名を変える」と言って、彼は巻き煙草に火をつけた。

「権力者に反対する闘争、権力の全能、権力者の支配のない未来はありえないことなどをめぐる権力者の見解は、われわれに繰り返され販売された。犯罪を美しく見せかけ、嘘には寛大である黄金の鏡の前で、権力者は、『誰も私を打倒できない』と何度も言っている。小さなときから、われわれはこのように歴史を教え込まれている。それゆえ、誰も権力者を打ち負かせないと、われわれは思い込まされている」

こう言うと、老アントニオは吐き出した長い紫煙で嘘の大きさを描いてみせた。そして、火のついた巻き煙草が発する小さな光は、真実の重さを物語っている。

「われわれ、下のものはいつも同じ名前である。歴史の転換は大した意味がない。われわれ、小さきものは誰でもない……」

上空では、夜明け近いことが予告される。何はともあれ、かくも長い夜の後には、朝と呼ばれるものがやってくる。下では……ラ・マールが寝ている。

国内外報道機関宛てコミュニケ――一九九七年十二月十三日

13 他者のお話

平和と人類のための戦いは国際的である。この点について、われわれは皆さんと同じ意見である。なぜなら、異なっている他者がいない人生は虚しくなり、活力がなくなるからである。真価を認められていないが、偉大なる国際主義者である老アントニオも同じことを言っている。そのことが、人類のため、新自由主義に反対する国際的な戦いと、どんな関係があるのか？　よろしい、それを皆さんに説明するのに最適と思われるお話を私は知っている……

ある夜明け前のことである。威嚇するように上空を偵察飛行機が飛んでいた。短かくなったロウソクのほのかな灯りで、ラ・マールは一冊の詩の本を読もうとしていた。私は個人的に面識がない人物に手紙を走り書きしていた。その人物とは、おそらく外国語を話し、別の文化を有し、おそらく外国人である。肌の色も異なり、きっと別の歴史を有しているはずである。飛行機が通り過ぎたので、私は走り書きをやめた。そうしたのは、詩を読んでいるラ・マールの声にちょっと耳を傾けようと思ったからである。だが本当は、異なっている他者に手紙を書く問題を解決する時間を稼ぐためだった。

そのとき、高い山にかかる霧を抜け、ラ・マールに気づかれることなく、老アントニオが私の横にやってきた。私の背中を二・三度たたくと、煙草に火をつけて……

他者のお話

この大地に住みついた最長老たちは話してくれた。それによると、いちばん偉大な神々、この世界を誕生させた神々は、皆でいっしょに考えなかった。神々は同じ考えをもたず、それぞれが独自の考えをもっていた。お互い尊重しあい、お互いの意見に耳を傾けた。最長老が言うには、神々はもとからそうだった。そうでなければ、この世界は決して誕生しなかっただろう。最初の神々は戦うことにすべての時間を費やしたはずである。神々がそれぞれ感じていた考え方は異なっていたからである。

最長老たちは言った。いちばん偉大な神々、最初の神々の心にあった考えと同じように、世界は多くの色や形をもって誕生した。いちばん偉大な神々は七つだった。それぞれの神がもった考えは七つだった。世界を彩ったのは、七かけ七の色と形だった。

老アントニオは次のように私に話してくれた。

「神々がお互い感じている考え方はずいぶん異なっていたのに、最初の神々はどのように話し合い、合意したのですか？」と、老アントニオは最長老たちに尋ねたという。老アントニオが私に語ったところによると、最長老たちは次のように答えた。七名の神々はそれぞれ七つの異なる考え方をもち寄り、会合を開いた。そして、その集会においてひとつの合意を導き出した。

老アントニオは話してくれた。

最長老が言うには、最初の神々、世界を創造した神々が集ったのは大昔だった。時間がまだない時代のことだった。その集会で、最初の神々はそれぞれ独自の言葉を発した。「私の感じている考え方は他者の考え方と違っている」と、すべての神々が言った。そこで、神々は黙り込んだ。誰かが「他者」と言うとき、お互い異なった「他者」のことを話していることに、神々は気づいた。

しばらく沈黙が続いた。だが、最初の神々はすでに最初の合意ができたことに気づいていた。その合意とは「他者」が存在するということである。しかもこの「他者」はお互いに異なっていることだった。いちばん最初の神々が手にした最初の合意は、お互いの相違を認め、他者の存在を受け入れることだった。最初の神々は全員がもともと神だった。だから、それ以外のやり方はなかった。それを受け入れるしかなかった。多かれ少なかれ、他者とならない存在はありえなかった。お互いに異なっていても、歩かざるをえなかった。

この最初の合意の後も、神々の議論は続いた。なぜなら、異なった他者がいることを認めることと、そうした他者を尊敬することは、まったく別問題だったからである。かなりの期間、お互いがどのように異なっているかについて、神々は話し合い議論した。こうした議論に時間がかかるのは、神々にとって大した問題ではなかった。そのとき、まだ時間がなかったからである。

神々全員が沈黙した後、それぞれ自分の相違点について話した。その話を聞いていたほかの神々は、他者の相違点に耳を傾け、相違点を確認しながら、違ったものをもっていること自体を自覚することが最善であることに気づいた。

こうしてすべての神々は大いに満足し、踊りはじめた。ずいぶん遅れたが、神々は気にしなかった。なぜなら、まだ時間がなかったからである。没頭していた踊りが終わり、神々はひとつの合意を導き出した。異なっている他者がいることはよいことであり、自分自身を知るためにも、他者の意見に耳を傾けるべきであるという合意だった。

この合意が結ばれた後、神々は寝るために立ち去った。踊りすぎたため、神々は疲れていた。話をすることに疲れたのではない。これらの最初の神々、世界を誕生させた神々は、話をするのがとても好きだった。神々は他者の話に耳を傾けることをやっと習得したばかりだった。


老アントニオがいつ立ち去ったのか、まったく気づかなかった。ラ・マールはもう寝ていた。ロウソクの小さな芯は溶け、歪んだパラフィンの塊になった。上空では、明け方の光の中、天空の黒い空の色は徐々に薄くなりだした……

このお話は、皆さん宛に手紙を書こうとしたとき、老アントニオがしたものである。私は確信する。皆さんに伝えるべきいちばん重要なことは、われわれが皆さんの言葉に耳を傾け、認知し尊重することである。

アクテアル虐殺に抗議するメキシコ市集会宛て書簡――一九九八年一月二十一日

14 埋められた鍵のお話

ラ・マールが一休みしている雲の海岸（四番目の鍵）で、満月はオレンジ色の星のように輝いている。膨張した満月の縁はきれいに磨かれている。いつものようにわれわれは横になっている。私はラ・マールに話をしている。その話は、今朝と同じような夜明け前、老アントニオが煙草の煙で雲を補充しながら、私に話したものである。

煙草の煙を渦巻き状に吐き出しながら、われわれは月にむけて吹き出した煙の環を見つめていた。お互いに口には出さなかったが、われわれは空にかかる月をその紫煙の環に固定しようとした。だが、無駄だった。押し寄せる時間や雲を打ち破り、月は前進しつづけた。われわれはじっと黙ってテペスクィントレを待ち伏せした。満月のもとでも、テペスクィントレを「照明」できることを証明しようかと、老アントニオは私に提案した。

「あそこだ！　見えたか？」と老アントニオはつぶやくように言った。

「ああ、見えた」と嘘をつきながら、私は老アントニオのかざすランプの光の束で浮き出ているはずのエメラルド色の両眼を探した。だが、できなかった。

単発式猟銃は乾いた音を発し、火を噴いた。しかし、すぐにその音はコオロギの発する太鼓のような執拗な音にかき消された。私は老アントニオがランプで指し示した地点へ駆け出した。五十センチぐらいのテペスクィントレが怯えて立ちすくんでいた。マチェーテの平らな背で、テペスクィントレに一撃を加えた。それによって、老アントニオの単発式猟銃の一撃とともに始まった食事の準備を完成させることができた。私はテペスクィントレをつかみ、老アントニオが新しい巻き煙草を作っている場所まで運んだ。

私の方を見ることなく、「おまえは何も見ていなかったな」と老アントニオはつぶやいた。実際、私は、月が都合よく沈むことを期待し、『耳をそばだてて』いただけである。またも、「ちゃんと見ていました」と平然と嘘をついてしまった。マッチの光で、老アントニオのほほえみと口にくわえた巻き煙草が照らしだされた。話題を変えようと、私は質問した。

「いつランプに灯りをつけ、どこを照らすか、どのようにしてわかったのですか?」

「この下で見たのだ」と老アントニオは答え、身振りで地面を指差した。

「地面の下で見たですって?」と私は冷やかすように尋ねた。

老アントニオは私の質問に答えなかった。直接的には答えず、彼は横になって話を始めた。

埋められた鍵のお話

いちばん最初の神々、世界を誕生させた神々は、たいへん物覚えが悪かったという。神々は、自分たちがおこなったことや、言ったことをすぐに忘れてしまった。ある人が言うには、物覚えが悪かったのは、いちばん偉大な神々には何も覚える必要がなかったからである。時間が時間をもっていなかった時代から、神々はそうだった。つまり、彼らの前には何もなかった。前に何もないから、記憶すべきものはいっさいなかった。はっきりしたことは誰にもわからない。いずれにせよ、神々は何もかも忘れていた。これまで世界に存在したすべての統治者はこの悪癖を引き継いできた。

しかし、いちばん偉大な神々、最初の神々はよく知っていた。記憶は未来の鍵である。だから、大地、家、歴史を世話するためには、記憶も世話しなければならない。健忘症になるのを防止するため、最初の神々、世界を誕生させた神々は、自分たちがおこなったことや知っていることすべてについてコピーを作った。地上にあるものと混同されないように、神々はこのコピーを地面の下に隠した。だから、大地の地面の下には、地上と同じ別の世界がある。それは地上の世界と同じ歴史をもっている。最初の世界はこの大地の下にある。

「地下の世界はわれわれが知っている世界と同じですか?」と私は尋ねた。

「昔はそうだったが、今は違う」と老アントニオは答えた。彼は次のように説明してくれた。

「時間が経つにつれて、地上の世界は秩序が崩れ、居心地が悪くなった。いちばん最初の神々がいなくなった。やがて、どの統治者も、居心地の悪くなったものを調整するため、下を見つめることを忘れてしまった。自分が接している世界だけが世界で、ほかの世界は存在しない。新しい世代の支配者はこう考えた。大地の下の世界は大地の上と同じだが、その形態は違っている」

だからこそ、新生児のヘソの緒を大地に埋めることが、真の男と女たちの習慣となっているのだと、老アントニオは言った。そうするのは、世界の真実の歴史を見つめ、世界をあるべき姿にふたたび適合させるため、新しい人間が戦えるようにするためである。この下には世界があるだけではない。よりよい世界の可能性がある。

「では、私たちは下の世界でも二人なの？」とラ・マールは眠そうに尋ねた。

「当然、いっしょだよ」と私は答えた。

「あなたの言うことなど、信用できないわ」とラ・マールは言った。そして、淑やかに寝る向きを変えると、小石が地面に作った小さな窪みを覗いた。

「ほんとうだよ。潜望鏡さえあれば、われわれも覗けるさ」と私はラ・マールに言った。

「潜望鏡ですって？」と彼女はつぶやいた。

「そう、潜望鏡だよ。逆立ちした……潜望鏡だよ」と私は言った。

結局、老アントニオの言うことは正しいと、私には思われる。われわれが今苦しんでいる世界にくらべ、ずっとよい世界がこのわれわれの下にある。記憶は未来の鍵であると、老アントニオは言っている。しかも(私がつけ加えるなら)、歴史は逆立ちした……潜望鏡そのものである。

「逆立ちした潜望鏡」——一九九八年二月二十四日

15 ライオンと鏡のお話

老アントニオは話してくれた。彼がまだ若かった頃、彼の父ドン・アントニオは、銃を使わずにライオンを殺す方法を教えてくれたという。老アントニオによると、彼が若いアントニオで、彼の父親が老アントニオだった頃、彼の父親が彼にそのお話をしたという。ラ・マールが私の口から直接そのお話を聞けるようにと老アントニオは私に話をしてくれた。老アントニオは私にお話をしただけである。だが、私は題をつけた。

ライオンと鏡のお話

ライオンは最初に獲物の身体を八つ裂きにする。その後で、獲物の心臓を食べながら、血をすする。残りの部分はソピローテ［ハゲタカの一種］のものになる。ライオンの力に対抗できるものはいない。ライオンに立ち向かう動物はいない。人間でも逃げ出す。ライオンを倒せるのは、ライオンと同じように野蛮で血に飢えた強力な力だけである。

当時の若いアントニオから見ると当時の老アントニオにあたる父親は、トウモロコシの葉で巻き煙草を作った。そして、かまどの火のなかで光り輝く星のようにパチパチと燃えている木の幹を見つめるふりをしながら、父親は若いアントニオを横目で見ながら反応をうかがった。すぐに若いアントニオが質問した。

「ライオンを打ち倒すほど強大な力とはどのようなものですか？」

当時の老アントニオは、当時の若いアントニオに鏡を手渡した。

「私にできるのですか？」と当時の若いアントニオは円い手鏡に映っている自分の姿を覗き込んだ。

当時の老アントニオは楽しそうにほほえむと（当時の若いアントニオはこう説明した）、彼から鏡を取り上げた。

「ちがう。おまえではない」と老アントニオは言った。

「おまえに鏡を見せたのは、ライオンを倒せる力はライオン自身の力であると言いたかったからだ。ライオンを倒せるのはライオンだけである」

当時の若いアントニオは何か言おうとしながら、「ああ、そうですか」とつぶやいた。

当時の若いアントニオが何も理解していないのを知って、当時の老アントニオはお話を続けた。


ライオンを倒すことができるのはライオンである。われわれはそれがわかったので、ライオンがライオンに立ち向かうようにするにはどうしたらよいかと、考えはじめた。共同体の最長老たちはライオンのことをよく知るべきだと言って、一人の若者にライオンを知るという任務を課した。


「その若者はあなただったのですか？」と当時の若いアントニオは口をはさんだ。

当時の老アントニオは黙って座り、かまどで燃えている木の幹を整えた。そしてお話を続けた。

最長老たちは若者をセイバの木の頂に登らせ、木の根元に子牛をしばった。若者は、ライオンがどのように子牛を扱うかを観察するため、ライオンが立ち去るまで、木の上で待機しなければならなかった。そして、共同体に帰り、見たことを説明しなければならなかった。若者が待っていると、ライオンがきた。ライオンは子牛を殺し、八つ裂きにした。その後、心臓を食べながら、血をすすり、立ち去った。ソピローテは分け前を待ちわびて周りを飛び跳ねた。

若者は共同体にもどると、自分が見たことを説明した。最長老たちはしばらく考え込んでいた。そして「マタドールがもたらす死は自らの死である」と言った。

そして、鏡と釘、一匹の子牛を若者に与えた。

「明日の夜、裁きを実行することになる」と言って、長老たちはふたたび考え込んだ。

若者は何もわかっていなかった。小屋にもどると、彼はしばらく火を見つめていた。そこに彼の父親が帰ってきた。父親はどのようなことがおきたか質問した。若者は父親に何もかも説明した。若者の父親はいっしょに黙っていたが、やがて話しだした。若者はほほえみながら、父親の話を聞いた。

翌日、夕暮の空が黄金色となり、灰色の夜の帳が木々の樹冠を覆っていった。若者は共同体を離れ、子牛を連れてセイバの木の根元に行った。母なる木の根元に着くと、子牛を殺し、心臓を取り出した。鏡を粉々に砕き、血でその破片を心臓に貼りつけた。その後、心臓を開け、なかに釘を詰め込んだ。心臓を子牛の胸にもどすと、子牛が生きているように立たせるため、杭を使って骨組みを作った。若者はセイバに木の頂に登り、じっと待っていた。天上では、夜の帳は木々から地上にまで降りていた。「マタドールがもたらす死は自らの死である」という父親の言葉を若者は思い出していた。

下の世界が完全に夜になった頃、ライオンがやってきた。子牛に近づき、一撃を加え、八つ裂きにした。心臓を舐めたとき、ライオンは血が乾いていることが気になった。だが、鏡の破片によってライオンの舌が傷つき、出血していた。自分の口についている血は子牛の心臓の血だと、判断したライオンは興奮のあまり一気に心臓にかぶりついた。釘によってさらに出血はひどくなった。ライオンは自分の口についた血は子牛の心臓の血だと判断した。何度も噛んだため、ライオンはますます傷ついた。さらに大量の血が流れだしたので、ライオンは噛みつづけた。ライオンは噛みつづけ、大量出血で死んだ。

若者はライオンの爪を首飾りにしてもどってきた。共同体の長老中の最長老にライオンの爪を指し示した。長老はほほえみながら若者に助言した。

「ライオンの爪は、勝利の記念としてではなく、鏡として保管すべきである」

老アントニオは、ライオンが死んだお話をこんなふうにしてくれた。小さな鏡だけでなく、老アントニオは古い単発式猟銃をいつも身につけている。彼はほほえみながら片目でウィンクして言った。

「ライオンが歴史を知らないのは当然である」

次はラ・マールがつけ加えた文章である。

「ライオン［当時のメキシコ大統領エルネスト・セディージョが母方の姓ポンセ・デ・レオンにレオン＝ライオンがあることをほのめかしている］だけでなく、オリベ［アドルフォ・オリベ、一九七〇～八〇年代の社会運動に影響力をもったプロレタリア路線の指導者、アクテアル虐殺事件後に内務省特別顧問就任］もね」

「一九九八年のメヒコ、上と下、仮面と沈黙」——一九九八年七月十七日

16 水のなかの魚

老アントニオは、元左翼の元毛沢東主義者や元急進主義者で、現在は右翼犯罪者の輝かしき顧問［アドルフォ・オリベのこと］に就任した連中（サボテンのように話していたが、今は身を隠すためダチョウのまねをしている）について話した。こうした革命家連中と大衆の関係に関して、水のなかの魚にたとえ、独自の解釈を示し、慌てふためく政府顧問が推奨する「魚から水を奪え」という反乱鎮圧作戦の戦略について持論を展開した。老アントニオは共同体の最長老がしたというお話をしてくれた。次のような内容である。

水のなかの魚

むかし、川に一匹のとてもきれいな魚がすんでいた。ライオンはその魚を見て、食べたくなった。ライオンは川に行った。しかし、泳げないので、魚を攻撃できなかった。そこで、ライオンはオポッサムに援助を要請した。オポッサムはライオンに言った。

「簡単です。魚は水がなければ動けません。川の水を飲み干せばいいのです。そうすれば魚は動けなくなり、あなたは魚を攻撃し、食べることができます」

ライオンはオポッサムの助言に満足し、彼の王国のポストを割り当てた。ライオンは川岸に行き、水を飲み干しだした。腹が水で一杯になり、ライオンは死んだ。オポッサムは職を失った。タンタン。

「一九九八年のメヒコ、上と下、仮面と沈黙」――一九九八年七月十七日

17 記憶の容器のお話

ラ・マールは自分のお腹にいる私の夢をみていた。そのとき、数日後（八月二十八日？）、下から発生するものすべてがそうであるように、最初は小さかったがしだいに成長していった運動の二十周年をドニャたち〔政治犯釈放や行方不明者の究明を要求し一九七八年八月二十八日からハンストを始めた「エウレカ」の女性たち。ロサリオ・イバラはシンボル的存在〕が祝うことになるのを私は思い出した。二十年前、（権力からみれば）頑固で厄介な女や男たちが、政治犯の釈放と行方不明者の所在解明を要求して、ハンストを開始したのである。

われわれ、そして現在は歴史をもっていない他者たちも、この強固な慈愛にみちた女性たちに多くのことを負っている。唯一ではないが、そのひとつは、記憶は休息も降伏もせず尊厳には年齢や大きさは関係ないことをドニャたちのようによく知っている人たちがわれわれに約束している明日にほかならない。

老アントニオはラ・マールのための贈物をひとつだけ携えてきた。そして、お話だけをした……。

記憶の容器のお話

われわれの最長老たちは次のように語った。

いちばん最初の神々、この世界を誕生させた神々は、世界を歩んでいる男と女に記憶を分配した。そして、いちばん偉大な神々は次のように言い聞かせた。

「記憶はいいものだ。記憶は、現在を理解し、未来を約束する手助けとなる鏡になるからである」

いちばん最初の神々は、記憶を分配する容器をヒカラの実で作った。あらゆる男と女が記憶の容器を受け取りにきた。だが、一部の男や女はほかの男や女より大きかった。だから、記憶の容器はすべての人びとにとって平等なものでなくなった。より小さきものは自分の記憶の容器を完全に輝かせていた。しかし、より大きなものの容器はくすんでいた。それゆえ、小さきもののあいだでこそ、記憶はいちばん大きく強固になる。逆に、強大なもののなかで、記憶を見いだすのは困難になる。

男や女は老いるにつれてますます小さくなる。それは記憶をより輝かせるためである。最長老たちの任務は、記憶を偉大にすることと言われている。さらに、尊厳とは生きている記憶であると言われている。そういうことだ。

エウレカ創設二十周年コミュニケ――一九九八年八月二十五日

第3部　トウモロコシの男と女

老アントニオ（音楽家だったら、ブルースを歌っただろう）は言った。
「ものごとを知っている人だけが歩ける道を音楽は移動している。そして、踊りとともにいくつもの架け橋を作りだす。あなたは、音楽によって、ほかの形では夢でも見ることができない複数の世界に近づける」

一九九八年二月二十三日

1　ハリケーンと誕生に合意した言葉のお話

われわれがここにくる前、副司令マルコスは、老アントニオがラ・マールにしたお話をわれわれに語った。副司令がお話をしたのは、われわれがそのお話を覚え、皆さんに話して聞かすためだった……皆さんがハリケーンとかサイクロンと呼んでいる湿気と閃光をもった巨大な風が襲来している最中だった。老アントニオは慣れたやり方でトウモロコシの葉でまいた煙草に火をつけた。そして、両手を小さく丸めて炎を囲みながら、彼の口を熱くする言葉も囲み込んだ。そうして、これから皆さんが聞くお話を話しはじめた。

ハリケーンと誕生に合意した言葉のお話

われわれの最長老たちが話してくれた。偉大な先祖たちは、世界は言葉から生まれたと言った。しかし、その言葉は、自分にむかって、つまり内にむかって話すだけの独り言ではなかった。

偉大なる先祖は言っている。ひとりであるふたりが夜の闇のなかで出会ったという。そして、お互いに相手にむかって話しかけ、お互いに瞑想したという。それは言葉を使わずに話すための方法のひとつである。もっとも古い先祖によると、ふたりはテペウとグクマッツと呼ばれている。さらに、ふたりであるひとりは七つの人格をもつという人もいる。

つまり、創造の母と形成の父、ツァコルとビトルである。

育てる母と世話する父、アロムとカオロムである。
朝の母と夜の父、フンアフプー・ブッチとフンアフプー・ウティウである。
祖母の母と祖父の父、スキ・ニマ・ツィースとスキ・ニマ・アックである。
戦い勝利する母とよき統治する父、テペウとグクマツである。
母なる海と父なる天の心、ウ・クシュ・パロとウ・クシュ・カシュである。
母なる大地と父なる天、アフ・ラシャ・ラクとアフ・ラシャ・ツェルである。

いちばん最初の神々、世界を誕生させた神々はふたつでひとりが七回だった。このふたりでひとりの神は七回にわたって合意し、言葉や考えをもち寄った。そして、世界を誕生させることを合意し、それを試みた。

もっとも偉大なる先祖は言った。ひとりが七回のふたりは、お互いにフラカンと呼びあうようになった。それは「天空の心」の別の名前である

もっとも昔の人たちは、世界を誕生させることは簡単ではなく、いろんなものが必要になると言った。言葉は世界を創る道具となり、材料ともなる。そして、言葉が誕生するのは、フラカンのときである。言葉によって合意が生まれ、合意によって世界は目覚める。

だから、もっとも昔の人たち、われわれの先祖のもっとも古い先祖は言った。天空の心は、カクルハー・フラカン、またはフラカンといわれるものによって創られた。光を発する湿気を含んだ風のなかで、フラカンの新しい世界を誕生させる計画が練られた。

こんなことを老アントニオが言ったのは、われわれが、われわれの大地と天空を濡らしている苦悩を携えながら、サイクロンやハリケーンの時を歩んでいく方法を習得し、実行できるようにするためだった。それとともに、今、カクルハー・フラカンが贈っている光のもと、われわれが皆さんと話し合い、言葉を記憶し、きわめて単純なこと、つまり別の世界、よりよい世界、もっとよい世界を誕生させようと試みるためでもあった。その世界では、われわれ全員が他者になる。そして、そうしたすべての他者のための空間、他者を尊敬しようとする心、他者の声を聞こうとする耳、他者の声が存在している。

だから、まさにハリケーン［中米やメヒコに多大な被害をもたらしたハリケーン・ミッチ］が襲来しているとき、この集会が開催され、皆さんがここに到着し、われわれもここに到着した。こうして、われわれは出会うのである。

市民社会とEZLNの出会い集会開会式――一九九八年十一月二十日

2 ひとつとすべてのお話

それぞれ内容の異なるあいさつを受け取ってください。サンクリストバルでの会合で取り決められたことに基づき、会合で提出された解決案、さまざまの発表や参加者の意見を考慮しながら、インディオ民族の権利の認知と殲滅戦争の停止に関する協議のための招請状を作成する。このような指令を、われわれサパティスタは任務として受け取った。そのことで、私は老アントニオがしてくれたお話を思い出した。皆さん、老アントニオを覚えていますか。さて、彼が語ったお話は、招請状、動員、協議やそのほかの意見表明に加わり、賛同者を増やしたいという目論みにとっても、適切なものと思われる。

それは十二月の夜明けだった。十二月になると、山の夜明けは寒く、雨が降ることが多い。霧が木々にまとわりつき、木々は見たこともない形や陰影を造りだす。私はパイプから出る一筋の渦巻き状の紫煙を眺めていた。そのうち霧がきて、唇から生まれたこの雲を包み込んでしまうと思われた。

そのときである。なかば霧、なかば影のようなひとつの姿が、近くの一本の木から剝がれるように立ち現われた。疲れきったような歩みで私のそばにきた。そして、老アントニオは言った。

「知恵とは、多くのことを知っているとか、あることについてたくさん知っているということではない」

私は体が震えた。少しは寒さや霧のせいでもあるが、大部分は先ほど耳にした内容のせいである。何よりもトウモロコシの葉で巻いた煙草にさっとマッチで火をつける老アントニオの姿を見てびっくりしたせいである。このような場合いつもする動作を私はすることにした。膝を擦りあわせ、パイプを嚙み、何かを考えているふりをしながら、「ウーム……」とつぶやいた。

老アントニオは横に座り、口の左はしに巻き煙草をくわえ、つぶやきながら……お話に形と色と熱を与えた。

ひとつとすべてのお話

時間がない時代があった。それは始まりの時代だった。それは夜明け前のようだった。夜でも昼でもなかった。時間はどこにも行かず、どこからも来なかった。そこにあっただけだ。光も闇もなかった。その時代、もっとも偉大な神々、世界を創った神々、最初の神々が住んでいた。われわれの最長老たちは言っている。この最初の神々は七つで、それぞれがふたつである。われわれの最年長の老人たちは言う。『七』はすべての数字でいちばん古くから存在する。そして、歩むことができるように、いつもひとつでふたつである。だから、いちばん最初の神々は、ひとりでふたりであり、それが七つあると言われている。

このもっとも偉大な神々は、知恵と偉大さを備えて誕生したのではない。彼らは小さな存在であり、多くのことを知らなかった。だからこそ、彼らは多くを語り、話した。これらの最初の神々は根っからのお喋りだった。多くのものが同時に喋った。だから、お互いに言っていることが耳に入らなかった。これらの神々は多くを話したが、知っていることは少なかった。

しかし、どのように、あるいはなぜかを知るため、全員が同時に黙る瞬間があった。その後、神々はひとりずつ話し、誰もが口々に言った。誰かが話しているとき、別のものは話さないほうがよい。そうすれば話しているものは、自分の話に耳を傾け、話さないものはその人の話に耳を傾けられる。やるべきことは、皆が順番に話すことだった。ひとりでふたりである七名の意見が一致した。われわれの最長老たちは、これが歴史のなかで最初の合意だと言う。すなわち、話すだけでなく、耳を傾けるという合意である。

神々は、この夜明け前の隅々を眺めた。まだ昼も夜もなく、男も女もいず、動物や事物もなかった。眺めているうちに、神々は気づいた。この夜明け前のあらゆる一片が真実を語っている。ひとりでは、すべての隅々が語っていることに耳を傾けられない。そこで、神々は夜明け前の言うことに耳を傾ける仕事を分担した。こうして、まだ世界とはいえないが、そのときの世界が神々に教えるためにもっていたことすべてを理解できた。

ひとつが必要である。理解し、働き、生き、愛するため、ひとつは必要である。そのことを最初の神々は理解した。それと同時に、ひとつでは不十分であることも知った。あらゆるものが必要である。世界を歩ませるためには、すべてが必要である。そのことを理解した。こうして、最初の神々、もっとも偉大な神々、世界を誕生させた神々は、すばらしい知恵者となった。これらの神々は話し、耳を傾けることを知った。そして知恵者となった。多くのことを知っていたからでも、あることについてたくさん知っていたからでもない。ひとつとすべてのものではじめて必要で十分なものになる。それを理解したからである。

老アントニオは立ち去った。私は待ちつづけた。最初から海や小麦を待つように待っていた。つまり、立ち去ったのではないから、いずれやって来ることを知っていた。

先住民の権利と文化の認知、殲滅戦争反対の協議の要請状——一九九八年十二月十四日

3　暦のお話

今は五月、まだ夜明け前である。しかし、今日も暑くなり、赤々と陽が照りつけそうだ。だが、これ

からお話するのはこの五月の夜明け前ではない。たしかに五月の夜明け前だが、十年前のことである。

かまどの光で、老アントニオの小屋の壁に光と影が描きだされていた。しばらく前から、老アントニオはドニャ・ファニータだけを見ている。彼女はひと言も喋らず、自分の両手を見ている。私は彼らの脇にあるコーヒーの入った壺の前に座っていた。ほんの少し前、私は着いたところだった。鹿の皮をもってきたのだ。老アントニオが鹿の皮をなめす方法を知っているので、なめせるかどうかを知りたかった。老アントニオは鹿の皮を見ようともしなかった。両手を見つめているドニャ・ファニータの姿を見まもっていた。

ふたりは何かを待っていた。つまり、ドニャ・ファニータをずっと見つづけていた老アントニオは何かを待ち、両手をずっと見つめていたドニャ・ファニータも何かを待っていた。パイプをくわえたまま私も待つことにした。そこで何かを待っているもので、何を待っているのか知らないのは私だけだった。

突然、ドニャ・ファニータが大きくため息をつき、顔を上げると、老アントニオを見つめて言った。

「もうじき、水が出るわね」

「ああ、水がくる」と老アントニオはあいづちを打った。

彼はトウモロコシの葉を取り出し、おもむろに巻き煙草を作りだした。それが何を意味するのか、よくわかっていた。私も急いでパイプに煙草を詰め、火をつけた。これからする話に耳を傾け、記憶するため、私は楽な姿勢になった。

暦のお話

われわれの村の最長老たちは語った。いちばん最初の時代、時間はまったくでたらめに、あちこちつまずきながら歩いていた。その様子はサンタ・クルスのお祭り［五月三日に行われる聖十字架の祭］の棒にそっくりだった。男と女は多くのものを失い、道に迷った。時間が滑らかに歩かなかったからである。時間はせっかちに急いでいたかと思うと、別のときには、足の悪い老人のように足を引きずりながら、ゆっくりと歩くこともあった。太陽が大きくなり世界を覆っていたかと思えば、別のときには、上も水、下も水、中間も水と、すべてが水浸しになることもあった。以前には、雨は上から下に降るだけでなく、横から降り、下から上にむかって降ることもあった。つまり、すべてがどんちゃん騒ぎだった。種を播き、狩りをすることはできず、小屋をサカーテ製の屋根で葺き、細枝や泥で壁を作ることもできなかった。

　神々はこの様子をずっと見ていた。これらの神々、いちばん最初の神々、世界を誕生させた神々は、時間に好きなようにさせていた。だから、時間は散歩し、川でトゲウオを捕まえ、葦を嚙んでいたかと思うと、ときにはトルティーリャを作るためトウモロコシの粒をはずすのを手伝っていた。これらの神々、世界を誕生させた神々、いちばん最初の神々はこうした様子の一部始終を見ていた。

　神々は考えた。だが、急がなかった。ずいぶんゆっくり考えた。これらの神々はあまり身軽ではなかった。だから、轟音をたてて大地を歩む時間を見るのに、神々はかなりの時間を要した。ずいぶん時間がかかったが、神々は考えを巡らせた。

　考えるだけで相当の時間を要したが、神々は考えを巡らせた。その後、神々はイシュムカネーと呼ばれる母親を呼んで言った。

「ママ・イシュムカネー、よく聞くのだ。大地を歩んでいるこの時間はうまく歩けないようだ。飛び跳ね、駆けるかと思うと、足を引きずっている。それだけでない。前に進むかと思うと、後に進むこともある。だから、まったく種を播けない。おまえも見てのとおり、十分に収穫できない。ここでは、男も女も悲しくなっている。われわれもトゲウオを探そうとずいぶん争っている。われわれが時間を横にして休ませるための葦もここにはない。だから、おまえに言いたい。ママ・イシュムカネーよ、おまえが何を考えているのかは知らない。しかし、時間がこんなふうにしか歩めないのはよくない。いつ、どこを歩むべきか、時間を導くものはいないし、何もない。ママ・イシュムカネーよ、われわれの考えは述べたとおりである。おまえがこの問題にどう返事するのか、われわれにはわからない」

かなり長くため息をついた後、ママ・イシュムカネーは言った。

「時間は手綱のないのロバのように歩きまわり、ものを破壊し、これらのよい人びと全員を壊している。それはよくない」

「そうだ。たしかによくない」と神々は言った。

神々はしばらく待った。ママ・イシュムカネーはまだ話し終えておらず、始めたばかりである。神々はそれを知っていた。それ以来、もう話が終わったと思われるとき、母親はわれわれに話しはじめるようになったという。しばらくため息をついた後、ママ・イシュムカネーは言った。

「時間が従うべき話はあの上の天空にあるのですね。そして、次に何が、どのように、いつ、どこでおきるか。それを誰かが読みとり、時間に伝える。このように時間はなっているのですね」

「そうだ、話は天空にあり、時間はそんな状態になっている」と神々は答えた。

ため息をついていたママ・イシュムカネーはやっと言った。

「時間が真っすぐ歩くように、話を読んできかせたいと思います。だけど、私は目がよくないので、天空を見られません。むりです」

「ダメか」と神々は言った。

「できると思われたのですね。時間を真っすぐにしても、ここからは、天空を見ることも、読むこともできません。私はそんなに目がよくありません」と、ママ・イシュムカネーは言った。

「フーム」と神々は言った。そして「フーム」とママ・イシュムカネーも言った。こうして、「フーム」と言うだけで、時間が過ぎていった。ふたたび考えを巡らした末、神々はやっと言った。

「いいかい、ママ・イシュムカネー。おまえが何を考えているかは知らない。しかし、われわれが天空をここにもってくれれば問題は解決する。われわれはそう判断した。天空がすぐ近くにあれば、おまえはそれを見て、読める。時間が歩む道を真っすぐにできる」

大きくため息をつきながら、ママ・イシュムカネーは尋ねた。

「その場合、天空をどこに置くのですか？　ダメ。ダメ、ダメですよ。私の小屋がとっても小さいのを知らないのですね」

「ダメ。ダメ、ダメなのか」と神々は言うと、しばらく「フーム」、「フーム」と唸っていた。やがて、ふたたび考えを巡らしたあげく、神々は言った。

「いいか、ママ・イシュムカネー。おまえが何を考えているかは知らない。しかし、天空に書かれているものを書き写し、もってくればいい。それを書き写せば、読める。そうすれば、おまえは時間の歩む道を真っすぐにできる」

「それなら、いいです」とママ・イシュムカネーは答えた。

神々は天空に上ると、天空が語る話をノートに書き記した。もう一度降りて来ると、帳面をもってママ・イシュムカネーに会った。そして彼女に言った。

「いいかい、ママ・イシュムカネー。ここに天空が語っている話がある。われわれはこの帳面に話を書き取った。だが、それはいつまでも残らない。だから、時間の歩む道が真っすぐになる話をずっと続く別の場所へ書き写しなさい」

「はい、わかりました。そうします」と答え、ママ・イシュムカネーは次のように言った。

「両手にその話を書き写しましょう。時間のために歩む道を真っすぐにしましょう。そうすれば、時間は真っすぐ歩み、足の悪い老人のように歩くことはないでしょう」

時間が歩む道を真っすぐにするため、神々は天空で語られる話をママ・イシュムカネーの手のひらや甲に書いた。だから、ものごとをよく知る母親の手には多くのしわがある。彼女たちはしわで暦を読む。時間が真っすぐ進み、歴史によって記憶のなかに播かれたものの収穫を忘れないよう、彼女たちは注意を払っている。


老アントニオは黙った。

「時間通り、水が出るわね」とドニャ・ファニータは両手を見つめながら繰り返した。

皆さんに話したことがおきたのは、十年前の五月の夜明け前である。今日、五月十日の夜明け前、この集会に参加した人びと、この集会に参加してはいないが、われわれとともにいるグループに挨拶したい。私が言っているのは政治犯と政治的行方不明者の母親たちのことである。この五月十日、われわれ、彼女たちの新しい子どもは、彼女たちを祝福しようとしている。尊厳にみちた記憶をわれわれに与え、歴史が種を播いた明日を収穫するための話を思い出させるため、ママ・イシュムカネーは彼女たちをともなってもどってきた。

ものごとをよく知っている母親たちよ、お元気で。記憶を失わない人がいることをわれわれに保障してくれる女性たちよ、お元気で。

第二回市民社会とEZLNの出会いの集会コミュニケ——一九九五年五月十日

4 天の川のお話

一九九九年六月二十四日。メヒコ南東部の山中では、サンフアンの夜の帳が広がっている。お決まりのように、雨が降りつづいている。記憶の小箱が海風に乗ってこのセイバの木のてっぺんまで運ばれた。小箱の開いた口の継目のひとつから、光が紙テープのように抜け出した。それといっしょに歴史も抜け出した。夜の雨のように、老アントニオは歴史を語るために登場した。いつものように、巻き煙草、そして記憶につける火を貸してくれと言った。ナイロン製の天幕に降り注ぐ雨は太鼓を打つように騒がしい。老アントニオのお話をする言葉は、その雨音を越え、思い出や輝く紙テープのように、立ち上がる。

雨が山を洗い流して裸にする前、山の上ではほこりだらけの光の長い道が見えていた。こちらからむこう側までという手振りをしながら、老アントニオは、その光の道はむこう側から始まり、こちら側まで到達していると言った。その長い道は「天の川」と呼ばれたり、「サンティアゴの道」と命名されたりしている。それは無数の星でできているという。なぜかはわからないけれど、その無数の星は小さいものがいっしょになり、自分で穴をあけている天空に裂け目となって小さな道を作っている。そうではないとも言われる。われわれの長老のなかの最長老のお話では、あの天空に見えるのは傷ついた動物である。

老アントニオはひと呼吸おいた。「傷ついた動物ですか?」という質問を待っているようだったが、私は尋ねなかった。

ずいぶん昔のことだ。いちばん最初の神々はすでに世界を創造し終わった。神々はゴロゴロとして過ごしていた。男や女は大地を耕作したり、放棄したりしながら暮らしていた。そんな時代だった。

しかし、ある日、ある村に男を食べる巨大な蛇が出現した。その大蛇は、男性だけを食べ、女性を食べなかった。大蛇は、村の人間全員を食べ尽くすと、別の村に行き、そこでも同じことをした。村の人びとは、自分たちの身に降りかかった驚くべき出来事について早急に連絡しあった。この大蛇に対する恐怖が人びとの口からつぎつぎと語られた。

その大蛇はとても太くて長かったので、村全体を取り巻くことができた。壁のように囲まれると、人びとは出入りできなくなる。その後、男たち全員を差し出さないなら、誰も外には出さないと大蛇は宣告したのである。降参するものもいたが、大蛇と戦うものもいた。しかし、蛇の力は強大で、いつも勝利していた。巨大な蛇が自分たちの村を襲撃し、男たち全員を食べてしまう日がいつなのかと、村の人びとは恐怖を抱いて暮らすことになった。こうして、蛇は村々の男たち全員を呑み込んでいった。

ひとりの男が大蛇から逃れることに成功した。男はすでに大蛇に攻撃されたことのある共同体に避難した。その共同体には女しかいなかった。男は大蛇のことを話した。大蛇がこの大地にもたらした被害は甚大で、大蛇を倒すため戦わねばならないと主張した。女たちは口々に言った。

「私たちは女なのに、どうして戦えるというの？」

「男なしで、どうやって大蛇と戦うの？」

「大蛇は男たちを食べ尽くし、村に男はいなくなった。だから蛇はもうここに来ない。どうやって蛇を攻撃するの？」

女たちはとても落胆し、悲しくなり立ち去った。だが、ひとり残った女が男に近づいて尋ねた。

「どうすれば大蛇と戦えると、考えているのですか？」

「どうすればいいか、わからない。だが、方法を考えないと」と男は答えた。

こうして、男と女はいっしょに考え、計画を練りあげた。そして、その計画を伝えるため、残りの女たちを呼びにいった。女たち全員がその計画に合意した。そこで、恥ずかしがることもなく、男は村の中央で計画を説明した。その様子を遠方から大蛇が見ていた。大蛇はとても目がよく、遠くからでも見ることができた。やがて村までやってきた大蛇は、その長い体で村全体をぐるりと取り囲んだ。そして、この辺りを歩いていた男を引き渡せと、女たちに言った。引き渡さないなら、誰も出入りできなくすると大蛇は脅した。女たちは次のように言った。

「いいですよ。男を引き渡します。だけど、合意を得るため、私たちは会合を開かねばなりません」

「かまわない」と蛇は答えた。

女たちは男を囲むように輪になった。女の数が多かったので、輪はしだいに大きく広がった。やがて、村を取り巻いている大蛇の身体が作っている輪と同じ大きさになった。そのとき、「これでいい。降伏することにする」と言うと、男は大蛇の頭の方に歩いていった。大蛇は楽しそうに男を食べはじめた。

そのとき、女たち全員が鋭い刃のついた棒を取り出し、大蛇の体中を突き刺しはじめた。女の数はとても多く、大蛇の体のいたるところに女たちがいた。呑み込んだ男で口を塞がれていたため、大蛇は攻撃から身を護ることができなかった。弱いものたちが、そのような形で身体のあらゆる箇所を攻撃することなど、大蛇はまったく考えていなかった。

「許してください。殺さないでください」と大蛇は懇願した。

「ダメだ。おまえを殺す。おまえは数多くの悪事を働いた。私たちの男を全部食べたではないか」と女たちは咎めた。

「ではこうしましょう。私を殺さないと言ってくだされば、皆さん方の男たちをお返しします。男たちはまだ私の胃袋にいます」と大蛇は提案した。

女たちは考えた。大蛇を殺さないのはいい。しかし、巨大な蛇がこの土地で暮らしつづけるのはよくない。だから、この土地から大蛇を追放すべきである。

「私はどこに行けばよいのですか。何を食べればよいのですか。その取り決めができていません」

大蛇はこう尋ねた。村の女たちはこの厄介な問題に直面した。そのとき、最初の女は、この村にきた男がどう考えているか、尋ねるべきだと主張した。そして、大蛇に言った。

「さきほど食べた男を吐き出しなさい。私たちに何ができるかについて何か考えがあるのか確かめることにする」

蛇はなかば死になかば生きている男を吐き出した。男はどうにか話すことができた。

「何ができるのか、最初の神々に尋ねるべきです。私はなかば死になかば生きているので、最初の神々を探しにいけます」

こうして出かけた男は最初の神々を発見した。神々はセイバの木の下で寝ていた。彼は神々を起こすと、懸案になっていることを説明した。神々は集合し、考えを巡らせ、よい合意を引き出すことにした。神々は大蛇や勝ち誇っている女たちに会うことにした。女たちの意見を聞いた後、神々は宣告した。

「悪いのは大蛇だ。大蛇は罰されねばならない。呑み込んだ男を返せ。男たちを死なせてはならない」

大蛇はすべての村々の男たち全員を吐き出した。そして、神々は言った。

「大蛇はここを立ち去り、いちばん高い山で暮らすのだ。ひとつの山ではむりだから、世界でいちばん高いふたつの山を使いなさい。片方の山に尻尾、別の山に頭をおくのだ。太陽の光を食べなさい。戦う女たちが大蛇の身体につけた数千の傷跡は閉じないようにしろ」

こうして神々は行ってしまった。その蛇、大蛇は悲しみにくれ、高い山に登った。大蛇は、頭をひとつの山、尻尾を別の山に載せ、その長い体を天空に横たえた。それ以来、昼間は太陽の光を食べ、夜になると光を身体の傷跡にある穴から撒くようになった。大蛇は青白いので、昼には姿が見えない。大蛇の身体から落下する光は夜しか見られない。翌日、太陽が食料となる新たな光を発するまで、大蛇の身体は空っぽである。夜、はるか天空で輝く長い線は傷ついた動物である。私がわかったのは、天の川は昼に食物を食べ、夜になると出血する長い光の蛇ということである。

このサンフアンの夜の雨もやっとやんだ。天空は明るい褐色になった。こちらからむこうへ、こちらの水平線からむこうの水平線にいたる、何千もの傷をもった太い形の天空からぶら下がっている光の蛇が見えだした。銀色の房はふんわりとこのセイバの木のてっぺんに降りている。セイバの木の下では、別の雨の雫がさらに下の方にむかって落下している。雨をいとわない顔のない鏡から、輝きが跳ね返り、さらに遠方まで到達し、この片隅にまで届いている。その影の後に見えるのは……

UNAMのストライキ、公教育に関するコミュニケ――一九九九年六月二十四日

5　歴史を記すための紙

これは自由なものたちの木である
大地という木、雲という木、パンという木、矢という木、拳という木、火という木。
夜を迎えたわれわれの時代の荒れ狂う水は木を水没させる
しかし、木の幹は権力の回転のなかで均衡を保っている

（パブロ・ネルーダ『ふつうの歌』）

最古老たちが話している。セイバの木の高い樹冠のおかげで、世界は忘却の深淵の上で維持されてい

る。最初の神々、いちばん偉大な神々は、世界を母なる木の上においた。最初の神々は、色と言葉、歌で世界を創った。世界を誕生させ終わったとき、世界をどこにおけばいいのか、神々は何も知らなかった。彼らは歌や踊りに出かけたかった。というのも、これらの神々、世界を誕生させた神々、いちばん最初の神々は、音楽や踊りがとても好きだった。夜がこちらからむこうへ横切っていく光でできた長いマリンバは、すでに準備されていた。いちばん最初の神々は、世界をおく場所を発見できなかった。

合意を導き出すため、神々は集会をもった。ずいぶん時間がかかったが、誰もそのことを気にしていなかった。世界は誕生したばかりで、時間はまだ時間として始まっていなかった。最初の神々は合意を導き出し、母なるセイバの木を呼び出した。セイバの木のてっぺんに世界を載せるためだった。セイバの木は一言も言わなかった。たくさんある腕で世界を抱え、いちばん高い樹冠の上に載せた。そして、世界が驚かないように、セイバの木はじっと静かにした。

皆さんに話したことがおきたのはずいぶん昔のことだ。男と女はそのことを忘れてしまった。そして、学校で世界の場所を説明できないことを恐れるあまり、黒い星、「ビッグ・バン」、太陽系、銀河系、宇宙、さらにはすべての学校で採用されている地理の本に満載されているばかげたお話が発明された。

誰もが忘れた。だが、全員ではない

最初の神々はものをよく知っていた。世界がどのようにして誕生し、どこに置かれていたか。しかし、誰もがそのことを忘れた。そのことを神々ははっきりと知っていた。だから、神々は、世界がどのように創られたかという歴史をすべて書き記した。世界はどの場所にあるかをはっきりさせるため、地図も作成した。いちばん偉大な神々、世界を誕生させた神々、いちばん最初の神々は、自分の学校の覚書帳に何もかも書き記した。

まず、神々は覚書帳を保管する場所を探そうとした。その覚書帳には、世界がどのように創造されたかというお話、世界がある場所の地図が記されていた。神々はずいぶん論争した。覚書帳はどこにでも保管できる代物ではなかった。合意を引き出すため、神々はまた会合を開いた。神々はトウモロコシの男と女、真の人間を呼び出した。そして、彼らに世界がどのように創造されたかというお話を語り、その世界がある場所について説明した。彼らが忘れても思い出せるように、神々は紙に覚書をしたためた。そして、その紙をアコーデオンのように何度も折り曲げ、セイバの木の樹皮にある傷跡に保管した。

最初の神々は踊りと歌に出かけた。マリンバ、ギター、タップの響きが消えてから、かなりの時間がたった。しかし、母なるセイバの木はしっかりと立ち、世界が崩壊しないように、本来の場所にあるようにするため、世界を支えていた。そのとき以来、世界は今ある場所にある。最悪の死の夜、もっとも恐ろしい夜、つまり忘却という夜から離れたところで、セイバの木は世界を支えている。世界は母なるセイバの木の上でじっとしている。

しかし、歴史のなかで何度も、上から吹きつける風は、世界を絶望の暗い闇に墜落させようと押しやった。世界が壊滅する瀬戸際まで追い詰められたことも少なくない。権力の風はあらゆる方向から世界に襲いかかる。戦争、大惨事、危機、独裁者、新自由主義の方式、教員組合指導者、腐敗した政府、政府高官の暗殺、大統領候補の偽装犯罪、制度的革命党、北大西洋条約機構、民営テレビ放送などが襲いかかる。何千もの悪夢は、あらゆる方向から恐怖を吹きつけ、母なるセイバの木の高い樹冠から世界を墜落させようとする。しかし、世界は抵抗してきた。まだ崩壊していない。世界を構成しているすべての世界にいる真の男と女は、母なるセイバの木にしがみつき、幹、枝、葉、根となった。世界が崩壊せず、抵抗し、新たに成長し、そして新しいものになるためである。

上と下の戦い、権力者ともたざるものの戦いは熾烈である。この衝突の理由や原因について、数多くのことが書かれた。実際、誰もが同じ理由をあげている。つまり、権力者はセイバの木が支えている世界を崩壊させようとする。下のものたちは世界と記憶を堅持しようとする。なぜなら、記憶こそ、明日が成長していく場所である。

権力者は人間性を打ち壊そうとして戦う。もたざるものは人間性のために戦い、夢見る。

これは真のお話である。小学校の教科書に出ていないのは、上のものたちがまだ書いていないからだろう。一方、下のものたちはすでに歴史を書いている。公式の研究計画にはない。だが、世界の誕生のお話、世界がどこにあるかを説明する地図は、母なるセイバの木にある傷跡に保管されている。

共同体の最長老たちはサパティスタに秘密を託した。記憶が失われないようにするため、いちばん最初の神々、世界を誕生させた神々が残した書込帳がどこにあるかを山の中でサパティスタに語って聞かせた。それゆえ、個人としての顔、名前、過去をもたずに誕生して以来、サパティスタは大地が教える歴史を学びつづける生徒だった。記憶を記した古い覚書を参照しながら、世界がどのように誕生したかを教え、世界がどこにあるかを示すため、一九九四年の夜明け、サパティスタは教師になった。だから、サパティスタは生徒であり、教師である。尊厳が生きている何千もの略号の下にサパティスタであることが隠されている。それゆえ、教師はサパティスタである。

ラ・レアリダーのアグアスカリエンテスでの一角にセイバの木が鎮座している。男女が目まぐるしく行き来するのを見まもり、励まし、保護している。

この地では、誰一人出歩かない日もある。だが、翌朝、あらゆる色、大きさ、そして話し方をする男や女が姿を現わす。彼らは笑い、心配し、踊り、歌い、話す。とりわけ、彼らは話し合い、いつもではないが合意する。そのために、彼らはいつも出会っている。

ラ・レアリダーの孤独な夜明け前、いくつかの雲は湿り気を絞りだし泣きだした。上や下で雨が強く降っているとき、影のなかにひとつの影を見ることができよう。つねに顔をもたない影は、母なるセイバの木に近づき、歴史の書かれている湿った折り目に一枚の小さな紙を探す。小さな紙を見つけ、震えながらそれを開け、読み、もとの場所に返す。

その小さな紙には何かが書かれている。それは、担いでいるものを自由にするという巨大な重荷にほかならない。それは、仕事、使命、課題、何かすべきこと、歩くべき道、植えつけ育てるべき木、夜を徹して見るべき夢である。

おそらく、その小さな紙は、すべての世界を含み、拡張する世界のことを話している。つまり、その世界においては、色、文化、大きさ、言語、性、歴史の違いは、排除し、迫害し、分類するために役立つことはない。世界の多様性は、現在われわれの首を絞める灰色の世界を完全に打ち砕くために役立つ。

そんなことは誰も知らないって？　誰かがその小さな紙をもっている。それが目の錯覚か、メヒコ南東部の山中にたくさんある視覚的な幻想のたぐいなのか、私にはわからない。しかし、この影はほほえんでいる。輝くようにほほえんでいる。そのことを誰もが約束するからである。

民主的教師とサパティスタの夢の出会い第一回集会——一九九九年七月三十一日

6 視線のお話

数年前のことである。ひとりの年老いた先生がこの山中でまだ生きていた。彼の名はアントニオである。彼といっしょに過ごし、彼のことを理解した後、私は彼を老アントニオと呼ぶようになった。この土地の最古参の先住民だった老アントニオは一九九四年の初めに亡くなった。老アントニオの肺を嚙みつくように奪っていった結核によって、ある夜明け前、彼は動かなくなった。

だが、老アントニオは死んでしまったと、多くの人に思い込ませることに首尾よく成功した。彼の遺体はこの山中でもっとも大きく力のあるセイバの木の根元に埋葬された。しかし、狡猾さや才覚を十分に備えていたので、老アントニオは埋葬された場所から脱出しては、私と会っていた。トウモロコシの葉で作った永遠の巻き煙草につける火を求め、生徒であると同時に先生であるこの人物の心や肌を歩いているお話に火をともすという口実で、老アントニオは登場する。

老アントニオは教育学を勉強したことはない。小学校すら終了していない。老アントニオは最初の神々といっしょに読み書きを勉強したのではないかと、私は思っている。最初の神々はお話を植えつけた。そのお話を通じて、老アントニオはわれわれに重みや責任だけでなく、気晴らしや慰みを与える。昔も今も、老アントニオはひとりの先生、しかもよい人たちの先生である。皆さんもそのことに同意するものと私は考える。いずれにせよ、私は確信する。国立教育大学の歴代の当局が担ってきた役割は、悲しく哀れなものである。それに比べて、老アントニオははるかによい役割を果たしたといえよう。

これから皆さんに老アントニオのことを話したい。なぜなら、メヒコ南東部の山中に雨を降らせている八月を驚かせ、混乱させているこのような夜明け前、まさに老アントニオが私のところにやってきたからである。私は座ったまま、パイプに何度か目の火をつけながら、数日前の牧場主たちによる大学生襲撃に対する憤りの気持ちを抑制しようとした。何気なく、私は自分のまわりを見つめていた。夜を徹してラ・レアリダーを歩んでいる数多くの影の片隅に潜んでいる質問を察知しようとしていたのかもしれない。そのとき、老アントニオはトウモロコシの葉で作った形のよくない巻き煙草につける火を私に求めてきた。当然ながら、老アントニオは黙ったままやってきた。彼の言葉も姿も青白かった。しかし、煙草の煙が彼の唇から昇りはじめると、同じように大きなお話や小さなお話が彼の唇から出てきた。それらのお話は、今、私が皆さんにお話しているものである。私が見ていることを見つめながら、老アントニオが私にしたお話である。私の記憶によれば、そのお話の題は……

視線のお話

老アントニオの口から煙草の煙の渦巻きがゆっくりと昇っている。彼はそれを見つめる。紫煙は身振りや言葉に形を与えだした。その紫煙と視線を追いかけるように、老アントニオの言葉が続く。

いいか、隊長さん（はっきりさせておくべきである。老アントニオと知り合ったとき、私の位階は反乱歩兵隊第二隊長だった。当時、われわれは四人だけだった。これはサパティスタにつきものの皮肉である。それ以来、老アントニオは私を隊長と呼んでいる)。よく注意して聞くのだ、隊長さん。

ずいぶん昔のことだ。誰も見ていない時代があった。この大地を歩いていた男や女たちに目がなかったからではない。彼らにはちゃんと目があった。だが、彼らは見ていなかった。いちばん偉大な神々、世界を誕生させた神々、いちばん最初の神々は、多くのものを誕生させた。しかし、いかなる目的、どのような理由で、誕生させたのかをはっきりさせなかった。それぞれがやるべき理由、すべき仕事がはっきり決まっていなかった。本来、それぞれのものごとは自分が誕生した理由をもつべきだった。

世界を誕生させた神々、いちばん最初の神々は、いちばん偉大な神々だった。だから、それぞれのものごとが、どのような目的と理由で誕生したかについて、彼らはもともとよく知っていたはずである。彼らは神々だったからである。しかし、最初の神々は、自分たちがすることでとても忙しかった。神々は、あらゆることをお祭り、遊び、踊りのようにしていた。だから、最長老たちは、最初の神々が集まるときには、必ず一台のマリンバが必要になることを知っていた。神々の会合の最後には、歌や踊りの時間があった。だから、マリンバが手もとにないと、会合はできないとも言われていた。神々は、いたるところで、腹を引っ張ったり、冗談を言ったり、悪ふざけをしていた。

さて問題となったのは、最初の神々、いちばん偉大な神々、世界を誕生させた神々が、それぞれのものごとの誕生した目的や理由をはっきりさせなかったことである。そのひとつが目である。目は見るために誕生した。そのことを神々は言わなかったのか？　そう、言わなかった。だから、ここを歩いていた最初の男と女は、つまずいたり、殴ったり、倒れたり、ぶつかったり、不要なものをつかんだり、欲しいものを手放したりしながら、そこらじゅうを歩き回った。それは、今でも多くの人がやっていることと同じである。不要のものや害をもたらすものを手にし、必要なものやよくなるものをつかみ損ねている。転げたりぶつかったりしながら、歩き回っている。

最初の男と女はもともと目をもっていた。しかし、彼らは見ていなかったのである。最初の男と女の目は多種多様だった。あらゆる色、あらゆる大きさ、さまざまな形状の目があった。丸い目、切れ上がった目、楕円形の目、大・中・小の大きさの目、黒・青・黄・緑・茶・赤・白色の目があった。

かつて、あることがおきなかったら、われわれの時代まで、なにもかもその状態のままだっただろう。その当時、最初の神々、世界を誕生させた神々、いちばん偉大な神々は、自分たちの踊りを踊っていた。八月は記憶と明日のための月だった。そのとき、見ていなかった男と女の一部が、神々がお祭りをしている場所に出かけた。そこで、彼らは神々とぶつかった。マリンバとぶつかり、壊したものもいる。祭りは大騒動になった。音楽は止まり、歌もやんだ。踊りも中断し、大騒ぎとなった。

どうして祭りが中止になったのか。その理由を知ろうと、最初の神々はあちこち見回した。すると、見ていなかった男と女は、転んだり、お互い同士、あるいは神々とぶつかったりした。当分のあいだ、彼らは、衝突や転落、雑言や悪態の渦のなかにとどまった。やがて、いちばん偉大な神々は気づいた。この混乱はあの男や女が到着してから始まった。

神々は男や女を集合させ、話しかけ質問した。

「どこを歩んでいるのか、おまえたちは見ていないのか？」

「もともと見ていなかったのです。だから、何も見ていなかった」といちばん最初の男と女は答えた。

そして、「見る」とはどのようなことなのか、神々に尋ねた。

世界を誕生させた神々はやっと気づいた。目は何のために存在するのか？　つまり、目が存在する理由はどのようなものか？　目は、どうして、何のためにあるのか？　こうしたことについて、神々は彼らにはっきり説明していなかったのである。いちばん偉大な神々は、最初の男と女に、見るとはどのようなことかを説明し、見ることを教えた。

この男と女は他者を見ることができるようになった。見ることとは何であり、何が存在しているのか、他者とは何であるかを知った。彼らは、他者と衝突したり、密着したり、踏みつけたり、転んだりしなくなった。

また、他者の内側を見つめて、他者の心が感じていることを理解できるようになった。いつでも唇から生まれる言葉によって心にあることが語られるとはかぎらない。心は、肌や視線、あるいは話される歩みによって語られることもある。

また、彼らは、自分自身を見つめる人、つまり他者の視線のなかに自分を見いだそうとしている人を見ることも習得した。彼らは、自分たちが見ているのを見ている他者たちを見ることができた。

最初の男と女はあらゆる視線を習得した。彼らが習得したもっとも大切な視線は、自らを見つめ、自らを知り、自らを熟知しようとする視線である。他者を見つめ、自分を見つめながら、自分を見ている視線である。まだ生まれていない道や明日を見ている視線である。まだ歩まれていない道、まだ生まれていない夜明け前である。

こうしたことが習得できたので、世界を誕生させた神々は、転んだり、ぶつかったり、倒れたりしながらやってきたこの男と女に任務を託すことにした。それは、ほかの男と女に、どのように見るのか、何のために見るかを教えることだった。こうして、いろんな人びとが見ること、自分を見ることを習得した。

全員がそれを習得したのではない。すでに世界は歩きだしていた。男と女は転んだり、倒れたり、他人とぶつかりながら、いろんな場所をうろついていた。しかし、男と女の一部はきちんと習得した。見ることを習得した男や女は、いわゆるトウモロコシの男と女、真の男と女である。

老アントニオはじっと黙っていた。私は彼を見ている私を見ている彼を見つめた。そして振り返ると、この夜明け前の隅から隅までを見渡した。老アントニオは私が見ていたものを見つめた。そして何も言わず、トウモロコシの葉で作った巻き煙草の火のついた吸い殻を手のなかで振り動かした。突然、老アントニオの手のなかの光に呼び出されたかのように、一匹のホタルが夜のいちばん暗い隅から飛び出した。光に満ちた短い紙テープを携えて横切り、老アントニオと私が座っている場所に近づいた。老アントニオは指でホタルを捕まえた。ふっと息を吹きかけ、そのホタルに別れを告げた。何も喋らない光を発しながら、ホタルはどこかへ行った。しばらく、下では暗闇の夜が続いた。突然、何百ものホタルが光を発し、乱舞しだした。下の暗闇の夜にも、突然、数多くの星が誕生した。それは、メヒコ南東部の山中の八月がまとっている天上の明るい夜の星と見紛うものだった。

すでに立ち上がっていた老アントニオは私に言った。

「見つめるため、そして戦うため、視線、忍耐、努力をどこに向けるべきか。そのことを知るだけでは不十分である。ほかの視線と出会うため、呼びかけを開始する必要がある。そうすれば、ほかの視線もまた別の視線と出会うために、呼びかけを開始するだろう。
こうして、他者からの視線を見ながら、多くの視線が誕生した。よりよくなることができる世界を見ている。それは、すべての視線が入ることのできる場所をもっている世界である。そして、他者であり、お互いに異なっているが、まだ存在していない歴史を歩みながら、見ている視線を見つめ、自らを見つめている人たちのための世界である」

老アントニオは立ち去った。私は夜明け前までずっと座っていた。ふたたびパイプに火をつけると、下にある何千もの光も視線に明かりをつけた。下には光があった。下こそ、光と数多くの視線があるべき場所である。

国立教育大学、メキシコ農村師範学校の教員学生との会合——一九九九年八月十二日

7 夜のお話

これは、どうして、すべてのものが中断し、静かになり、沈黙したのかというお話である。どうして、すべてが動かなくなり、黙ったため、天空の広がりが空っぽになったのかというお話である。
これは最初の物語、最初のお話である。人間、動物や鳥、魚やカニ、樹木、石、洞窟や渓谷、草や森はまだ存在していなかった。天空だけが存在していた。大地の表面はまだ現われていなかった。静かな海とずっと広がる天空だけがあった。いっしょになって世界を創るものはなかった。天空には、動いた

り、騒いだり、騒音をたてるものはなかった。立っているものはなかった。静止した水、静かで穏やかな海だけがあった。存在性を備えたものはなかった。暗黒と夜には、不動と沈黙しかなかった。創造主にして形成者であるテペウとグクマッツ、先祖だけが、明るさで囲まれた水のなかにいた。これらは緑と青色の羽毛の下に隠されていた。そのためグクマッツと呼ばれた。偉大な知恵者、偉大な思索者の特性をもっていた。このように、天空、そして天空の心が存在したことが語られる。

そこに言葉がやってきた。テペウとグクマッツがいっしょになって暗黒と夜の世界にやってきた。テペウとグクマッツは話し合った。つまり、お互いに相談したり瞑想したりしながら、彼らは話し合った。彼らは合意し、お互いの言葉と考えを合わせた。夜が明け、人間が登場するように、彼らは構想した。やがて明るくなってきた。それから、彼らは樹木やツルの創造と成長、生きものの誕生、人間の創造に着手した。このように、ウラカンと呼ばれる天空の心によって、夜の霧のなかで、創造は着手された。

（ポポル・ウーフ）

世界のどこでも八月の夜は長い。メヒコ南東部の山中における別の八月、老アントニオはゆっくりと両刃のマチェーテの刃を磨いでいる。かまどの火は、老アントニオが手にした鉛色した細長い鏡から、オレンジ色と青色の輝きを引き出している。ドニャ・ファニータはトルティージャをコマールから一枚、二枚と引き離している。私は部屋の隅に座り、煙草をふかしながら待っている。その夜、われわれは老アントニオと狩りに出る予定だった。

われわれのためにトルティーリャとポソールを用意してほしいと、老アントニオはドニャ・ファニータに頼んだ。だから、彼は夜明け前まで山にとどまるつもりだなと、私は考えた。何度もため息をつきながら、ドニャ・ファニータはトウモロコシを粉に挽いた。そして、トウモロコシの練粉を平らに延ばし、出きあがった大きなトルティーリャを山積みにしていった。火で舐め尽されたかまどでは、小さなポットのコーヒーが温めなおされた。マチェーテの両刃をヤスリで研磨するリズミカルな音、ドニャ・ファニータの作っているトルティーリャの匂いに誘われて、私はついウトウトとした。

突然、老アントニオは立ち上がり、「じゃあ、行ってくる」と言った。

「そう、じゃあね」とドニャ・ファニータが言った。彼女はバナナの葉っぱで大きなポソールの玉を包むと、トルティーリャといっしょに、老アントニオの小さな雑嚢に入れた。コーヒーを古いプラスティック製のビンにていねいに注ぐと、そのビンをポソールとトルティーリャの脇に入れた。

私はぱっと目を覚ますと、立ち上がった。家の門の横木を通り過ぎたあと、私は老アントニオが彼の古い単発式猟銃をもっていないことに気づいた。

「武器を忘れていますよ」と言った。

「いや、忘れていない。今夜は単発式猟銃はいらない」と、老アントニオは立ち止まらず答えた。

われわれは夜にむかって出発した。この「夜にむかって出発する」という表現が比喩的な意味で使われていることを私は知っている。しかし、この場合は、それ以上の意味をもっていた。老アントニオの小さな家にわれわれがいたとき、マチェーテを研ぎ、コーヒーを加熱し、トルティーリャを調理する儀式に招かれなかったかのように、夜は家の外で待機していた。小さな家の古ぼけた門は開いていたが、夜は室内に入ってこなかった。夜は入口の際まできていた。しかし、室内は夜のための場所ではなく、ほかものの場所であることを知っているかのように、夜は家の外側にとどまった。まさに、われわれは、老アントニオの小屋を出て、夜にむかって出発したのである。

かなり長い間、われわれは踏み分け道を歩いた。雨はやんだところで、ふたたびホタルが木の枝やツルに蛇のように光を巻きつけながら遊んでいた。とはいうものの、八月は水たまりや泥土をあちこちに点在させていた。われわれは、膝まで泥にまみれながら歩かなくてすむ道が始まる十字路をすぐに発見できなかった。そこで、われわれは、いつもは通らない、あまり泥が多くない古い森の小道という迂回路をたどった。そのあたりには高木林が広がっていた。木々は大きく葉も繁っていたため、われわれは、ひとつの夜から抜け出したものの、また別の一層暗い夜、夜のなかの夜に入り込んだようだった。

われわれが何を探しているのか。老アントニオが単発式猟銃を村においてきているのに、いったい何を狩ろうとしているのか。私は何も知らなかった。しかし、老アントニオと出かけると、最初に不思議なこと（太陽が山の肩にひっかかり始めて、夜明け前だったことがわかるように、行程が終了するとき、やっとその謎が解明される）がおきるのは、けっして初めてではなかった。だから、私は何も言わずに、黙って老アントニオについていった。

森の小道が終わったのは、真夜中過ぎだったにちがいない。やがて、（人や暴風によって作られた傷跡を閉じた状態にしておく）木々の高さが増し、その小道もなくなった。しかし、われわれは歩きつづけた。ときに応じて、とくにツルがわれわれの前に壁のように塞がっていると、老アントニオはマチェーテで道を切り開いた。

私はずっと自分の探照灯を使っていた。しかし、老アントニオはときおり自分の探照灯をともし、ほんの一瞬だが何かを探すかのように、光の束をいろんな場所にむけていた。突然、老アントニオは立ち止まったかと思うと、長い時間、彼のランプをじっと地面にむけた。私もその方向を照らしたが、何も特別のものは見えなかった。風で飛び散った数本の枝、ツル、草、小さな植物、地面から節やこぶを覗かせている根が見えただけである。

「ここだ」と老アントニオはつぶやくと、数秒前に照らした場所から十メートルほど離れた所にある一本の木の下で、木の方向をむいて座り込んだ。

われわれは何かを待ちながら、その場所にじっと座っていた。老アントニオを見ると、彼は巻き煙草を作りはじめていた。それで、私は三つのことを悟った。ひとつは、われわれは動物を待っていないことである（煙草の匂いは動物を遠ざける）。もうひとつは煙草をすえることである。三つめは老アントニオがお話を始めることである。私はパイプと煙草をとりだし、老アントニオは巻き煙草に火をつけた。私は自分のパイプに火をつけ、大きく煙を吐き出した。それで蚊を追い払い、老アントニオがお話をもってくるのを手伝おうとした。そのお話は、何度かラ・マールにも話し、これから話すものである。

夜のお話

ものごとを知らない人は言う。夜には数多くの大きな危険が潜んでいる。夜は泥棒の隠れる洞窟、影と恐怖の潜む場所である。ものごとを知らない人はこんなふうに言う。しかし、おまえは知らなければならない。もはや、悪と邪悪な存在は、夜の黒い帳の背後に隠れて歩き回ったり、巣に潜んだりしていない。そんなことはもうしてはいない。悪と邪悪な存在は、白昼堂々と歩き回り、咎められることもなく、歩いている。悪と邪悪な存在は権力という大きな宮殿に住んでいる。工場や銀行、大商店を所有している。上院議員や下院議員の服を着ている。この大地で悲しい思いをしているいくつもの共和国では大統領にまでなっている。そして自分が悪でないかのように話している。話しているものこそ邪悪な存在である。悪と邪悪な存在は、何千もの色の下に灰色の悪夢を隠す。彼ら自身が定めたモードをまとって歩きまわっている。

——老アントニオは輪の形をした煙草の煙を吐き出しながら言った。

そのとおりだ。もはや、悪と邪悪な存在は隠れようとしない。今や、表に現われ、政府まで作っている。しかし、ずっとそうだったわけではない。以前には、悪と邪悪な存在が昼に出歩かないという時代もあった。しかも、誰も昼に出歩かなかった。まだ昼はできていなかったからである。そのときはすべてが夜と水の時代だった。あらゆるものが夜のなかだった。何も誰も夜から出られなかった。

最長老たちは語っている。万物は夜にとどまり、ある岸から別の岸へと夜を歩くだけだった。しかし、むこう側に到達することはなかった。むこう側に到達することを望まなかったからではない。まだ、むこう側が存在していなかった。大きな夜だけが沈黙のなかに横たわっていた。

さらに、最長老たちは語っている。もっとも偉大な神々、世界を誕生させた神々、最初の神々がはじめて集まったのは夜だった。ある人が言うには、神々が最初に導きだした合意は昼を創ることだった。昼ができ、夜がその後に続けば、とてもすてきである。神々はそう考えた。だが、実際はそうではなかった。ちがっている。最初の神々が導きだした合意は、夜から悪と邪悪な存在を追放することだった。最長老たちは語っている。夜という家から悪と邪悪な存在を追放する。それを決めるため、最初の神々は多くの重要な理由を思いついた。最長老たちが言うには、あらゆる戦いの勝者であるテペウは次のように断言した。神々が誕生させるべき夜や世界は、悪と邪悪な存在が住むための場所ではない。だから、いくら長い時間がかかっても、万物から悪と邪悪な存在を除去するため、戦わねばならない。

もっとも偉大な物知りの鳥、ケツァル鳥の羽毛をまとい、長い身体をしたグクマッツは言った。夜はよい家を作るためのものだ。しかし、悪と邪悪な存在が邪魔をしている。最初の七つの神々、もっとも偉大な神々、ひとつでふたつの神格をもつ七つの神々は、おおいに語った。ついに神々は合意を導き出した。それは悪と邪悪な存在を夜から追放し、どんな記憶も届かないはるか彼方に放置することだった。もっとも偉大な神々、世界を誕生させた神々、いちばん最初の神々はこの合意に達した。その最初の合意が導き出されたとき、世界にまだ昼も何もなく、すべてが夜で、黒い水は音もなく横たわっていた。

最長老たちは語っている。共同体はそれぞれの過去の歴史を長老たちのなかに書き記している。トウモロコシの男と女は、万物がどのように、何のために創られたかというお話を村の最長老たちのなかに保管している。彼らは喋る箱のようにその内容を後に話してくれる。

最長老たちは語っている。最初の合意の後に最初の問題が発生した。悪と邪悪な存在を追放する場所がなかったのである。時間がなかったこの時代、すべてが夜と水だった。まだ何も出来上がっておらず、何も創られていなかった。すべてのものが自分の時間を待っていた。そこで、最初の神々はふたたび集まった。まず、事物と場所を創るべきである。そうすれば、悪と悪しき存在を追放する場所を確保できるだろうと、神々は考えた。かくして、万物が創られ、夜から昼が誕生した。同じようにして、トウモロコシの女と男、鳥や動物、魚が創られた。大地、大洋と天空が動きはじめ、世界は歩みはじめた。誕生したばかりだが、世界はゆっくりと歩みだした。だが、その長い行程が始まったことで、担うことになる積荷はあまりにも多かった。

最初の神々はなんとなく疲れてしまった。彼らが誕生させたもの、つまり世界が多かったからである。その世界には、もともと、お互いに異なる別の世界がたくさんあった。だが、それらは世界にある多様な世界であった。もっとも偉大な神々はとても消耗していた。そのため、悪と悪しき存在を夜から追放し、どんな記憶も思い出も届かないはるか彼方に放置するという合意を忘れてしまっていた。最初の神々は忘れていたことを思い出した。そして、自分たちの偉大な力で悪と悪しき存在を追放するため、悪と悪しき存在を探しはじめた。神々は夜の間ずっと探したが、見つけられなかった。夜のあらゆる場所を個別に点検して回ったが、悪と悪しき存在はどこにもいなかった。

最長老たちは語っている。悪と悪しき存在は、あらゆるものが初めて誕生している混乱につけ込んだのである。悪と悪しき存在は、昼に逃れるため、隙間を潜り抜け、夜から逃亡した。そして、統治者のふりをして昼に隠れた。時間が歩んだ長い時間の経過とともに、悪と悪しき存在は、権力や政府の座に居座りつづけ、正体は同じでありながら、ほかのものに見せようと衣装を変えてきた。

さて、今、夜は、自分の縁や出入口、窓を備えるようになった。夜は独白の生命を生み出し、夜の暗いスカートのなかにぶら下がっている光を造りだしながら立ち去った。たしかに、夜は自分の影をもっている。しかし、影のなかの影たち、山のなかで夜に暮らし、夜を守っている男と女たちは、独自のきらめきをもち、独自の光を放っている。

最長老たちはこんなふうに語っている。彼らの話では、今も、最初の神々は、悪と悪しき存在を探しながら夜を徹して歩き回っている。そして、何かの石を積み上げ、気怠そうな雲を集め、月をくすぐり、星をかき集めている。そのような神々の姿をしばしば目撃できるという。それは、悪と悪しき存在がその辺りに隠れていないかを確認するためである。

また、最長老たちは語っている。最初の神々は、探すことに疲れると集まった。そして、数多くの星を山の黒いかまどの上に集めた。青色と真珠のような色の光にあわせ、神々は踊り、歌いあかした。神々が奏でる骨と木と光でできたマリンバは、メヒコ南東部の山中に生まれる夜を充たしていった。悪と悪しき存在は踊りや歌が大嫌いである。この大地に楽しいことが組織されると、悪と悪しき存在は遠くに逃げだすことを知っているので、神々は踊り、歌いあかす。

そして、最長老たちは話している。最初の神々は男と女の集団を選んだ。世界のすみずみで悪と悪しき存在を探し、発見し、はるか彼方に追いやるためだった。

また、最長老たちは話している。誰もそのことを知らないようにするため、神々はこの男と女の偉大さを小さな身体に隠した。そして、彼らの身体を褐色に塗った。夜に恐怖感をもたずに出歩き、昼に大地の一部と同化するためだった。夜は最初の神々の母であり、すべての始まりであり、家と場所である。そのことを忘れないようにするため、神々は彼らの顔を黒く覆った。顔を隠した存在として昼のあいだも夜のかけらを記憶に留め、携帯するためだった。

こんなことを最長老たちは話している。

——老アントニオはこう言うと、新しい巻き煙草を作った。そして火をつけると、煙を吐き出し、また言葉を発した。

しばしばお話に登場するこの男と女は、「真の男と女」と呼ばれる。最初の神々とともに、彼らは夜に潜む悪と悪しき存在を探しだした。ときには、悪と悪しき存在を探し、発見するため、昼にも出かけねばならないだろう。よりよい門、夜明け前を求めて、彼らは昼にも出かけ、夜のなかへ入っていくだろう。

老アントニオはじっと黙っている。天空では、夜明け前が疲れ知らずの太陽の一行に席を譲りはじめている。その最後のため息とともに、最後の暗がりも溶けていく。かなたの山の肩に夜明け前の爪痕を残しながら、太陽はいちばん高い山へ昇っていく。老アントニオは立ち上がって足を伸ばすと、マチェーテの両刃を点検しながら、「じゃあ、出発しよう」と言った。

「出発するのですか？」と私は尋ねた。

「狩りのため何かの動物を待ち伏せしていたのでは？　そうじゃなかったのですか」

老アントニオは立ち止まらずに答えた。

「いや、そうではない。動物を狩っていたのではない。悪と邪悪な存在が現われないかと、徹夜で警戒していたのだ」

われわれは帰りを急いだ。山の中腹にある放牧場を通り過ぎる頃には、昼の光は渓谷全体を包み込み、雨の最後の一滴も終わっていた。そして、何羽もの雄鶏は、歌というより警戒の声を出していた。

老アントニオはしばらく立ち止まり、西のはるか遠方を指差して言った。

「今は悪と邪悪な存在が統治する時間帯だ。もう連中は隠れない。連中は白昼堂々と歩き、匂いを発し、触るものすべてを腐らしている。だが、夜になると状況は違う。夜は……夜はわれわれのものである」

老アントニオは黙っていた。われわれは小屋までの最後の五キロを何も喋らずに歩いて帰った。われわれが家に着いたとき、ドニャ・ファニータも背中に薪の束を担いで帰ってきたところだった。薪の束を下ろしながら、ドニャ・ファニータは尋ねた。

「じゃあ、何も現われなかったのね？」

「何も現われなかった」と答えると、老アントニオはドニャ・ファニータがメカパル［額に紐をあてて担ぐ背負子］を頭からはずし、小屋の壁に薪を積み上げるのを手伝った。

「ずっと夜を徹してしなければならない」と言うと、ドニャ・ファニータはまだオレンジ色をしたオキを集めて、火にくべた。

「そうだ。だから、ずっと夜を徹してしなければならない」

こう言うと、老アントニオはマチェーテの両刃をヤスリでふたたび磨ぎはじめた。

朝の光は老アントニオの小屋には入らず、外にうずくまっていた。小屋の内側で、老アントニオが悪と邪悪な存在を夜を徹して探していたことを知っているようだった。そして、ドニャ・ファニータが護るかまどで、新しい一日、別の朝が形づくられるのを恐れているようだった。

文化財防衛全国集会開会式——一九九九年八月十三日

8 偽の光、石、トウモロコシのお話

私は戦争の花をまき散らす／戦争とともにきたかのようなニコニコ顔の私
ケツァル鳥の私は飛んできた／困難な歩みのなか私は戦争とともにきた
私は赤い首の美しいツグミ／飛んできた／花に変身するためきた／私は血を流すウサギ
私を見よ／私は真剣だ／脇腹をきつく締めよ
私はウィンクし／笑いながら歩む
私は花咲く中庭からきた
私を見よ／私は真剣だ／脇腹をきつく締めよ
私は花に変身する／私は血を流すウサギ

（ナウァトルの詩）

いずれにせよ、前の夜、そして積み込んだ記憶は、触ることのできない現在よりも現実的である。旅の前の夜は、旅のもっとも素晴らしいひとときである。

（ホルヘ・ルイス・ボルヘス）

また、八月、そして夜明け前である。ラ・マールは眠り、疲れた雲は白い小さな尻尾を山の上に横たえる。雲が飛行を再開した。その落ち着きのない羽ばたきで、星は眠れない。はるか上の天空では、ちりばめられた青い光のなかに横たわる大きな蛇［天の川］が血を流している。月は洗顔直後の貴婦人ようである。表に出ようか、とどまろうかと戸惑いながら、バルコニーから顔を覗かせる。下の世界では、一本のロウソクのそばでひとつの影が夜と記憶を監視している。別の影がその影に近づいた。一瞬の炎の閃きが、顔をもたないふたつの顔、つまり影のなかの影を照らす。飛行を始めた雲は少し遅れ、光の蛇の輝くしずくはとどまっている。真夜中の太陽ははるか彼方に係留し、窓にかかる月は動かない。墜落していた星は下降も上昇もしない。すべてがじっと動かない。

皆さん、注目！　よく聞いてください！　これからは言葉が支配するときだ。

到着すると、老アントニオは、自分の両肺を歩んでいる「さようなら」という言葉で挨拶をする。いつも付きまとう咳にめげず（彼と連帯するためではないが、私も咳ばかりしていた。老アントニオのものほど激しくはないが、喉や肺が痛むので、救いを求めるかのように）、われわれは持参した煙草に火をつけた。彼は巻き煙草、私はパイプである。こうして架け橋が作られる。この地では、言葉をこう呼んでいる。ゆらゆらと踊っている一本のロウソクの光線がわれわれを照らしだした。つまり、光、太陽、明日に関する話である。それは……

偽の光、石、トウモロコシのお話

そう、ずいぶん昔のことだ。時間が時間を創るための時間をまだ内包していたときである。もっとも偉大な神々、世界を誕生させた神々、いちばん最初の神々は、もとからしていたように、そのときも、競走したり、急き立てられたりしながら、歩き回っていた。この最初の神々は踊りや歌にずいぶん時間をかけた。月や太陽を創る作業もずいぶんゆっくりしていた。これらの神々の仕事は、非常にゆっくりと歩んでいる世界に光と影を与えることだった。

そのとき、ブクブ＝カキシュ、最初の七つの色を七度も守る神は、自分が太陽であり月であると思い込んでいた。その神が身にまとう色の光はとても多く美しかった。その神が空高く飛翔すると、その姿ははるか遠くからでも見えた。だから、誰でも自分の姿を目にできるはずだと、彼は思っていた。

すでに地上では男と女が歩き回っていた。しかし、男と女はあまりたくさん残っていなかった。最初の神々は何度も男と女を創り、神々にとってよい男と女だけが残っていた。自分たちが学びながらしてきたように、もっとも偉大な神々は世界を汚しながら、自分が誕生させた男と女を創り、修正していた。トウモロコシの男と女、真の男と女を完成させる時間はなかった。あまりにも忙しいので、いちばん最初の神々はブクブ＝カキシュの行為を知らなかった。その輝く光によって、誰もが自分を崇拝するように、ブクブ＝カキシュは触れ回っていた。

それを知ったもっとも偉大な神々はすばらしい考えを思いついた。ブクブ＝カキシュの代わりに据えるため、ふたりの若い神とふたりの年老いた神を呼んだ。若い神々はフンアフプーとイシュバランケーという名前である。この名前をもって、夜明け前の狩人は歩んでいる。年老いたふたりの神々はサキ・ニン・アックとサキ・ニマ・ツィースという名前のひと組みの創造者だった。フンアフプーとイシュバランケーは、偉大なる光と自惚れていた偽の太陽＝月の口を豆鉄砲で傷つけた。ブクブ＝カキシュが感じた痛さはとてつもないものだった。だが、天空から墜落しなかった。次に年老いた神々が出かけ、口の傷を治そうと言った。そして、美しい歯を抜き、トウモロコシの歯と入れ替えた。年老いた神々はブクブ＝カキシュの顔に覆いかぶさると、両目を見えなくした。

こうしてブクブ＝カキシュは偉大な存在になるという野望を忘れた。昔からそうだったように無秩序に飛行するコンゴウインコとして、今はこの山を飛んでいる。

もとから、そうだった。自分を太陽や月と考え、偉大で力のある光だと気どっている人間は、昔も今も、人びとのなかにいる。彼が道や目的として設定するものは、黄金、お金、政治権力である。その光によって人の目を見えなくし、人を変え、偽りのものを確かなものと信じさせる。その二重の顔の後に真実を隠そうとする。お金が地上に嘘だらけの神を創ったとき、その嘘が続くように、偽りの司祭たちは政府や軍隊を創設した。実際、このようなことがおきている。

歴史は痛みを抱えて待ちつづける。若者と老人が力を合わせ、お金がもつ嘘だらけの口を傷つけ、血にまみれた犬歯を折るだろう。石とトウモロコシを武器にして、若者と老人は権力を丸裸にするだろう。石は石のなかに、男女はもとから大地を歩いていた男女のなかに帰るだろう。告発、嘘の暴露、はるか上を支配している虚ろな偽の光を消すこと、これらの戦いは戦争と呼ばれる。

老アントニオはじっと黙っていた。私の手をとり「もう、きたよ」と別れの挨拶をすると、立ち去った。握手しながら、私に小石とトウモロコシ一粒を渡した。夜の長いスカートに包まれ、何千もの光が待っているのは……。

文化財防衛全国集会閉会式——一九九九年八月十六日

9　後に続くわれわれはたしかに理解した

私がこの山中に最初にきたのは十五年前である。あるゲリラの設営地で、いつもどおり夜明け前に、私はそれより十五年前のお話をしてもらった。つまり、今、私たちを濡らしている八月から三十年も前のお話である。今、私の口から生まれたばかりのように、私はこうしたお話をする。おそらく、それが昔とまったく同じ言葉でないからだろう。しかし、私にそのお話をしてくれたひとりの人物と同じ気持ちになって、私が皆さんにお話していることは確かである。そのとき、その人物は、私の哀れな様相と着ていた道化師風のズボンを冷やかしながら、「ＥＺＬＮにようこそ！」と言った。

後に続くわれわれは理解した

その人物はお話をしてくれた。ある村に、生きるために一生懸命に働いている男と女がいた。一日中、男も女もそれぞれの仕事に出かけていた。男たちはトウモロコシ畑に出かけ、フリホール豆を栽培した。女たちは薪採りや水汲みに出かけた。ときには男女が集まってする仕事もあった。たとえば、コーヒーの収穫期になると、男女はいっしょにコーヒー豆を収穫した。このように彼らは働いていた。

しかし、そうしない男がひとりいた。たしかに彼は働いていた。しかし、トウモロコシ畑を耕作せず、フリホール豆を栽培することもなかった。枝のコーヒー豆が赤く稔ってもコーヒー畑に近づかなかった。そうではなく、この男は山に木を植える仕事をしていた。この男が植えた木々はすぐには成長しなかった。木が成長し、枝や葉が完全に出揃うには数十年かかる。ほかの男たちはこの男を大笑いし、批判した。

「どうして、おまえは自分で結果を見られない仕事をするのだ。数ヵ月で収穫できるトウモロコシ畑を耕作したほうがいい。おまえが死ぬ頃、やっと大きくなる木など植えないほうがいい」

「おまえはばかか。気が触れている。おまえは無駄な仕事している」

その男は弁明した。

「それはたしかだ。これら木々は大きく成長し、枝や葉をたくさんつけ、やがて鳥がたくさん棲みつく。その様子を私は見られない。この目で木々の木陰で子どもが遊ぶのを見ることもないだろう。だが、われわれ全員が現在や直後の明日のためだけに働くとしたら、避難、慰め、楽しみを手にするため、われわれの子孫が必要とする木々を誰が植えるのだ？」

誰も男の言うことを理解できなかった。ばかで気の触れた男は、自分が目にできない木を植えつづけた。真面目な男や女は、自分たちの現在のために作付けし、働いた。

時が過ぎ、誰もが死んでしまった。子どもたちが彼らの仕事を引き継いで働いた。その子どもたちを引き継いだのは、子どもの子どもたちだった。ある朝、少年少女のグループが散歩に出かけ、大木がいっぱいある場所を見つけた。その木々には何千羽もの鳥が棲みつき、大きな樹冠は暑さを和らげ、雨避けとなっていた。そう、あらゆる場所に木々が生えていた。少年少女は村に帰ると、このすばらしい場所のことを説明した。集まった男と女はとても驚き、その場所にずっと立ちつくした。

「誰がこの木々を植えたのだろう」と彼らは自問した。

だが、誰も知らなかった。年長者に相談したが、彼らも知らなかった。ひとりの老人、共同体の最年長の老人だけが男や女に説明することができた。彼らにばかで気の触れた男のお話を話してきかせた。男と女は集って、会議を開き、討論した。彼らの先祖がばかで気の触れた男とみなした人物のことを知って、彼のことを理解した。男と女はその男のことをとても賞賛し、好きになった。記憶はずいぶん遠くまで旅することができる。誰も考えたり、想像できたりしない場所まで到達する。そのことを知っている男と女は、大きな木々のある場所へ赴いた。中央にある一本の大木を取り囲むと、色のついた文字で、その木のための標識を作った。

その後、お祭りを開いた。最後の踊り手たちが寝るために帰ったとき、すっかり夜は明けていた。大きな森はひとりぼっちになり、静かになった。雨が降り、そして雨はやんだ。月が出て、天の川はその曲がった身体をふたたび横たえた。不意に月の光が中心にある大木の大きな枝や葉のあいだへ潜り込んだ。さし込んできた光によって、大木にかけられた色つきの標識が読めるようになった。そこには次のように書いてあった。「最初の人間たちに。後に続くわれわれもたしかに理解した。お元気で」

皆さんにしたこのお話が語られたのは十五年前である。そのとき、私に語られたことがおきてから、すでに十五年が経過していた。おそらく、言葉で説明してもきっと無駄だろう。われわれは事実をもって言いたい。そう、後に続くわれわれもたしかに理解した。

文化財防衛全国集会閉会式——一九九九年八月十六日

10 明けの明星

皆さんの忍耐につけ込み、今も続いている軍の警戒飛行を利用する形で、私が皆さんにお話することを認めていただきたい。そのお話とは、七、犠牲、先祖、大地、言葉と関連するものである。

これから私が皆さんにする話は、ずいぶん遠くからきている。私が遠いと言っているのは、距離や時間ではなく、深さのことである。なぜなら、われわれを誕生させた話は時間や空間を歩みはしない。そこにずっととどまっている。われわれを誕生させた話は時間や空間を歩かない。そこにじっと止まっている。じっとそこにいて、その上を人生が通り過ぎ、皮膚はその上でしだいに厚くなる。なぜなら、人生や世界はこのようなものである。話はそこにとどまるために着込んでいる皮膚のようなものである。こうして、ひとつの話が別の話の上に積み重なり合い、いくつもの話が合流していく。だから、いちばん最初の話はずいぶん遠くにあり最深部にとどまる。皆さんにする話はずいぶん遠くからきている。このように私が言う場合、私はキロメートルとか、年や世紀のことを話しているのではない。

われわれの村の最長老が遠くからきているいくつもの話を話すとき、彼らは大地を指し示す。大地の内部に真実が歩む言葉があることをわれわれに教えるためである。大地は褐色である。最初の言葉、真の言葉が休息する場所も褐色である。だから、われわれのいちばん最初の父母は褐色の肌をしていた。それゆえ、責任をもって話を持参するものは、夜の色の顔をして出歩くのである。

この世界を構成しているいくつもの世界の話はずいぶん遠いところからきている。木からぶらさがったり、木に描かれたりした状態で発見されることはない。川が流れ、雲が飛ぶように出歩くこともない。われわれそのものであるいくつもの世界の話は、暦をめくるように読むことはできない。われわれがどのように誕生し、何をしているかという話は、文字や紙の背後に隠されてはいない。そうではない。話はずいぶん遠くにある。つまり、ずいぶん深い所、最深部にある。しかし、私が皆さんにするのは、多くの世界が歩んでいるこの世界の話ではない。ひょっとしたら、そうかもしれない。すべての話は、いちばん最初の話、いちばん遠くにある話、いちばん深い話、いちばん真実の話の子どもであり、母親である。

この山中に住む最長老たちは語っている。昼が存在する以前から、この世界で多くの男と女が暮らしていた。その数はとても多く、すべては夜と水だった。天空は寝ているようだった。もとからそうだった。偉大な神々、世界を誕生させた神々、いちばん最初の神々は寝ていた。この最初の神々は長く働いた。当然、新しい世界を創ったので、神々はとても疲れていた。だから、もっとも偉大な神々は寝ていた。天空は寝ている神々に付き添った。夜と水の寝床でのなかで、いちばん最初の神々は夢を見ていた。

すでに山は出来あがった。山は神々が水のなかから引き出した最初の大地である。いくつかの山は平らになり、ほかの山はひび割れていった。こうして山や谷、断崖ができた。最初の大地は山だった。だから、われわれの最年長の老人たちは言っている。いちばん最初の話、もっとも遠くにある話は、山のなかで生きている。

水と夜ばかりであることに飽きたので、男と女は激しく抗議し、どなり散らしはじめた。ずいぶん大勢の男女が大喧嘩をした。世界を歩き回ったのは最初の男と女だった。彼らの肌と言葉を彩る色もたくさんだった。

あまりにも騒音が激しく、いちばん最初の神々、もっとも偉大な神々は目を覚ました。そして、世界を生きている男と女がどうしてそんなに叫んでいるのか、神々は質問した。すべての男と女は、同時に、喋り、叫び、取り乱したように言葉を発した。そして、誰がいちばん強力に喋ったかをめぐって、彼らは口論を始めた。こうして、ずいぶん時間がかかった。

最初の神々、偉大にして世界を誕生させた神々は事情がよくわからなかった。男と女が何を望んでいたのかわからなかった。話し合いなどなく、叫び声や口げんかしかなかったからである。最初の神々は眠れなくなった。そこで、トウモロコシで創られた男と女、真の男と女を呼び出し、おきたことを説明してほしいと言った。

トウモロコシの男と女は言葉の心をもっていた。男と女を抱くために言葉が歩くようになるには、叫んだり口論していたりしては駄目である。彼らはそのことをよく知っていた。なぜなら、言葉の花が誕生したとき、もっとも偉大な神々、世界を誕生させた神々、いちばん最初の神々は、このトウモロコシの男と女の心に花を植えつけたからである。真実こそ、言葉が誕生し、成長するために必要な肥沃な大地である。しかし、それはまた別のお話である。

トウモロコシの男女は最初の神々と話し合いに出かけることになった。

「ここに参上しました」と彼らは言った。すると、神々は質問した。

「どうして、この男と女は激しく叫び、いさかいをしているのだ？　おまえたちがたてる騒音がひどく、寝られないのがわからないのか？　いったい何が欲しいのだ？」

「光が欲しいのです」と真の男と女はいちばん最初の神々に言った。

「光だと」と最初の神々は聞き返した。

「光です」と真の男と女は繰り返した。神々はお互い顔を見合わせた。神々が汗で濡れているのがはっきり見えた。きっと、光の本質が何かに触れたからだろう。だが、神々は何も言わなかった。

「しばらく待つのだ」と、もっとも偉大な神々は真の男と女に頼んだ。そして、彼らは会議を開催するために立ち去った。そして、ずいぶん時間がたった。遅れたのは、偉大な合意を導き出すのには時間がかかったからである。光は光であり、その量が少なくなかったからである。

やがて、神々はもどってきた。そして、真の男と女に言った。

「光はもとから存在している。だが、ここにはない」

「光はどこにあるのですか？」とトウモロコシの男と女は尋ねた。

「あっちの方だ」と言って、神々は世界のある場所を定めている七つの点のひとつを指した。世界を画定している七つの点とは、前と後、こちら（右）側とあちら（左）側、上と下、そして、中心である。中心は七番目の点であり、最初の点でもある。

神々はそれらのひとつを指しながら、言葉を続けた。

「光はとても重いので、もってこられなかった。光はむこうに残っている。最初の神々であるわれわれといえども、光を担いでもってこられなかった。光はむこうに残っている」

最初の神々は恥じ入り、黙り込んでしまった。もっとも偉大な神々、世界を誕生させた神々でありながら、光を運んでこられなかったからである。男と女が世界を構成する複数の世界を歩むために、光は必要なものだった。神々でいちばん恥じ入ったのは、フラカンだった。彼はカクルハー・フラカンとも名乗った。それは片足の稲妻、または雷という意味である。とてつもなく強大だったが、光を担いでもってこられなかった。彼には片足しかなかったからである。

トウモロコシの男と女、真の男と女は考えつづけた。しかし、ほかの男と女がもち込んだ叫び声があまりにも大きかった。そこで、彼らは山に登り、言葉を探すため、黙ることにした。静かにしていた彼らは言葉を見いだした。言葉は彼らにむけて話しはじめ、次のように言った。

「必要なことは、光を担げるように何かすることである。光はとても重いが、それを世界のこちら側までもってきて、世界のむこう側にとどまらないようにすべきである」

真の男と女は言った。

「そうか、もう光はあるのだ！　必要なのは、光を担いでここまで運ぶため、何かをすることである」

「そうだったのか」とトウモロコシの男と女は繰り返した。

そこで、光を担ぎ、はるか彼方からこちら側までもってくるには、どうしたらよいか、彼らは考えはじめた。トウモロコシの男と女は、何を使ったらできるかを考えた。土が最適であることがわかった。しかし、土はもろく崩れてしまい、瞬時しか固まっていなかった。そこで、土に水をかけると、ちょっとのあいだ固まっていた。しかし、乾燥すると、また崩れた。そこで、大量の土をかき集め、小量の水を注ぎ、それを火に近づけた。すると、しばらくのあいだ、それは堅く頑丈なものになった。しかし、すぐに火の熱で壊れた。そこで、火にかけているあいだ、空気を吹きつけることを思いついた。こうすると、水と火と風に助けられて、土もかなりのあいだ固まっていることがわかった。このようなことがあって以来、土器は物を担いだり、容れたりするためのものとなっている。真の男と女はとても満足した。はるか彼方にある光を担ぐ容器を作る材料が手に入ったからである。

引きつづき、こちら側の光を運ぶためのものをどのような形にしようかと、彼らは考えはじめた。そこで、この世界にあって歩き回っているあらゆる存在に思いをめぐらした。いちばんいい形をしているのは人間だった。そこで、光をすべての人の世界に運んでくるため、光を担ぐものを人間の形にしようと考えた。そこで、そのものにひとつの頭、二本の腕と二本の脚を取りつけた。トウモロコシの男と女はとても満足した。はるか彼方から光を担いでもってくる台車が実質と形をもったからである。しかし、そのものはとても暗かったので、道に迷うことになるのは確実だった。もとから、すべてが夜と水だったためである。真の男と女はとても悲しい気持ちになった。

そこにやってきたのが天空の心であるフラカンである。雷、雷鳴、暴風は大空の心と呼ばれていた。フラカンは一本脚で歩き、とても強力に光り輝いていた。そして、天空の心、フラカンと呼ばれるものは、自分の一本しかない輝く足につけるため、暗いものの表面を研磨した。大空の心は、その表面をずいぶん研ぎ、削り落とした。ついにその暗いものは輝きだした。

しかし、そのものは、ひとつの頭、二本の腕、二本の脚という人間の形ではなくなった。あまりにも研ぎすぎたので、五つの尖った先端だけになった。ひとつの先端は頭のあった所、二つは腕のあった所、二つは脚のあった所である。この五つの尖った先端のあるものはいつも何かしら輝いていた。それを見て、真の男と女は大いに満足した。その輝きがあるため、はるか彼方にあるとても重い光を担いでもってくるために出かけても、道に迷うことがないからである。

こうして、準備万端、整ったように思われた。しかし、そのものは動かなかった。たしかに輝き、五つの先端があるため、とても力強くきれいに見えた。しかし、少しも歩かなかった。真の男と女はそれを一生懸命になって押した。しかし、そこに止まったきりで、びくともしなかった。

「今度は、どうしてだろう？」とトウモロコシの男と女は自問した。

「よく調べよう」と言いながら、いい考えが浮かばないものかと頭を掻いた。それ以来、わからなくなった場合、頭に考えがへばりつき、眠っていないかを確かめるため、男と女は頭を掻くようになった。

だが、いくら頭を掻いても、いい考えは見つからなかった。

そこで、トウモロコシの男と女は共同体の長老たちに尋ねに行った。村の最長老は次のように言った。

「このものが歩かないのは心がないからだ。心をもつものだけが歩くのだ」

真の男と女はとても幸せだった。自分たちの作ったものがなぜ歩かないかという理由がわかったからである。そこで、彼らは言った。

「われわれが作ったものに心を取りつけよう。そうすれば歩くようになる。はるか彼方にあるとても重い光をもってくることができる」

だが、このものの心がどのように何でできているか、彼らは知らなかった。そこで、彼らはそれぞれが胸にもっている心を取り出した。それらすべてをひとつにまとめ、とても大きな心を作った。彼らは自分たちが作ったものの五つの先端の中央に大きな心を据えつけた。すると、そのものは歩きはじめた。トウモロコシの男と女はとても幸せだった。自分たちの心は取り外されたが、そのものを動けるようにできたからである。

しかし、そのものは、あちこち動き回り、行ったりきたり、回転したり、ぶつかったりした。彼らはそのものを押しやり、とても重くはるか彼方にある光を取りにいくために歩いていくべき方向を指し示した。そのものは進路をとることも、きっぱりと道を選ぶこともなかった。真の男と女はずいぶん長く頭を掻いていたが、少し絶望的になった。もう一度、村の最長老たちに質問しに行った。

「われわれが心を取りつけたので、そのものはもう動いています。だが、あちこち出歩き、われわれが望んでいるよい道をとろうとしません。いったい、何をしたらいいのですか？」とトウモロコシの男と女は質問した。

最長老たちは次のように答えた。

「心をもつものは動く。しかし、考えをもつものだけが、動きに方向、歩みに目的地を与えられる」

すると、トウモロコシの男と女は大いに満足して言った。

「われわれが作ったものが方向と目的地をもつため、どのようにすればいいのか。われわれは知っている。そうだ。そのものが感情を与えた場所について自分で考えるようにすればいい」

こう言うと、彼らはそのものの胸からよい言葉、真の言葉を取りだした。そして、言葉とともに、動き回っているそのものにキスをした。すぐに、そのものは静かになった。やがて話しだし、質問した。

「私はどこに行くべきですか？　何をすべきですか？」

真の男と女は拍手した。ついに、彼らは光りを担ぐものを誕生させた。その光はあまりにも重すぎた。すべての世界の男と女の全員を照らしだすために連れてくるには、光はあまりにも遠くにあった。とても大きく、強力なそのものが出来あがった。それは七つの要素で構成されていた。土、水、火、風、雷、心、言葉である。それ以来、新しくてよい世界を誕生させ、創る要素は七つということになった。

トウモロコシの男と女は拍手し、そのものにむかって、通って行くべき場所、すべき事柄を伝えた。そして、役立つかもしれないメカパルも与えた。というのは、トウモロコシの男と女は光がとても重いことをよく知っていたからである。もっとも偉大な神々、世界を誕生させた神々、いちばん最初の神々ですら重い光を担げなかった。

ものごとはこのように進んだので、かなり時間がかかってしまった。山に腰かけながら、かなりの時間、真の男と女はあちら側、むこう方を見つめていた。そこには夜があり、何ひとつ動く気配はなかった。トウモロコシの男と女は失望することもなく、静かにしていた。なぜなら、彼らは光がひとりでに到着することをよく知っていた。そのために、トウモロコシの男と女は、光を担ぎ、運ぶことになるものに心と言葉を与えたのである。光がはるか彼方にあり、とても重いことなど、たいした問題ではなかった。

いくばくかの時間が経過し、遠くから、そのものがゆっくりときているのが見えだした。一歩一歩、天空を歩みながら、光はこちら側までできた。光が到着し、しばらくすると、光の到着した後には、太陽と昼が存在していた。世界の男と女は楽しくなった。光を使って知るべきことを探しながら、彼らは自分の道を歩んでいった。もともと、それぞれが何かを探している。しかも、全員が何かを探している。

以上が、皆さんにお話ししたかったお話である。光がこの世界にどのようにして到達したかというお話である。おそらく、これはメヒコ南東部の山中に住んでいる人びとの単なるお話、または伝承である。このように皆さんはお考えでしょう。ひょっとしたら、そうかもしれない。

しかし、皆さんがわれわれの大地を抱きしめている夜をひと晩中見守っているなら、夜明け前の東の空にある星を見ることができるだろう。ある人はその星を「明けの明星」とか「暁星」と言っている。科学者や詩人は「金星」と呼んできた。われわれの最古老は「イコキフ」と呼んだ。それは、「肩で太陽を運ぶ星」、または「太陽を背負って運ぶ星」という意味である。われわれは「明け方の星」と名づけている。なぜなら、その星は夜が終わり、朝がくることを告げるからである。トウモロコシの男と女、真の男と女が創ったこの星は、気持ちや考えを携えて歩き、いつも通り夜明け前にやってくる。

皆さんにこのお話をしたのは、皆さんを楽しませるためではない。この集会に関連しているすべてのことを理解するのに必要な時間を皆さんから奪うためでもない。そうではない。皆さんにお話したのは、遠くからやってきているこのお話がわれわれに次のことを思い出させるからである。探すことに役立つ光がもたらされた様子を考え、感じるとはどのようなことなのか。われわれは、心と頭を使って、架け橋になるべきである。その架け橋によって、あらゆる世界の男と女が夜から昼にむかって歩けるようにすべきである。

ＥＺＬＮと地域接触調整委員との会合——一九九九年十月三十一日

11　夜明け前の狩人

カネックはそのことを心で思っていたが、口には出さなかった。だが、彼のまわりにいたインディオたちはそのことを推測した。攻撃に際し、最前列のインディオたちは敵の発砲を待たねばならなかった。そうして、後衛のインディオたちはたおれた死者を乗り越え、徒歩で前進した。

（アブレウ・ゴメス『カネック、マヤの英雄の歴史伝承』）

今日、この山中のわれわれの村ではどこでも、死者がわれわれのもとに帰るために歩んでいる。死者はわれわれと再会し、話し合い、耳を傾ける。どの小屋や設営地でも、狭い敷地におかれた供物はわれわれの死者に歓迎の挨拶をする。死者を招待し、食事をとり、笑い、煙草を一服し、コーヒーを飲み、踊っている。そう踊るのである。なぜなら、われわれの死者はとても踊りが好きである。われわれの死者は、踊りだけでなく、お喋りも大好きである。彼らはわれわれにお話をする。われわれのいちばん最初の先祖が道を歩くことを教え、習得したように、死者は話をする。われわれの死者も同じことをする。だから、死者であるわれわれも同じようにしたい。われわれの山中では、死者の日は花の日である。昨日、皆さんにしたのは、光と星と夜明け前の話だった。今日は、光と花と夜明け前の話をしよう。

われわれの共同体の最長老たちは語っている。われわれのいちばん最初の祖先たちも反乱の戦いのなかで暮らしていた。だが、権力者が彼らを征服し、殺してからずいぶん時間が経った。権力者がそうしたのは弱者の血を吸うためである。こうして弱者はますます弱くなり、権力者はますます権力をもつようになった。しかし、もうたくさんだ！　と叫んだ弱者がいる。彼らは権力者に抵抗し、権力者を太らすためではなく弱者を生かすため、自らの血を捧げている。こんなことがおきたのはずいぶん昔である。

それ以来、反乱者がいる。それ以来、権力者が反乱者に科してきた罰がある。現在では、反乱者を罰するための監獄や墓がある。以前は、罰の家があった。以前、反乱者を罰するための罰の家は七つだった。今も七つあるが、別の名前である。

われわれの最初の先祖がいた時代にあった七つの罰の家は次のものである。

暗闇の家の内部には、光がなかった。暗闇の家は完全に暗闇で空っぽである。そこに着いたものは方向を失い、道に迷い、もどることも行くこともできなかった。そして道に迷って死んだ。

寒冷の家では、凍てつく強風が吹いていた。そこに入ったものすべてを凍らせた。心を冷くし、感情を冷やした。こうして、人間らしさを殺していた。

ジャガーの家には、腹を空かした狂暴なジャガーが閉じこめられていた。ジャガーは家のなかに住むものの魂に入り込んだ。その魂をあらゆるものへの憎悪の気持ちで充たした。あふれるばかりの憎悪にかられて人を殺すようになった。

コウモリの家には、キーキーと泣きわめき、噛みつくコウモリが住んでいる。その家に入るものに噛みつき、信じる心を吸い取った。だから、人はまったく成長せず、何も信じることなく死んでいった。

ナイフの家の内部には、よく切れる研ぎ澄まされたナイフがたくさんあった。そこに入ったものは、頭、つまり自分の考えをはねられ、何も考えず死んでいった。ものごとを理解する力が死んだ。

苦痛の家には、大いなる苦痛が住んでいた。苦痛はあまりにも激しく、大いなる苦痛によって、この家に住むものはおかしくなった。苦痛のため、ほかの異っているものの存在を忘れた。忘れたため、死者は記憶を失ったまま死んだ。

無欲の家の内部には、虚空が広がっていた。その虚空は、家に入った人たちの生きる、戦う、愛する、感じる、歩むという意欲を食べ尽くした。人は生きているけれど死んでいるという虚ろな状態になった。意欲なしに生きることは、死んだ状態で生きることである。

以上が、反乱者、動かずにじっとしていることを受け入れないものたちを罰する七つの家である。彼らの血によって権力者は太ってきたが、彼らの死は死者の世界に生命を与えている。

フンアフプーとイシュバランケーと呼ばれるふたりの反乱者がやってきたのは、ずいぶん昔のことである。彼らは夜明け前の狩人とも呼ばれていた。悪はシバルバーという深い穴に住んでいた。そこからよい土地に到達するにはずいぶん登らなければならなかった。

巨大な悪の館に住む悪の領主たちに対して反乱をおこしたのが、フンアフプーとイシュバランケーだった。フンアフプーとイシュバランケーを悪の領域まで降りてくるようにするため、悪の領主たちは策略を使ってふたりを連行するように命じた。夜明け前の狩人たちは騙されて悪の領域までやってきた。

悪の領主たちはふたりを暗闇の館に閉じ込めた。そして、彼らに一本のたいまつと二本の煙草を手渡した。悪の領主たちはふたりに対し、暗闇の館でひと晩過ごし、翌朝、一本のたいまつと二本の煙草を完全な形で返すように命令した。監視人が一本のたいまつの灯りと二本の煙草の火がひと晩中点っていることを監視することになった。翌日、たいまつと煙草がもとどおりの形で残っていなければ、フンアフプーとイシュバランケーは死ぬことになった。

ふたりの夜明け前の狩人は何も恐れていなかった。悪の領主たちのおっしゃるとおりで構いませんと言うと、ふたりは進んで暗闇の館に入った。そこで、ふたりは考えを巡らし、すべての色を身体に保管している鳥のコンゴウインコを呼び出した。そして、コンゴウインコに赤色を貸すように頼んだ。ふたりはたいまつの先端を赤色で塗った。遠くから見ると、火が赤々と燃えているようにした。次に、フンアフプーとイシュバランケーはホタルを呼んだ。ふたりは二匹のホタルにいっしょにくるように依頼した。そして、二本の煙草の先端にホタルを飾りつけた。こうして遠くからは二本の煙草に火がついているように見えるようにした。

こうして夜が明けた。ひと晩中、たいまつの火は燃え、夜明け前の狩人たちは煙草をたくさんすっていましたと、監視人は悪の領主たちに報告した。これを聞いた悪の領主たちはとても満足した。フンアフプーとイシュバランケーが一本のたいまつと二本の煙草をもとの形で返すという約束を破ったので、ふたりを殺す口実ができたからである。やがて、夜明け前の狩人たちは暗闇の館から出てきた。彼らは一本のたいまつと二本の煙草をもとのままで手渡した。悪の領主たちはとても腹を立てた。フンアフプーとイシュバランケーを殺す口実がなくなったからである。悪の領主たちは言いあった。

「この反乱者はとても頭がいい。別の殺す口実を探すことにしよう」

「そうしよう」と彼らは言った。

「今度は、ナイフの館で寝ろと連中に命令しよう。考えを切り刻まれ、ふたりはなすすべもなく死ぬ」

「いや、それでは不十分だ」と別の悪の領主が反論した。

「この反乱者どもはとても頭がよい。やり遂げることができない重労働をふたりに課せばよい。それができないなら、ナイフがふたりを殺すことになる。そうすれば、連中を抹殺するいい口実ができる」

「それはいい考えだ」と悪の領主たちは賛同した。

彼らはフンアフプーとイシュバランケーのいる所へ出かけ、ふたりに言った。

「ふたりとも休んでかまわない。明日話しあうことにしよう。だが、おまえたちにはっきりと言っておきたい。明日の夜明け、われわれに花を贈ってほしい」

悪の領主たちはこそっと笑った。ひと晩中、花を切るために誰も花園に近づかないようにし、近づくものがいたら攻撃し殺害してもいいと、悪の領主たちは花園の監視人たちに指令していたのである。

「それで構いません。皆さんに贈る花として何色がお望みですか？」と夜明け前の狩人は質問した。

「赤、白、そして黄色だ」と答え、悪の領主たちはつけ加えた。

「はっきりと言っておく。明日、おまえたちが赤、白、黄色の花を贈ることができなかったら、われわれへの重大な攻撃とみなし、殺すことになる」

「ご心配には及びません。明日には、赤、白、黄色の花をおもちします」とフンアフプーとイシュバランケーは言い返した。

こうして、夜明け前の狩人はナイフの館に入っていった。ナイフはフンアフプーとイシュバランケーをばらばらに切り刻もうとした。ふたりはナイフを押し止め、話し合おうと提案した。ナイフは立ち止まり、耳を傾けた。夜明け前の狩人は提案した。

「われわれを切り刻んでも、肉の量はほんの少しです。われわれに何もしないなら、われわれは皆さんにあらゆる動物の肉を提供します」

ナイフは提案を受け入れ、フンアフプーとイシュバランケーに危害を加えなかった。それ以来、ナイフは動物の肉を切るための道具となった。たしかに人間の肉を切るナイフも存在している。その場合、ナイフの犯した罪を償わせるため、夜明け前の狩人はどこまでも追跡するのである。こうして、ナイフの館でも、フンアフプーとイシュバランケーは、何ひとつ欠けることなく穏やかに過ごすことができた。

彼らの頭も冴えていた。ふたりはつぶやいた。

「さて、悪の領主たちが望んでいる花を手に入れるため、どうしようか？　彼らが見張り番に指令を出したのはわかっている。庭園の花に近づいたら、連中はわれわれを殺すにちがいない」

ふたりの夜明け前の狩人はじっと考えていた。やがて、ほかの小さなものたちの手助けが必要であることがわかった。そこで葉切り蟻を呼び出して依頼した。

「仲間の葉切り蟻さん。皆さんにお願いします。反乱しているわれわれを支援してください。悪の領主たちはわれわれの戦いを圧殺しようとしているのです」

「よく、わかりました」と答えると、葉切り蟻たちは質問した。

「悪の領主に対する戦いを支援するため、何をすればいいのですか？」

「皆さんにお願いします。庭園に行って、赤、白、黄色の花を切って、ここまでもってきてください。われわれを攻撃せよという命令が見張り番に出されているので、われわれは庭園に行けないのです。だが、あなたたちは小さいので、見張り番には見えないし、気づかれないでしょう」

「よく、わかりました」と蟻たちは言った。

「われわれは準備ができている。悪の領主たちがいかに偉大で強力であろうとも、小さいものは悪の領主たちと戦う方法をもっている」

こうして葉切り蟻たちは出かけた。その数は多かったけれど、小さかったので、葉切り蟻たちは庭園に入ることができた。見張り番はその様子を見ていなかった。蟻がとても小さかったからである。蟻たちは花を切り、担ぎはじめた。ある蟻は花を切り、別の蟻は花を担いだ。ある蟻は赤色の花を切って担いだ。別の蟻は白色の花を切って担いだ。黄色の花を切って担いだ蟻もいた。あっという間に花を切り、それを夜明け前の狩人たちが待っている場所に担いできた。花が届いたのを見て、フンアフプーとイシュバランケーはとても満足した。そして、葉切り蟻に次のように言った。

「仲間の皆さん、どうもありがとう。あなたたちは小さいけれど、その力はとても強大です。皆さんに心から感謝します。皆さんの数が多いので、強大なものといえども、皆さんを絶滅できないでしょう」

蟻はがまん強いと言われる。蟻を攻撃するものがいかに強大であれ、蟻を打ち負かすことはできない。

翌日、悪の領主たちがやってきた、ふたりの夜明け前の狩人は、悪の領主たちが欲しがっていた花を手渡した。ふたりはナイフで切り刻まれていなかった。それを見た悪の領主たちは驚いた。だが、フンアフプーとイシュバランケーから手渡された赤、白、黄色の花を見たとき、それ以上にびっくりした。怒り狂った悪の領主たちはさらによい口実を探し、夜明け前の反乱する狩人たちを殺そうとした。

仲間の皆さん。

以上が、われわれの死者たちがもち寄り、われわれに語ってくれたお話である。われわれが言葉の指し示す道を歩めるように、死者たちは彼らの言葉をわれわれにもち寄る。もともと、われわれは自分たちの死者の上を歩いているからである。死者たちのお陰で、われわれは初めて前進できる。だから、私は確信する。われわれのいちばん最初の先祖が話してくれたこのお話、つまり、死者の日である今日、皆さんにしたお話はいろんな形で歩むことができる。われわれ小さきものたちは誰でも、このお話の中に自分の姿を見いだせる。

われわれは夜明け前の狩人となることもある。権力の嘘に抵抗するさまざまな手法を工夫し、抵抗するため、われわれはほかの小さきものたちがもっている多様な光を自分たちのところにもち寄る。われわれはコンゴウインコとなることもある。抵抗を彩るため、われわれは自分たちがもっている多様な色を提供する。われわれはよき理解者となることもある。本来の敵は別であるのに、われわれをライバルと思っている人たちと話し合い、その考えを直していくためである。われわれは蟻となることもある。小さい存在でありながら、死に直面している人のために強固な戦いと支援を展開することができる。

私は確信する。われわれ、つまり皆さんとわれわれのだれもが、色、光、そしてよい言葉となれる。人を説得して直すことができるからである。いっしょになって大きなものとなる小さな力である。

ＥＺＬＮと地域接触調整委員との会合——一九九九年十一月一日

12 夜の空気のお話

私はラ・マールに言いたい。私にわからない何らかの理由で、老アントニオはドイツ人哲学者エマヌエル・カントの著作の一部を読むことができた。外国嫌いに扇動されることなく、老アントニオは受け入れ可能なものすべてを世界中から取り出している。それが生み出された土地を気にしない。他国のよい人に言及するとき、老アントニオは「国際主義者」という用語を使用する。「異邦人」という用語は、彼の心に相容れない人物に使われた。人の肌の色、言葉や人種が何であろうと問題にしなかった。パスポートの愚かさを説明するため、老アントニオは言ったことがある。

「同じ血をしている人間のなかに異邦人がいることもある」

しかし、この民族性のお話は別のお話であることをラ・マールに言っておきたい。今、私が思い出しているのは、夜と夜が歩む道のお話である。

三月の、ある夜明け前のことだった。その日は錯乱する三月にふさわしかった。午前中、七つの角がある鞭のような太陽の光が照りつけていた。午後になると、灰色の曇り空となった。夜には、冷たい風で黒い雲が集められ、徹夜している内気な月に次々と近づく。

今、巻き煙草に火をつけているのと同じぐらいゆっくりと、老アントニオは朝や夕方の時間をすごしてきた。突然、一匹のコウモリがわれわれのまわりを飛びまわった。きっと、老アントニオが巻き煙草につけた火の光で混乱したのだろう。そしてツォツのように、いきなり夜の真ん中に現われたのは……

夜の空気のお話

いちばん偉大な神々、世界を誕生させた神々、最初の神々は、これからすることをどのように、何のためにするのかを考えた。そのために彼らは会議を開催した。会議では、自分の言葉を知り、それをほかの神々が知るため、それぞれの神々は各自の言葉を引き出した。いちばん最初の神々は、それぞれひとつの言葉を引き出した。そして、その言葉を会議の場の中央に投げ入れた。そこから、その言葉は飛び跳ね、もうひとりの神の所まで行った。その神はそれをつかむと、その言葉を跳ね返した。こうして、誰もがその言葉を理解するようになるまで、言葉はボールのように、こちらからむこう側へ跳ねて行った。そこで、もっとも偉大な神々、われわれが世界と呼んでいる万物を誕生させた神々は、彼らなりの合意を導き出した。

　彼らがそれぞれの言葉を引き出すときに見いだした合意のひとつは、それぞれの道にその道を歩く人がいて、それぞれの道を歩く人にはそれぞれの道があるというものだった。このようにして、ものごとは完全な形で誕生していった。つまり、それぞれがそれぞれにふさわしいものをもつようになった。

　こうして、大気や鳥が誕生していった。最初から大気が存在し、その後、大気を飛びまわる鳥が存在したのではない。また、最初に鳥が創られ、その後で鳥を翔ばすための大気が創られたのでもない。水と水中を泳ぐ魚、大地と大地を歩き回る動物、道と道を歩く足などに関しても、同じことがおきた。

　だが、鳥のなかには、大気に強く抵抗しようとした鳥がいた。大気が邪魔しないなら、もっとうまく早く飛べるはずだ。このようにその鳥は言いはった。その鳥はぶつぶつ不平を言った。その鳥は敏捷で、とても速く飛んでいた。しかし、もっと速くうまく飛びたいと、その鳥はいつも思っていた。それができないのは大気が邪魔をしているからである。こんなふうにその鳥は言った。神々はその鳥があまりにも口汚い言葉ばかりを吐くのに嫌気がさした。その鳥は大気のなかを飛んでいるのに、大気の悪口ばかり言っていた。

罰として、神々は鳥から羽毛と目の光を奪った。丸裸にして寒い夜空に追い出した。その鳥は目の見えないまま飛ばねばならなくなった。それ以降、以前は淑やかで軽やかだった飛び方は、メチャクチャでぎこちなくなった。その鳥は何度も衝突し、つまずいた。だが、その鳥は耳で見るコツをつかんだ。いろんなものに話しかけながら、その鳥、ツォツは自分の道を探り当てた。その鳥は自分だけが聞こえる言葉に応える世界を知るようになった。コウモリは身を飾る羽毛がない。目が見えず、神経質でそそっかしく飛びながら、コウモリは山の夜を支配している。暗い大気のなかをコウモリよりうまく歩くことができる動物はいない。

話される言葉、考えていることを表現する音に重要で有意義な意味を与えることを、真の男と女はこの鳥、ツォツ、つまりコウモリから学びとった。夜は数多くの世界を閉じ込めている。それらの世界を引き出し開花させるには、世界の声に耳を傾けねばならない。そのことも真の男と女は学びとった。言葉とともに、夜が内包しているいくつもの世界が誕生した。音をたてて光が作り出された。だが、光は多すぎたため、すべてを大地に収容することはできない。多くの光が天空に横たわっている。だから、星は地上で誕生すると言われる。

いちばん偉大な神々は男と女を誕生させた。一方が他方の道になるためではない。お互いに相手の道、そして自らの道を歩む人となるためである。いっしょにいるため、男と女を異ったものにした。男と女が愛しあうため、いちばん偉大な神々は男と女を創った。だから、夜の大気は、飛翔し、考えを巡らせ、言葉を交わし、愛しあうのに最適である。

かつての三月、老アントニオのお話は終わった。今の三月、ラ・マールは夢の世界を漂っている。夢のなかで、言葉と身体は裸になっている。いくつもの世界は衝突することなく歩み、愛は不安を抱くことなく飛んでいる。ひとつの星が大地に空白の場所を見つけ、この夜明け前の夜空に一瞬の引っ掻き傷を残し、あっという間に落下した。カセットから、誰もが知っているウルグアイ人、マリオ・ベネディの声がする。

「あなたたちは行ってもいい。だが、私は残る」

「国際女性の日」メッセージ——二〇〇〇年三月八日

13　最初の言葉のお話

ずいぶん昔のことだった。そのときから、地球は太陽に求愛しながら執拗にまわりを十八回も回転した（当時、EZLNはひと握りの男女で構成されていた。その数はわれわれの指の数に達しなかった）。腹が減ったので、われわれは狩猟に出かけざるをえなかった。私ひとりで出かけたわけではない。老アントニオは古ぼけた猟銃を携帯し、地面を見つめ、大地にある痕跡や密林の物音を細かに調べながら、注意深く道を歩いた。彼の説明によると、発情期のキジの喉を鳴らす音、センソントリ［他の鳥の鳴き声をまねるマネシツグミ］の歯を打ち鳴らす音、ほえ猿のしわがれた唸り声、クモザルの騒々しい喚き声が聴きわけられた。

正直に言おう（仲間であるあなた方に話しているのだから、今は正直に言わなければならない）。狩猟に出かけたのは老アントニオだった。私は同行しただけである。当時、私はメヒコ南東部の山中はまったく初めてで、いつもころんでいた。だから、私の限られた経験では、どの音も同じで、何を意味するのか、皆目わからなかった。ただひとつ完全に聴きわけることができたのは私の腹のグルグルという音である。その意味はよくわかっていた。腹ぺこだった。

「よい狩猟者とは射撃のうまい人ではない。むしろ、よく聴きわけることができる人である。誰でも物音は聞こえる。だが、聴くということは、音が何を意味するかを理解することである」と、老アントニオは言った。

ひと言補足しておくべきだろう。このとき、日はとっぷりと暮れ、夕闇が迫り、近くの山の残り少ない地平線も、容赦なく忍び寄る夜に包囲されつつあった。そのとき、われわれはセイバの木の根元に座っていた。それは老アントニオによれば「母なる木」であり、「世界を支える木」である。そこで、トウモロコシの葉で巻いた煙草と老アントニオの言葉についた火によって、遠く過ぎ去ったいくつもの昨日が照らされた。老アントニオは私がパイプに火をつけるのを待った。ふたりで作った煙のなかから必要な記憶を取り出しながら、老アントニオは「この大地における最初の言葉のお話」を私にしてくれた。

最初の言葉のお話

われわれの村の最長老たちは話している。最初の神々、いちばん最初ではない神々、世界を誕生させたのではない神々、つまりいちばん最初ではないが最初に近い神々はちょっとばかり怠けものだった。いちばん最初の神々とともに、とても出来のよい世界は誕生した。それ以外にも、トウモロコシの男と女、真の人間が創られた。だが、くだんの神々はとても怠けものだった。仕事をせず、とにかく遊び、踊ってばかりだった。この神々はふらつき回り、すれ違うたびに風を起こし、女性のスカートをめくり上げ、人びとの足にまとわり転倒させた。

トウモロコシの男と女、真の人間はとても怒っていた。この問題を検討するための会合をもつことにした。トウモロコシの男と女は、くだんの神々、いちばん最初ではないが最初に近い神々を会合に呼び出した。トウモロコシの男と女は、命令を下すものは人びとの意志にもとづいて命令すべきであると考えていた。だから、くだんの神々を呼び出したのである。

その場にいた神々も集団の合意を尊重しなければならなかった。皆の役に立つ全員でおこなった合意は、集団の合意と呼ばれた。だから、くだんの神々も会合にきた。彼らはいちばん最初の神々ではなかったが、少しばかり最初に近い神々であった。会合では彼らは悪戯ばかりしたことを叱責された。それ以来、くだんのふらついていた神々は、静かになりまじめになった。

まず、トウモロコシの女たちが話しだした。彼女たちはとても憤っていた。くだんの神々が風を起こし、彼女たちのスカートをめくり上げたからである。つぎに、トウモロコシの男たちが話しだした。彼らもずいぶん憤りを感じていた。くだんの神々は、蛇のように地面を動き回り、彼らの足にまとわりついた。そのため、トウモロコシの男と女、真の人間は倒れそうになった。その会合で、くだんの神々の犯罪がつぎつぎと露見していった。会合の結果、彼らは集団所有の牧草地の石を取り除かねばならないという合意に達した。これらの神々は石を取り除くため牧草地へ出かけた。だが、「どうして？　いちばん最初ではないが、われわれは神々のはずだ」、と彼らは不平を言った。彼らは本気で腹を立てた。大きな石をつかんで、トウモロコシの男と女、真の人間の家に押しかけ、家を破壊したのである。

トウモロコシの男と女は、最初の言葉、聴くことができれば、後も前も見ることができる言葉を家に保管していた。大災厄がおきた後、いちばん最初の神々でないくだんの神々はずいぶん遠くまで遁走した。自分たちが多くの災厄をおこしたことをよく知っていた。降りかかった大災厄にどう対処するかを考えるため、トウモロコシの男と女は会合を開いた。皆で協力すれば大災厄を解決できるのがわかっていた。最初の言葉がなければ、トウモロコシの男と女は、自らの歴史に耳を傾けることができず、自らの明日を見ることができなかった。いちばん最初の言葉は、過去に結びつく根であり、歩むべき道に通じることができる窓であった。

いずれにせよ、会合に集まったトウモロコシの男と女、真の人間は、何も恐れることなく、自分たちの考えを探しだし、それを言葉にした。その言葉とともに、新たな考えや言葉が誕生した。それゆえ、「言葉は言葉を生み出す」と言われる（サポテカ語では「デイヂャ・リベエ・デイヂャ」という）。

こうして、トウモロコシの男と女は自分たちの記憶を大事に保管することに合意した。そして、自分たちの言葉を言語にすることにした。しかし、その言語が忘れられ、誰かが記憶を奪いとることを危惧し、トウモロコシの男と女は記憶を石に刻み、自分たちの考えを教える場所に石を大事に保管することにした。記憶を刻んだ石を山に保管するものもいたし、海に護るように委託したものもいる。

こうして、トウモロコシの男と女は満足した。しかし、くだんのいちばん最初でない神々は、かなたの地で道に迷っていた。そこで、自分たちの歩むべき道を見つけるかわりに、自分たちの悪戯のことを固まった糞でできた偽りの神々に話した。それ以降、その固まった糞はお金と呼ばれている。

やがて、その偽りの神々がやってきた。トウモロコシの男と女、真の人間の大地に悪をもたらすためだった。そして、トウモロコシの男と女がいちばん最初の言葉を忘れるようにするため、いろんな策略が実行された。こうして、トウモロコシの男と女は自分の歴史に耳を傾けないようになった。その状態は忘却と呼ばれるようになった。また、トウモロコシの男と女は自分の明日を見ないようになった。その状態は道に迷って歩くと呼ばれるようになった。

偽りの神々は、トウモロコシの男と女が自分の歴史を忘れ、道に迷えば、彼らの言葉、そして言葉とともに彼らの尊厳が徐々に死ぬことを知っていた。固まった糞、お金という偽りの神々は、これまでいろんな暴力や策略を使ってきたし、今も使っている。われわれのいちばん最初の人間の言葉を破壊するため、あらゆることをした。だが、偽りの神々の企みはつねに失敗した。トウモロコシの男と女、最初の人間は、歴史が刻まれている石が語りかけることを読みとるため、いつも山や海に出かけた。このように、最初の人間はお金という偽りの神々の攻撃に抵抗した。だから、われわれ先住民は自分の間近に山や海をもつのである。われわれが記憶を失わず、道に迷わず、明日をもてるようにするためである。

老アントニオは話を終え、トウモロコシの葉で巻いた七本目の煙草を地面に捨てた。

「その後、その二番目の神々はどうしたのですか？」と私は質問した。

老アントニオは叱りつけるように言った。

「くだんの神々は二番目の神々ではない。二番目の神々は、今現在君臨している神々、お金と権力である。くだんの神々はいちばん最初の神々ではない。だが、最初に近い神々である。くだんの神々についてはほとんどわかっていない。くだんの神々がまた悪戯を始めるのではないかと、先住民はいつも考えている。それ以来、風でスカートがヒラヒラしないように、女性はスカートの丈を長くし、スカートの下の部分をしっかりと閉じている。それ以来、男と女は、自分が踏みしめる道によく注意を払いながら、ゆっくりと歩くようになった。

だから、われわれ先住民は下を見て歩いている。われわれが敗北したからとか、われわれがわれわれでなくなったので、下をむいて歩いているなどと、ものごとをよく知らない人は言う。だが、それはまちがいである。われわれは敗北していない。われわれがこうしてここにいることがなによりの証拠である。われわれはわれわれであることをやめない。たしかにわれわれは下を見ながら歩いている。ころばぬように、忘れないように、道に迷わないように、つまり、われわれは自分たちの歩む道をよく見つめて歩いている」


オアハカ州フチタンの集会メッセージ——二〇〇一年二月二十五日

14 鳥だった人間

われわれの大地の先住民は語っている。はるか大昔、人間は人間ではなかった。いろんな色をもち、多くの唄を歌い、空を高く飛ぶ鳥だった。

この鳥はいろんなことを数多くした。例えば、この世界にある様々なものを手にして、自分の体の色で塗った鳥がいた。最初の世界は灰色だった。色をこの世界に贈ったのはその鳥だった。また、あらゆる場所で歌った鳥がいたという。歌がうまかったので、その鳥はほかの鳥に変身し、あちこち飛びまわりながら、唄を生み出す唄を歌った。最初の世界は口がきけず喋れなかったからである。音楽を贈ったのはこの鳥だった。道を作るためにあちこち歩きまわり、誰も方向や目的地を見失うことがないように、道に変身した鳥もいた。最初の世界は目的地も方向ももたなかったからである。別の鳥は沈黙を生みだし、沈黙を破った。彼らが音と言葉を与えた。最初の世界には、音も沈黙もなく、騒音しかなかった。

世界を色で塗り、道を作り、沈黙と音を定めながら、鳥たちは人間になった。鳥たちが世界に塗った何千もの色を見るため、方向と目的地をもって道を歩むため、沈黙を語り聞くため、そして考え感じている音と言葉を生き生きとしたものにするためである。われわれの最古老によれば、言葉は生きている音で、溢れる騒音ではない。

仲間の皆さん。われわれは先住民である。先住民は誰かと、多くの人に質問されることがある。われわれ先住民は、歴史の番人である。われわれはすべての色、道、言葉や沈黙を自らの記憶のなかに保存している。記憶によって生命が輝くようにするため、われわれは生きている。生きることにより記憶は保たれる。われわれ先住民はわれわれ自身である大地の色を基盤にしている。世界のなかで生きている多くのものに最初の色を塗ったのは、われわれ先住民である。われわれ先住民はたどってきた時間、だれもが道に迷わないように今も生きているわれわれの過去を指し示している。われわれ先住民は、すべての色をもって、きたるべき明日も指し示している。われわれはあらゆる人びとの共通の目的地を指し示している。われわれ先住民は沈黙を作りだすとともに、沈黙を歴史そのものである過去と未来を見つめる言葉で打ち壊している。

以前、われわれは多くのいろんな色をした鳥、空高く飛ぶ鳥であった。そして現在、われわれ先住民はその記憶を保持し、人類がすべての色を有する偉大な色、すべての音で唄う人、そして数多くの空高く飛ぶ人となれるようにしている。

先住民とは誰かと尋ねられたなら、われわれ全員で答えよう。われわれ先住民とは、道を歩むもの、そして道である。メヒコが失われないように、そしていつの日か、すべての人びととともに、あらゆる色をもち、多くの歌を歌い、高く飛翔する国となるため、われわれは今歩んでいる。それがわれわれ先住民である。

プエブラ州テワカンの集会メッセージ——二〇〇一年二月二十七日

15 ものごとはよくも悪くもなる

最古老の先住民は世界の昔の出来事についていくつものお話をしてくれる。

そのひとつによると、最初、つまり時間がまだ時間として勘定されていなかった時代には、闇、暗がり、沈黙、悲哀が世界中を支配していたという。その時代の人びとはそんな世界で生活することに慣れきっていた。その後、時間が歩きはじめ、太陽と音楽が誕生する時代がやってきた。それ以来、太陽は寒くならないように毛布を被るようになった。太陽の毛布には多くの穴が開いていたので、光の破片が点のように描きだされた。

われわれの最も古い先祖は、太陽が何もまとわず歩んでいる状態を昼と命名した。寒さから太陽を守るために身につけた穴だらけの毛布を夜と命名した。夜を点描している数多くの穴を星と命名した。昼や夜の誕生とともに音楽も登場した。同時に喜びもやってきた。われわれの最も古い先祖はこんなことがおきたと話してくれた。

こうしたことがおきたとき、とても恐くなって、深い穴を掘り、大きな石で自分を囲んだ人がいた。闇や暗がりに慣れた目が、光で傷つくのを恐れたのである。悲哀がもたらす騒音に慣れていた耳が、音楽の作り出す喜びで痛くなるのを恐れたからである。われわれの最も古い先祖は、彼らのことを次のように語っている。穴に閉じ籠もり隠れたため、悲しくなって死んだものがいた。身体を護るはずの大きな石が自分の身体の上に落ちたため、死んだものもいた。

一方、もともと存在していたので、新しくはないが、よいものを見たり、聞いたりすることを習得した人もいた。ものごとにはよいも悪いもない。われわれがものごとに触れることによって、ものごとをよくも悪くも変えることができる。そのことを世界は教えている。新しい人間とは実際には古い人間そのものである。だが、尊厳、つまり尊敬の気持ちをもって対応すれば、ものごとはよくなる。

プエブラ州プエブラ市の集会メッセージ——二〇〇一年二月二十七日

16 探ることのお話

夕刻が迫り、夜が甘美で淫靡なすがたを覗かせている。母なる木、世界を支える木である巨大なセイバの木から、いくつもの影がぶら下がっていた。自分の秘密を横たえるため、それらの影はあらゆる場所へ伸びている。夕刻が迫るとともに、三月も終わろうとしている。今日、多くの人びとと歩み、われわれを驚かせたものはもういない。

別の昼下がり、別のとき、別の大地、われわれの大地でおきたことを話すことにしよう。老アントニオはトウモロコシ畑の雑草を刈り取り、小屋の入口に座っていた。小屋のなかでは、ドニャ・ファニータがトルティーリャと言葉の準備をしていた。そのトルティーリャと言葉は老アントニオに手渡された。彼はトルティーリャを口の中に入れては、口から言葉を引き出した。老アントニオはトルティーリャをもぐもぐと嚙みながら、トウモロコシの葉で巻いた煙草をすった。

探ることのお話

われわれのもっとも古い物知りたちは語っている。いちばん最初の神々、世界を誕生させた神々は万物を創造したといってもいいのだが、全部を創造したわけではない。なぜなら、いくつかのものを創造する仕事は男と女の役目であることを知っていたからである。というわけで、世界がまだ完全に出来あがっていないのに、世界を誕生させた神々、いちばん最初の神々は立ち去ってしまった。世界の創造を完了させないまま、神々がいなくなったのは、ものぐさだったからではない。神々は、いくつかの仕事は自分たちが始めるだけで、完成させるのは全員の役目であることを知っていたからである。

われわれの最古老中の最長老は次のように語っている。いちばん最初の神々、世界を誕生させた神々は、自分たちの仕事の途中で放棄したやり残しのものを詰めた小さな袋をもっていたという。その仕事を神々が後で続けるためではなかった。男と女が不完全な状態で誕生した世界を完成させるときに、いったい何を登場させるべきかを記憶として保持するためだった。

こうして、世界を誕生させた神々、いちばん最初の神々は立ち去ったのである。夕刻が立ち去るように、自分の姿を消し、影で身体を覆い隠した。ここに実際にいたはずなのに、まるでもともといなかったかのように、これらの神々はいなくなった。

あるとき、少しばかり暗かったので、ウサギはそれとは気づかず、神々のもっていた小さな袋をかじってしまった。というのも、ウサギは、神々が（猿、ジャガー、ワニとの）約束を実行した一方で、自分を大きくしてくれなかったことに腹を立てていたからである。ウサギは小さな袋すべてをかじろうとした。しかし、大きな音がしたので神々が気づいた。そして、犯した犯罪を罰するためにウサギを追いかけはじめた。ウサギは脱兎のごとく逃げ出した。それゆえ、ウサギは罪を犯しているかのようにモゾモゾとまわりを気にしながら食べ、誰かの姿を見かけるとすぐさま逃げ出すといわれる。

さて、ことのなりゆきは次のとおりである。ウサギはいちばん最初の神々の小さな袋を完全に壊せなかったが、穴をあけることに成功した。そのため、世界を誕生させた神々が立ち去ったときに懸案となっていたものすべてが、小さな袋の穴からこぼれ落ちた。

しかし、いちばん最初の神々はそのことに気づかなかった。そこに風と呼ばれるものがきて、息を何度も吹きつけた。すると、やり残しのものはあちこちに散らばった。夜だったので、世界を完全なものにするために誕生すべきものだったやり残しのものがどこに行ったのか、誰にもわからなかった。

この混乱に気づいた神々は、ひどいパニック状態に陥り、とても悲しくなり、泣きだすものまでいたという。だから、雨が降りはじめると、まず、天空が大きな音を発し、ついで雨がやってくるという。

トウモロコシの男と女、真の男と女は悲鳴のような甲高い声を耳にした。神々がずいぶん遠くで泣いていたのだが、その泣き声は自然と聞こえたのである。そこで、トウモロコシの男と女は何がおきたかを確かめようと出かけた。すると、いちばん最初の神々、世界を誕生させた神々が泣いていたのである。やがて、神々はむせび泣きながら、何がおきたかを話しはじめた。トウモロコシの男と女は慰めた。

「もう、泣かないでください。私たちが行方不明となっているやり残しのものを探します。私たちは、やり残しのものがあること、すべてのものができあがって落ち着くまで、世界は完全ではないことを知っています」

さらに、トウモロコシの男と女は続けた。

「そこで、最初の神々、世界を誕生させた神々の皆さんにお尋ねします。皆さんがなくしたやり残しのものについて、皆さん方は何か覚えていますか？　というのも、これから発見するものが、やり残しのものなのか、それとも誕生したばかりの何か新しいものかを知りたいからです」

いちばん最初の神々は何も答えなかった。キーキーというかん高い悲鳴を上げつづけていたので、神々は話すことができなかった。涙を拭うため目をこすった後、神々は言った。

「やり残しのものはそれぞれが出会うものである」

それゆえ、私たちの最長老は次のように言っている。私たちはすべてを失った状態で誕生する。私たちは成長するにつれて、自分を探し求めるようになる。つまり、生きることは探すこと、私たち自身を探すことである。

少し落ち着くと、世界を誕生させた神々、最初の神々は言葉を続けた。

「世界に誕生させる途中でやり残したものは、先ほどおまえたちに言ったこと、つまり各個人が出会うものと関係している。おまえたちも了解するだろう。おまえたちが出会うものが自らを見いだすのに役立つものなら、それこそが世界に誕生させる途中でやり残したものである」

「はい、わかりました」と真の男と女は言った。そして、世界で誕生すべきもので、自分自身を見い出すのに役立つという、やり残しのものを探すため、あらゆる場所に出かけることにした。

老アントニオはトルティーリャ、巻き煙草、そして言葉を終えた。しばらく夜の片隅をじっと見つめていた。数分後、口を開いた。

「それから、われわれは自分自身を探しながら、やり残しのものを探しつづけた。働き、休み、食べ、眠り、愛し合い、夢見るときも、われわれは探している。生きているとき、われわれは自分自身を探しながら探している。死のうとするときですら、自分自身を探しながら探している。われわれ自身を見いだすため、われわれは探している。われわれ自身を見いだすため、われわれは生き、そして死んでいく」

「どうやって、自分自身を見いだすのですか？」と私は質問した。

老アントニオは私をじっと見つめていたが、トウモロコシの葉で新たに煙草を巻きながら言った。

「あるサポテコの古老の賢者がどのようにするかを私に言ったことがある。おまえにそれを教えてやろう。ただし、スペイン語でだ。というのも、自らを見いだした人物だけが、言葉の花であるサポテカ語をうまく話せるからである。つまり、わしの話す言葉は種でしかない。ほかに存在している言葉は、幹や葉、果実である。完全な人物こそ果実を見つけられる。サポテコの父親は次のように言った。『自分自身を見いだす前に、まずおまえは大地のあらゆる民族の道のすべてを歩くことになるだろう』」

三月と昼が終わったあの夕刻、老アントニオが言ったことを私はメモした。それ以来、私は多くの道を歩んできた。すべての道ではない。言葉の種、幹、葉、花、果実となりうる顔を探してきた。すべてのものによって、すべてのもののなかで、完全な存在になろうと、私は自らを探してきた。

上の夜空では、下の影に自分を見出したかのように、光が笑っている。三月は去った。だが、希望がやってきた。


オアハカ州フチタンの集会メッセージ――二〇〇一年三月三十一日

17 大地のはらわた

太陽は歩みを進める。同じように東から飛来したコンゴウインコは、トラコルーラ盆地の上空を飛び、エトラ盆地の上空で旋回し、四つの方向を巡回した後、サーチラ盆地からモンテ・アルバン〔オアハカ市西郊にある古代サポテカの遺跡〕に向かった。すべてが南北の方向を向いている建築群の上空をコンゴウインコは飛び回わる。

ただひとつ、矢の形をした建物が、矢尻を南西にむけ、想定される全体の調和を壊すように建っている。メソアメリカの考古学の複雑なジグソーパズルの落ち着く場所がない一片であるかのように、この建物は天文学的、視覚的、さらには聴覚的な点を指し示してきた。空間、とくに時間において頂点をもたないものについて考えさせる。その建物は注意の喚起、あるいは明白な秩序のなかに突如出現する不合理な存在のように思われる。

このコンゴウインコのイメージが不釣合いであるかのように、見まもり庇護するように飛翔していたコンゴウインコが一気に下降していくのが見える。モンテ・アルバンの南部台地にある七番目の石碑の前で、コンゴウインコはあらゆる洞窟の源である洞窟からやってきたお話と……再会する。

大地はすべての時間を生み出す生命力の豊かなはらわたを秘めている。先住民の血は、そのことを知っている。そして、時間と生命が困難な歩みを開始したのは山のなかだと、サポテカの先住民の知恵者は語っている。その歩みが開始する前、考えの及ぶことのない存在、コキ・シエーは洞窟の中で眠っていた。その洞窟は、時間のない時間の洞窟だった。そこには、始まりや終わりの場所がない。

やがて、世界を動かそうという気持ちがコキ・シエーの心に湧いた。そこで月を見えないように隠し、自分の内部を見つめ、コサナとショナシを生み出した。古代サポテカ人は両者を光と闇と呼んでいた。

やがて、光と闇の足で、世界は最初の第一歩を踏み出した。始まりのない存在、理性では触れることのできない存在のコキ・シエーは、このように新しい月として誕生し、夜の世界における長い歩みの第一歩を踏み出した。だが昼になると、ミヘの大地、センポアルテペトル〔オアハカ州の先住民族ミヘの居住域にある聖なる山〕で休息していた。

夜の主であり、太陽を生み出した火の主でもあるコサナは、大地を歩ませるため、亀の姿になった。一方、ショナシの手で人間も創られた。天空を動かし、男と女を世話し、人間がうまく生まれるのを見まもるため、ショナシはコンゴウインコになった。ショナシは夜空を飛翔しながら、道に迷わないように、自らの歩む道を光で塗った。その砂を掃いたような光の跡は、現在、天の川と呼ばれている。

光と闇の抱擁、そして天空と大地の抱擁のなかから、雷であるコシホが出現した。コシホは、よき父親、よき大地の形成者、そして大地を耕し、大地から食料を作り出す人びとの導き手である。

健康をもたらし、病気を治癒するとともに、戦争と死の主でもあるコシホは、十三の花の旗飾りを携え、世界を位置づける四つの基点に鎮座するため、四つになって生まれた。死と苦痛を名づけるために、身体を黒色に塗って北に住んでいる。幸せを呼ぶために、オレンジ色した衣装をまとって東にいる。西では、運命を記すために、白いマントをまとう。そして、戦争を告げるため、青色の衣装をまとって、南を歩んでいる。

われわれの父親である雷は、ひとりの女性と結婚した。花と蛇の刺繡の施されたウィピルをまとった彼女は、ノウィチャナ、十三の蛇と呼ばれていた。われわれの母親である彼女は、女性の胎内、河床や湖、雨のなかで、生命を生み出している。誕生から死まで、男と女の手を携えて歩んでいる彼女は、昔も今も、この大地の色に彩りをもたらすものにとって、よき女王である。

ものごとを知り、押し黙っているものは、次のように語っている。雷と雨がやってくるたびに、彼女たちとともに、愛と生命も甦っていく。いかなる女と男にも、不合理なことが障害となって立ちはだかるだろうが、それは彼らの視線の中を歩んでいる輝きを増すためでしかない。

もとからそうだったように、最初、生命は液体となって、先住民の大地に数多く存在する洞窟の中を歩んでいた。そのことは確かである。それらの洞窟は、昔も今も、最初の神々が自らを誕生させ、形成したはらわたである。そして、洞穴は生命という花が大地に傷跡として残した空洞にほかならない。それゆえ、われわれが、過去だけでなく、これから歩むべき道を読みとることができるのは、大地のなかである。

この一月、ひと組の創造主、コサノとショナシは、大地のはらわたを抱きしめ、それを実り豊かな苗床に変えるため、大地を柔らかくしている。はらわたのなかでは、叛乱となるためには不可欠な集団的な叛乱の戦いが再活性化している。同時に、そこは大地の色であるわれわれの色とともに夢が誕生する場所でもある。

今、お話は押し黙っている。いつも、話すよりは押し黙っているほうが多い。沈黙……。上空では、コンゴウインコの決然とした飛翔に、一陣の暴風が雷鳴をとどろかせながら挨拶している……。

「メヒコ二〇〇三年、抵抗の別の暦、一月オアハカ、第一石碑」――二〇〇三年一月三十一日

18 天空の支持者のお話

こうして、ひとりぼっちとなり、私は寒さにブルブルと震えていた。だが、頭上の雨はやんでいた。

今度はパイプの受皿を上側にし、火をつけ直そうとした。だが、私のマッチは湿っており、火がつかなかった。

「クソッタレ！　パイプに火がつかない。私のセックス・アピールが台なしだ」とつぶやきながら、私はズボンのポケットをあちこちまさぐり（かなりたくさんある）、カーマスートラの小冊子ではなく、乾いたマッチを探した。そのときである。すぐ近くで炎がついた。

炎のむこうに老アントニオの顔があるのに気づいた。私はパイプの受皿を火のついたマッチに近づけると、一服だけすい込んだ。そして、老アントニオに「寒いですね」と言った。「そうだな」と答えながら、彼は別のマッチでトウモロコシの葉で巻いた煙草に火をつけた。マッチの明かりのもと、老アントニオは私をじっと見ていた。そして、天空を見つめた後、また私を見つめた。だが、彼は何も言わなかった。私も黙ったままだった。老アントニオも、私と同様、メヒコ南東部の山中にある不可解なことに慣れきっていたからに違いない。

一陣の風が吹きつけ、マッチの炎は消えた。われわれのまわりには、長く使ったため刃が摩滅した斧のような月の光だけが残った。そして、暗闇のなか、煙草から昇る一筋の煙がかすかに見えた。われわれは倒木の幹に腰をおろした。われわれはしばらく黙ったままだったと思う。しかし、はっきりとは覚えていない。だが、私の気づかないうちに、老アントニオは私にお話をはじめていた。

天空の支持者のお話

われわれのいちばん昔の人たちによると、天空が墜落しないように、天空は支えられなければならない。というのは、天空は堅固なものではなく、とてもか弱く、すぐ気を失い、まるで木から葉が落ちるように倒れることがあるからである。だから、天災はいつでもやってくる。邪悪なものがトウモロコシ畑を襲い、雨がトウモロコシ畑を壊し、太陽が大地を罰するように照りつける。戦争や勝ち誇ったような嘘が命令をくだし、闊歩しているのは死である。何を考えても苦悩となる。

われわれのいちばん最初の人たちは言っている。そうなったのは、世界を創造した神々、いちばん最初の神々が、世界を創ることに熱中しすぎたせいである。世界を創り終えた後、最初の神々は、天空、つまりわれわれの棲み家の天井を創る余力をもたなかった。だから、神々は、思いついたものを天空に据えることにした。こうして、ビニール製の天井のように、天空は大地の上に被せられた。だから、天空はけっして堅固ではなく、あちこち漂うこともある。だから、いつ、こうした事態が起きるかをおまえは知らなければならない。風や大水が破壊し、火が不安を呼び起こし、大地がたち上がり、落ち着く場所を見いだせないまま歩きだすかも知れないのである。

それゆえ、われわれより前に、四つの神々が到達したのだと、言われている。お互いに異なった色をした四体の神々は世界にもどると、巨大な身体になり、世界の四隅に立った。それは、天空が墜落しないように、じっと静かに平坦でいるように、天空を繋ぎ止めるためだった。太陽や月、星や夢が、苦労することなく天空を歩けるようにするためだった。

しかし、この大地に最初の歩みを印したものは、次のように語っている。ときおり、バカブ、すなわち、天空の支持者の誰かひとりが夢の世界に入ったり、眠りこけたり、別の雲に気を取られたりすると、世界の天井、つまり彼が支えている天空の部分がうまく張られなくなる。すると、天空、つまり世界の天井は漂い、大地に墜落しそうになる。そうなると、太陽と月は歩むための平坦な道をなくしてしまう。星も同じである。

最初から、こんな事態がおきていたのである。だから、最初の神々、世界を誕生させた神々は、天空の支持者のひとりひとりに委託したのである。天空を読み、いつ天空が漂いだすかを予測するため、彼らはつねに待機しておかねばならない。ひとりの天空の支持者は、別の天空の支持者に話しかけ、別の天空の支持者が目を覚まし、自分の担当する天井の部分をきちんと張りなおし、あらゆるものごとがうまく行くようにしなければならない。

この天空の支持者はけっして眠ることはない。いつも警戒体制をとり、邪悪なものが大地に舞いおりた場合、ほかの天空の支持者を起こすために待機しなければならない。さらに、いちばん昔に歩み、言葉を発した人たちは言っている。この天空の支持者は胸から巻貝を下げている。すべてが正常に回っているか確認するために、巻貝で世界の騒音や沈黙を聞き取っている。その巻貝を使って、眠らないように、あるいは目を覚ますように、ほかの天空の支持者に呼びかける。

いちばん最初の人たちは言っている。眠らないようにするため、この天空の支持者は、胸にある道を通じて、自分の心の内側と外側を行き来している。昔のことについて教える人たちは言っている。この天空の支持者は、男と女に言葉や書記法を教えたという。というのは、言葉が世界を歩むなら、邪悪なものは静かになり、この世界が正常になるからである。こんなふうに言われている。

それゆえ、眠らないもの、邪悪なものがおこす悪事に備えて待機しているものの言葉は、一方から他方へ直線的に歩むことはない。心の中にある針路にそって自分の内側にむかって歩み、理性の針路に従って外にむかって歩むという。昔の知恵者たちは言っている。男と女の心は巻貝の形をしている。よい心と考えをもつものは、こちら側からむこう側へむかって歩んでいる。こうして、世界が正常であるようにいつも待機するため、神々や人間たちを起こして回っている。ほかの人たちがいつ眠っているかを見守る人たちは、巻貝を使っている。巻貝を使う目的はたくさんあるが、何よりも忘れないようにするためである。

この最後の言葉とともに、老アントニオは一本の枝で地面に何かを描いた。老アントニオは立ち去り、私もその場を去った。東の地平線から太陽がほんの少しだけ姿を現わした。ちらっと覗いて、見張りをしているものが眠っていないか、世界が正常に回るために待機しているものがいるか、チェックしているかのようだった。

ポソールを飲む時間だったので、私は元の場所に引き返した。太陽の光によって大地も私の帽子も乾いていた。倒木の幹の傍らにある地面に老アントニオが描いた図面が見えた。それは、はっきりと線で描かれた螺旋、つまり、巻貝だった。

私が委員会の会合に赴いたときは、太陽はすでに道のなかばまで歩んでいた。その前日の夜明け前、すでにアグアスカリエンテスの死は決定されていた。今回の委員会では、断末魔のアグアスカリエンテスがもっていた機能だけでなく、別の新しい機能を有する巻貝の誕生が決定されたのである［二〇〇三年八月、国内外の市民社会との交流の場としての旧来の五つのアグアスカリエンテスが廃止され、善き統治評議会の事務所である巻貝に組織替えされた」。

そう、巻貝は、共同体の内部に入るため、そして共同体が外部に出ていくための門のようなものである。内側にむかってわれわれ自身を見つめるための窓、そして外側を見るための窓のようなものである。ほら貝のように、われわれの言葉を遠くまで投げ出し、遠くにあるものの言葉を聞くためのものである。なんといっても、世界に数多くある世界が正常であるように、われわれが見まもり待機すべきことを忘れないよう銘記させるためのものである。

「チアパス、第十三石碑―巻貝の創設」――二〇〇三年七月二十六日

「グローバルな村の神話」

アルマンド・バルトラ

神話、物語、儀礼、恍惚を通じて、人類が何千年にわたって象徴的に表出してきた不可解な経験は、われわれの文化、世界の中でのわれわれの存在様式の秘められた中核のひとつであり続けている。

（カルロ・ギンズブルグ『闇の歴史』）

ツォツィルの神話によれば、ラディーノは「本を盗んだ」という。インディオの男と雌犬の交接によって誕生したラディーノはとても悪辣で、誕生する時に、共同体から知識の象徴的な支えとなっている書き記された言葉を強奪したという。このいちばん最初の強奪の結果、インディオは無知な存在と呼ばれ、ラディーノは自らを「理性の人」と宣言するようになった。

だが、千年紀末、正義感にあふれたでか鼻の別のラディーノが、チアパスのマヤの人びとの「本」を返却するという事態がおき、神話は本来の象徴的対称性を取りもどす。このラディーノを媒介として、一九九四年一月以来、インディオの言葉は、「ネット」やほかの「メディア」のなかを航海している。

奪われた「本」が、共同体内部の言葉の交換を超えた対話の可能性を象徴しているなら、われわれの時代の「本」は、インターネット、テレビ、ラジオ、ビデオ、新聞である。ＥＺＬＮの武装蜂起で増幅された声は、捩れていたものを真っ直ぐにする手助けをするひとりのラディーノ、マルコス副司令官によって翻訳され、こうしたマス・メディアのもとに日々届いている。

二　征服以降、公的な言説の場から排除されたチアパスのマヤの人々の声は、リカルド・ポサスの『ファン・ペレス・ホローテ』(邦訳『コーラを聖なる水に変えた人々』前半部、現代企画室、一九八四年)、カリシュタ・ギテラスの『魂の危機』といった人類学や文学の作品に取り込まれ、ロバート・M・ラフリンの編集したツォツィル語民話に関する二言語版『キャベツと王様について――シナカンタンの民話』やアントニオ・ゴメスとマリオ・ルス編集のトホラバル証言集『開墾時代の記憶』など、口承記録をまとめたテクストに再登場するようになった。

しかし、これらの記録では、インディオたちは、録音機とイニシアティヴをもつ人類学者や言語学者の「情報提供者」という原材料でしかなかった。誠実で役に立つと好意的に評価された本の中に、彼らの声は明確に存在していた。しかし、マヤの人びとはまだ「本」を取りもどしていなかった。

事態が変わり始めたのは一九七四年のチアパス先住民会議からである。若者の「通訳者」チームに、土地、市場、司法、文化に関する住民の意見を採集し、チアパスの四つの主要な先住民言語、ツェルタル、ツォツィル、トホラバル、チョル語による四つの「発表」としてまとめる作業が割当てられた。

州政府という目障りな存在、教会側の態度の曖昧な関与にもかかわらず、書面であれ口頭発言であれ、先住民の言葉が最優先されたため、会議は正真正銘の出会いの場となった。散在し、ときには対立する村々からやってきたツェルタル、ツォツィル、トホラバル、チョルの多彩な民族衣装をまとった人びとの会合は、言語、発表、共通の敵をめぐって、独自のアイデンティティを確立していった。チアパスの四つの主要言語集団による、編集されていないが公的な対話を通じて、新しいチアパスのマヤの人びとのアイデンティティの基盤が創られはじめた。

発表する人と耳を傾ける人、テーマと目的のすべてが、はじめて先住民のものとなった。すべてを奪われた人びとが、時空間における長い時間の対話を可能にするため、はじめて溢れるばかりの言葉を使用した。会議においては、多言語で書かれた書類の山が築かれた。主要な四つの言語で書かれた発表、全体決議、新聞が、いろんな共同体の集会で大きな声で読み上げられた。

この会議における「通訳者」が示した模範にならって、一九七〇年代末、別の書記能力のある先住民の若者たちが、シナカンタンの長老が語るメキシコ革命にまつわる記憶を採録し、ツォツィル語―スペイン語で書かれた本『我々が押し潰されるのを止めたとき』として出版した。この計画の調整はアンドレス・アウブリーとマヤ地域人類学支援協会のチームによっておこなわれた。彼らは、チアパス高地の先住民から数多くの証言を集め、文字記録として作製し、二言語冊子として出版するという素晴らしい仕事をおこなった。

三　本、小冊子、新聞のなかで、チアパスのマヤの人びとの声は、自分たちのメッセージとして密やかではあれ、すでに語られている。しかし、その声に耳が傾けられるのは、武器が生み出す大音響をともなった時だけといってよい。実際、一九九四年一月一日、「本」はツォツィルの人びとの手に戻った。その朝、インディオたちがシウダー・レアル（現サンクリストバル・デ・ラス・カサス市の植民地期の名称）を占拠したというコミュニケによって、われわれは目覚めた。街を取り戻すことで、彼らは言葉も取り戻したのである。

短時間の民族間の対話が、メッセージを四つの主要言語に翻訳できる「通訳者」を必要とするように、国家と会話するには、カシュラン（スペイン人などの非先住民）の硬く閉ざされた聴く耳をこじ開けられる通訳という、きわめて例外的な「通訳者」が必要となるだろう。あらゆる先住民の叛乱において、集団のために語りかける守護聖人、石、十字架といった霊力をもった声が採用されてきた。渓谷部のインディオたちは、語るパイプという手段に訴えたのである。つまり、副司令官マルコスは、卓越した通信者、社会の書記役になったのである。彼は、先住民の語りとメスティソの言語を混交的な言説として融合する能力をもち、その言説は新サパタ主義をまとめるモルタルとなった。

教義が影を潜め、一義的な真実が失墜するという価値観が多様化した時代になり、あらゆる教会は考えを柔軟化させた。解放の神学は、キリスト教の神が聖書だけではなく、信者である人びとのさまざまな伝説に出現することを認めている。同じように、新サパタ主義の政治的言説は、西欧の左翼の政治的文学や実践だけでなく、支持基盤組織がある民族集団の神話、概念や様式のなかにも浸透している。

コミュニケ、追伸、ドゥリートのお話は、ソシュールのいうラングとしてもパロールとしても、きわめて目を引くものである。とりわけ、厳粛なくせに空虚で少しめかし込んだ左翼の伝統的言説を内部から爆破するユーモアも加わっている。だが、先住民とメスティソの想像力がもっともうまく融合しているのは、なんといっても老アントニオのお話である。年季の入った愛煙家のパラボラアンテナは、チアパスの先住民の神話体系の構造、鼓動、主題を集めているが、西欧文明の荷物を拒否するものではない。

それゆえ、われわれは、雨の神であるチャックたち、荒野の領主であるクイロ・カーシュたち、地下世界の主であるキシンといったマヤの思考に根づいた固有の存在と出会うことができる。同時に、左翼信奉者の古びた祭壇につきもののメルセデス・ソーサやパブロ・ネルーダとも出会うことができる。多彩な色をしたトウモロコシの人間にこめられた黄金の人間と木の人間の対立は、先スペイン期の想像力で馴染みの対立だけでなく、懐かしいヘーゲル流の三段弁証法も参考にしている。このような三重の融合によって、チアパスの農地革命の象徴的な再建は、カサソラの古めかしい写真絵葉書に対するフェティシズムへと変貌している。そして、イカルとボタンをともなって、かの地のオリンポスに転がり込んでいる。しかし、「ネット」のテクストをダウンロードするヨーロッパ人にとって、ボタン・サパタは、ノルウェーの神話オディンと類縁関係にあるゲルマン神話の戦士ヴォタンと同じ響きをもっていた。つまり、ネオサパタ主義は「銀河系間」のグローバル化した神話体系であるといってよい。また、民主主義に関する老アントニオ流の定義はいわばチャンプール料理のようなものである。つまり、その民主主義の定義は、伝統的な満場一致にもとづく共同体の構築を基盤にするとともに、世紀末の「市民社会」にはきわめて高くつきかねない少数者への尊重を熱心に強調している。

チアパスの共同体におけるマヤ一族の伝統文化は、クンビアのリズム、ペドロ・インファンテの映画、リウスの意識化漫画が混じりあったものとなっている。当然ながら、聞き手であるメスティソにとっての新サパタ主義の言説は、ドゥリートの物語では騎士道小説の模倣という手段を採用しているし、EZLNの象徴的な創設者にして共同体の叛乱する意識である老アントニオの物語では、ブラジルの人類学者がインタビューしたヤキのシャーマンであるドン・ファアンへと変身していったカルロス・カスタニェーダのやり方を踏襲している。

充分に練られた世紀末の融合であり、それ自体がひとつの異種混交現象である。それを推進したのは尊大な西洋文化ではなく、土着の頑強な頑固さに由来するものである。征服の期間、土着の人々に効率的にキリスト教を布教するため、宣教師たちはキリスト教の寓話を土着の絵文字書記者の言語へと変換していた。その五百年後、マルコスは、農民の語りのリズムや狩猟や農耕に関連した神話の象徴構造を「ネット」のデジタル言語へと移しかえ、解放者としての政治メッセージとして活用している。

四　農民を基盤としたすべての革命(そうでない革命があるだろうか?)は、幅の広い領域からのメッセージをもち、簡単に覚えられる話、おとぎ話、格言を採用しながら、神話という省略された言語を行使した言説を構築してきた。たとえば、中国革命においては、「山を動かした愚公」があり、EZLNでは、闘争の奥底に秘められた意味を照らし出す老アントニオがいる。

しかも、シンボルで彩られた世界にうまく順応しているのは、過度に抽象された概念をもつことのない、ふつうの人びとである。「今こそ、われわれが水になるときである」というのは、司令部が一九九五年の二月の攻勢に対して、渓谷部での直接的な軍事衝突を避け、全国規模の政治攻勢を展開することを決定したことを意味している。しかも、その多義的な性格ゆえ、隠喩に富んだ合言葉は、ひとつでなく多くのことを意味している。とりわけ、農業社会にとって水は豊穣と同義語である。

地下世界と交信するため、神託やシャーマンが憑依や恍惚に訴えるように、老アントニオは、「昔の神々」のメッセージを夢で受け取る。しかもその形式はつねに省略にみちている。哲学者というより物知りだったソクラテスのやり方で、年老いた農民は問いかけに対して別の問いかけで応じる。マルコスはひとつの歴史――モレロスの農地革命の歴史――を語るが、老アントニオは別のお話――ボタン・サパタの神話――を語っている。

マルコスと老アントニオの出会いは、ひとりの若者の通過儀礼の過程であり、象徴的な死だった。重要な儀式は、当然、火のまわりで執行された。儀式の場で、都市の革命家は「より深いメヒコ」の活動家に転身した。ジャガー、コウモリ、猿や「彼岸の地」に居住するほかの動物への言及、そして宗教的陶酔に役立つ煙草の煙も不可欠な要素である。トランス状態になり、老アントニオはやっと心安らかに死ぬことができ、副司令は死者や「昔の神々」の世界と交流する架け橋、つまり「霊媒」となった。

五　老アントニオの口――あるいは彼の霊媒である副司令官マルコスの口――を通じて、共同体の記憶された重要な意識、長老のなかに具現されたより深い人々の声が語られる。その役割は、情報を伝達し、指示を下すことではない。「語りあう」ことを目的としている。形而上学的な体験を語ることで、考えとか、ものの見方を伝えあう、古くからの口承による方法である。

シナカンタンの革命にまつわる証言に関して、アンドレス・アウブリーは次のように指摘している。共同体の古老の語りは、「本ではなく、著者も読者もいない。それは話し合いである」。しかも、それは通常、非人格的な話し合いである。匿名の人たちの共同体にむけられた無名の古老たちによる言説である。

しかし、老アントニオの場合、この図式は当てはまらない。老アントニオは服や履物を身につけたチアパスの人間である。具体的には、ドニャ・ファニータと結婚し、息子は自分の決めた道を歩み、娘を飢餓でなくし、トウモロコシの葉で巻いた煙草を喫い、一九九四年に結核で死んだ人物である。

実際、ときおりマルコスにラップ・トップをしまわせ、書物好きにふさわしくパイプをもって老アントニオが登場する。だが老アントニオの背後に何人の古老がいるかは、さほど重要ではない。この人物には文学につきものの特性が賦与されている。生身の実在の人間であるが、その材料は言葉である。

そのことによって、彼の発するメッセージに愛情にみちた調子が与えられ、神話的言説では不足しがちな親密な空気がもたらされる。『夜の歴史』で、カルロ・ギンスブルグは貧困な没個性化の起源を追跡している。

「われわれは、共通の信仰の核心について、それぞれ独自のアクセントで、異なる方式でお喋りしている諸個人を見ている。生きられた現実の豊かさは、十九世紀の民俗学者が作成した簡単な要約のなかには見出せないものである。しかし、神話は、抽象化された対立の図式によって記述されるとともに、生身の個人を通じて、具体的な社会状況の中で伝達され、現実化していくのである」

共同体で共有されている意識や「昔の神々」のメッセージに老アントニオがつけ加えている個性的な色彩によって、マルコスによる混交の作業は豊かなものになっている。マルコスは、農業社会の集団的で没個性的と見なされている言説に、「現代的」世界におなじみの個人が主役という考えを取り込んでいる。このように考えることができるかもしれない。

そうではない。老アントニオは、「没個性的な」先住民世界に溶け込んだ西洋文化をそなえた人物とはいえない。いうまでもなく、集団的なものを最優先させることで、農村共同体は周囲の敵対する世界のなかで生き延びる条件を手にできる。しかし、そのことは個人化が不在であることを意味しない。人間の独自性は「文明化された」特性であり、農業社会の特性は無関心な共同体主義であるという仮説は、「黒人」や「中国人」、「インディオ」は誰も同じものであるというおなじみの考え方とよく似ている。こうした考えは人種差別的な思い込みにほかならない。手の込んだ記述を展開しながら、大多数の十九世紀の民俗学者——現在の民族学者や人類学者の一部——は、自分ひとりの署名を記すことによって、「未開」の共同体の非現実的な代弁者である「情報提供者」の匿名の言葉を紹介できたのである。

世紀末、インディオたちは日陰の存在から抜け出しつつある。いうまでもなく、彼らが主人公になるのは、ある程度集団的な存在としてである。しかし、インディオ民族、あるいはインディオ共同体を通じて、諸個人は見える存在ともなっている。それは、老アントニオのように思慮深い人物であり、より深いメヒコの代弁者であり、同時に生身の人間、少なくとも言葉と煙を吐きつづける人間である。

出典—Armando Bartra, "*Prólogo*". *Relatos de el Viejo Antonio*. CIACH, 2002.pp.6—16.

訳者あとがき

小林致広

本書に翻訳・収録したのは、共同体の知恵者とされる長老のひとり老アントニオが語ったとされる一連の話である。こうした共同体の長老が語った話は、彼らが先祖から伝え聞いた話である。ラカンドン密林地域の共同体では、長老がこの種の話の伝承者だった。創設期のＥＺＬＮでは、メキシコの歴史や政治に関する議論が終わると、先住民の同志は長老から聞いた話を語りあったという。マルコスはそれについて次のように述べている。

「それらは、とても奇妙な時間操作をともない、いつの時代の話かよく分からない。一週間前、五百年前、そして世界開闢の話がまるで同じ時期におきたように語られる。それについて突っ込んで尋ねても、『いや、こんなふうに語ってくれた。こんなふうに長老が語った』という返答しかなかった。その当時、彼らにとって長老は正統性の源泉そのものだった。実際、彼らが山中に滞在できたのは、共同体の長老の承認を受けていたからである。……話は受け継がれ、それを受け継いだものは、それを自分の話にする。読み書きができない非識字者であっても共同体の話を暗誦し習得するための人間が共同体から選び出される。何か問題が生じたら、彼に相談することになる。彼は歩く書物のような存在である」

マルコスらの証言によれば、ボタンとイカル、黒い男、語る小箱以外にも、さまざまな超自然的存在の話が語られたという。あるＥＺＬＮ戦闘員は次のように述べている。

「私は山とどう向きあうべきかよく分からなかったが、地域ごとに違うバージョンやニュアンスの異なるソンブレロン、パキメまたはシュパキンテの話を聞くのはとても役に立った。……こうした話を聞くのはとても楽しかった。最初は大して関心がなかった。子どもを驚かせるだけの話と思っていた。やがて、そうした話が山の不可思議な生活の一部を構成し、重要な意味をもつことに気づいた。それからは、山、自然、大地という彼らの守護者のそばで暮らす村人の生活の表現として聞くようになった」

前述のマルコスの引用で見落としてならないのは、老アントニオの話を聞いたマルコスは、その話を自分の話としたうえ、老アントニオのお話として語っていることである。その意味で、老アントニオのお話の語り手はあくまでマルコスである。

マルコスは老アントニオが実在の人物であることを強調している。両者が初めて会ったのは、一九八四年にラカンドン密林のある場所を探索している時だったという。ル・ボとの会見で、マルコスは老アントニオとの関係を次のように証言している。

「私は歴史やサパティスモのことを老アントニオに語った。彼はボタンやイカルの話をした。一九八五年われわれが最初に接触した村、サパティスタとして入った村は老アントニオの村である。その村で老アントニオは一種の通訳の役割を務めた。……同時に、サパティスモ内部に変化がおきた。老アントニオは山のゲリラが共同体に近づくことを可能にする架け橋となった。彼の根本的な貢献は、メヒコ南東部の山中で先住民問題が有する特異性をサパティスタに理解させたことである。……外部に発言する際のサパティスタの言辞に先住民的要素を与えたのが老アントニオである。私は彼の盗作者でしかない」

この老アントニオについて、チアパス州北部のウィティウパン地区出身のホセ・アントニオの可能性が高いと、デ・ボスは推測している。農場付きペオンだった彼はミラマール湖南部のエミリアーノ・サパタ・エヒードの入植に参加し、一九七一年の「土地と自由」エヒードの創設に関与し、肺結核のため晩年は故郷に帰り、そこで亡くなったという。だが、この推測には多くの矛盾が潜んでいる。

老アントニオのお話は、現時点で五十点ほど確認できる。表題の大部分は最初からつけられたものである。しかし、いくつかは表題をつけ直している。このうち約八割が、老アントニオ自身が語り手として登場する話である。残る二割は、話の語り手が特定されず、村や共同体の長老の話となっている。

デ・ボスによれば、老アントニオのお話は、「マルコスが記録した聖書」ともいうべきもので、神々による世界創造を語った「創世記」、倫理的規範を語った「十戒の書」、寓話が語られる「福音の書」、物語が語られる「知恵の書」に分類できるという。そこで語られるのは、「真の人間」が実践すべき行動規範や倫理規範である。世界創造に関するものは三十四点確認されている。そのうち、老アントニオが語ったことが明示されていないものは七点で、すべて一九九九年七月以降のものである。残る二十点弱は、形式は異なっているが、基本的に教訓話といってよい。そのうち十二点が、老アントニオによる教訓譚や箴言である。残る七点は、ライオンなど動物を登場させた寓話、あるいは「剣、木、石と水」のような教訓的な寓話を語ったものである。

一九九四年末の「質問の話」までの話は、トニィータ、エバなどEZLNの支持基盤組織の子どもにねだられ、マルコスが語るという体裁となっている。一九九七年夏から一九九八年夏までの話の大半は、マルコスが恋人ラ・マールに語る形式になっている。ラ・マールは、一九九九年三月に実施された「インディオ民族の権利の認知と殲滅戦争に反対する全国協議」の提案者である女性同志マリアーナとされている。一九九六年以降になると、ＥＺＬＮの主導で組織された市民社会との集会で、老アントニオのお話が紹介されることが多くなる。

これらの話のすべてが、老アントニオから聞いた話、あるいはマルコス自身が創作した話と考えるべきではない。長老が語った話に手を加え、マルコスが創作したことが明白なものとして、「水のなかの魚」がある。この話は、チアパス州北部の民話「トラとオポッサム」の話と毛沢東の人民戦争論の話が下敷きになっている。また、創世神話にも、チアパスのマヤ系先住民族の伝承や神話でないことが明白なものがある。代表的なものとしては、グアテマラのキチェ民族の神話『ポポル・ウーフ』の英雄が登場する一連の話がある。「ハリケーン」の話に登場するフラカンをはじめ、「暦」や「夜」などでも、『ポポル・ウーフ』の神格が登場している。一方、「虹」の話では、人類学者トッザーがユカタン半島で採集した七つの天空の神々と地下界の悪魔キシンが登場している。また、「太陽と月の創造」にある黒い神と白い神による太陽と月の誕生の話は、メヒコ中央高原のナウァに伝わる伝承と酷似している。また、「天の川」の話は、エドゥアルド・ガレアーノの三部作『火の記憶』第一巻（みすず書房、二〇〇〇年）に紹介されている話と酷似している。創作の素材としては、世界のほかの地域で語られている話も確認できる。たとえば、「剣、木、石と水」の話は世界各地にある「三すくみ」の話、そして「遠くと近くを見つめる」の話は仏教説話の「指月の譬え」が下敷きになっている。「後に続くわれわれは理解した」の内容とメッセージは、フランス人作家ジャン・ジオノの『木を植える男』（あすなろ書店、一九八九年）と、うり二つである。

老アントニオのお話は、基本的にはＥＺＬＮの公的言説である。それゆえ、話が語られた時期にＥＺ

LNが直面していた政治状況と関連させ、どのような目的で語られたのかを解明すること、つまり話の政治的メッセージを解明することは重要である。同時に、共同体の長老が伝えてきた話という体裁をとる形で紹介される一連の話は、EZLN支持基盤組織の老若男女が日常の生活のなかで考えていることを知る重要な手掛かりでもある。これらの問題は、別稿の『「老アントニオのお話」を読む』（神戸市外国語大学研究叢書37、二〇〇四年刊）で論じている。（興味ある方は神戸市西区学園東町9―1神戸外大小林研究室まで連絡いただければ、部数に限りがありますが、送本します）

本書はいうまでもなく『ラカンドン密林のドン・ドゥリート』（現代企画室、二〇〇四年刊）の姉妹版である。使用テクストは、基本的には日刊紙ラ・ホルナーダに掲載されたものである。単行本として出版された『老アントニオのお話』としては、チアパス情報分析センターの一九九八年初版、二〇〇二年の増補改定版がある。しかし、本書では、「ボタン・サパタ」や「山に生きる死者たち」、「われわれは理解した」、「大地のはらわた」など、先住民共同体の長老が語ったとされるテクストも所収している。テクストの多くはEZLNのコミュニケの一部を構成している。そのため、老アントニオの話として、どの部分まで訳せばいいのか、判断が微妙なものがある。本書では、老アントニオのお話が語られた状況がわかるように、お話の前後の部分も訳している。

本書には、野村美菜子さんと山田政信さんに翻訳を依頼したテクストもある。しかし、本書にまとめるにあたってはすべて訳者の責任でおこなった。大部分はメキシコ先住民運動連帯関西グループのホームページ（homepage2.nifty.com/Zapatista-Kansai）に掲載したものである。翻訳・出版の過程では多くの人の協力を仰ぐことができた。また細川麻衣子さんにはすてきなさし絵を作成していただいた。

こうした協力なしには、本書が陽の日を見ることはなかったであろう。ここに感謝したい。

二〇〇五年二月

【著者紹介】

マルコス副司令（Sup Marcos）

メキシコ・チアパス州で1994年に反政府・反グローバリズムの主張を掲げて武装蜂起したEZLN（サパティスタ民族解放軍）のスポークスパースン。先住民主体の組織にあって、数少ない非先住民のメンバー。メヒコ政府は実在の誰某であると特定しているが、人前では常に覆面をして素性を明かさず、その半生も不明な、謎の人物である。『サパティスタの夢』（現代企画室、2005年）では、政治・軍事組織の形成史に関してはかなり明快に明らかにしている。「文章を書いていないと発砲してしまうから」と語るほどに膨大な文書生産量を誇る。広範な分野におよぶその表現は、今後も順次小社から刊行する予定である。（写真＝佐々木真一）

【陰の語り部】

老アントニオ（El Viejo Antonio）

（？～1994年３月上旬）素性をめぐっては諸説あるが、ここではマルコスの説明に基づいてその輪郭を描くに留めよう。マルコスたちが完全に孤立していた1984年ころ、密林の奥深い川岸で、狩猟中の老アントニオに初めて出会った。とても近いところに住んでいたので、その後も頻繁に顔を合わせるようになり、マルコスらはメヒコの歴史やサパティスタの歩みを、老アントニオはマヤ先住民の神話的な世界の話をして、交感しあった。南東部山中における先住民問題の特徴をサパティスタに理解させたのが、老アントニオの「最大の功績」だとマルコスは語っている。いずれにせよ、先住民世界と、マルコスら都市世界のマルクス主義とは、老アントニオを媒介者として、奇跡的な融合を遂げたと言えよう。両者が出会ってから10年目の1994年、結核で死亡した。遺言として、「覆面の起源の物語」「太陽と月を創るために犠牲になる神々の物語」「どうして黒い炭から光が生まれるのかという物語」を遺した。写真も肖像画も残っていない。ごく一般的なチアパス州の老人を描いたのであろうカバーの図は“Relatos de El Viejo Antonio”の扉にItziar Villanuevaが描いたものから採った。

【編訳者紹介】

小林致広（こばやし　むねひろ）

1949年、広島県福山市生まれ。

神戸市外国語大学教員。中南米の民族史を研究。

主著に『メソアメリカ世界』（編著、世界思想社）、『われらが先祖の教えに従いて』『「老アントニオのお話」を読む』（いずれも神戸市外国語大学外国学研究所）。編訳書に『もう、たくさんだ！──メキシコ先住民蜂起の記録１』、『インディアスと西洋の狭間で──マリアテギ文化・政治論集』（いずれも共編訳、現代企画室）。現在『メキシコ先住民蜂起の記録２』を編集・翻訳中（現代企画室より刊行予定）

老アントニオのお話

発行……………二〇〇五年三月三〇日　初版第一刷一五〇〇部

定価……………二五〇〇円＋税

著者……………マルコス副司令

訳者……………小林致広

発行人…………北川フラム

発行所…………現代企画室

住所……………101-0064東京都千代田区猿楽町二─二─五─三〇二

電話──〇三─三二九三─九五三九

ファクス──〇三─三二九三─二七三五

E-mail：gendai@jca.apc.org

http：www.jca.apc.org/gendai/

郵便振替──〇〇一二〇─一─一一六〇一七

印刷所…………中央精版印刷株式会社

ISBN4-7738-0411-4　C0097　Y2500E